U0943255

夜啼
支离婴勺 著
天津出版传媒集团
天津人民出版社

图书在版编目（CIP）数据

夜啼 / 支离婴勺著 . -- 天津 : 天津人民出版社，2017.5
ISBN 978-7-201-11319-7

Ⅰ . ①夜… Ⅱ . ①支… Ⅲ . ①中篇小说 - 小说集 - 中国 - 当代②短篇小说 - 小说集 - 中国 - 当代 Ⅳ . ① I247.7

中国版本图书馆 CIP 数据核字 (2017) 第 033646 号

夜啼
YE TI
支离婴勺 著

出　　版　天津人民出版社
出 版 人　黄　沛
地　　址　天津市和平区西康路 35 号康岳大厦
邮政编码　300051
邮购电话　（022）2332469
网　　址　http://www.tjrmcbs.com
电子信箱　tjrmcbs@123.com

责任编辑　章　赪
装帧设计　王　鑫

制版印刷　北京慧美印刷有限公司
经　　销　新华书店
开　　本　787 × 1092 毫米　1/16
印　　张　16
字　　数　150 千字
版次印次　2017 年 5 月第 1 版　2017 年 5 月第 1 次印刷
定　　价　36.80 元

目 录
contents

前言

这不是我一个人的故事，里面有你的经历，有她的梦境，还有他的智慧，我负责添枝加叶，把它讲述出来。

有你有我有他，这个故事才完整。

这不是一个简单的故事，它包含你想要的一切。

或许，你有一段离奇经历，始终找不到真相，在这里，你可以找到答案。

或许，你被一个噩梦纠缠,始终甩不掉它,在这里,你可以看清它的真面目。

或许，你只是喜欢恐怖，在这里，你肯定会毛骨悚然。

或许，你只是喜欢悬疑，在这里，你的心会一直悬着，无法落地。

或许，你只是喜欢神秘事件，在这里，你如愿了。

或许，你憧憬爱情，在这里，你找到了。

这个故事里有太多恐怖诡怪的情节，或许，会让你产生不适感，如果你的神经不够坚硬，请勿参与。

这不是故弄玄虚。

这也不是危言耸听。

这是事实。

一条金鱼的爱情

那是一条极其珍贵的金鱼，那是一个价值连城的古董，那是三个让人想入非非的女人，面对这一切，他该如何取舍？

1. 木勺镇

讲一个爱情故事。

确切地说，是一个男人和三个女人的爱情故事，对了，还有一条金鱼。

有点乱。

没关系，会讲明白的，请相信我。

这个故事有点长，看完大概需要一顿饭的时间，前提是你得细嚼慢咽，而且饭量不能太小，至少也要比一条金鱼吃得多。

爱情故事就应该长一点，三言两语就能说完的那不是爱情，是一夜情。

故事发生在木勺镇。

那里有一条老街，两边有许多上百年的老房子，黑瓦白墙，雕梁画栋，笨重的木门，看起来颇有古味。

木勺镇北边有一条河，河水清澈见底。这么好的河水不能让它闲着，有人就把河水引到自家院子里，养起了金鱼。闲着没事的时候，端着一杯茶，看着金鱼在水池里慢慢地游动，挺好。慢慢地，大家都跟着养上了。

木勺镇的人很懒散，喜欢鼓捣一些有趣的玩意儿，除了养金鱼，还有人玩蛐蛐、唱京剧、遛鸟、养狗、收藏核桃、逮兔子，还有人熬鹰。在木勺镇，没有钱不会遭人耻笑，如果没有兴趣，那就没有伙伴了。

木勺镇人的言行举止和他们的房子一样，属于一个逝去的朝代。

五花毕业之后，没找到工作，经一个亲戚介绍，到木勺镇一家旅馆上班。

据说，那是当地最大的旅馆。下了火车，又坐中巴车，终于到了木勺镇。

太阳已经落山了，光线暗淡，木勺镇有些不太真实。

远处传来一阵“突突突突”的声音，像是拖拉机。很快，一辆古怪的摩托车拐个弯，驶到了五花面前。那是一辆老式的摩托车，军绿色的，有一个挎斗。骑摩托车的是一个干瘦的男人，三十岁左右，头发挺长，眼神有些阴冷。

“坐车吗？”他开口了，口音很重，怪腔怪调的。

五花问：“去这里最大的旅馆，多少钱？”

“五块钱。”

五花上了摩托车。

老天一下就黑了，似乎是在预示着什么。

也许是因为到了吃晚饭的时间，街上没有人。石板路弯弯曲曲，似乎没有尽头。路两边的人家都拉上了窗帘，那窗帘大部分都是黑色的，十分古怪。

远处，群山静静地伏在那里，轮廓像一个身材走形的女人。

几分钟以后，摩托车停下了。

五花下车，付了钱。

眼前是一个孤零零的院子，不大。它依山而建，后面是深不可测的松树林。大门口挂着一个红灯笼，仿佛某种史前怪物的眼珠子。有风，灯笼左右摇摆，有一种恐怖电影的氛围。

大门敞开着，里面亮着灯。

五花走了进去。

院子里有一栋三层小楼，有些老旧，四四方方的，很呆板。楼底下种了几棵爬山虎，张牙舞爪地生长着，把小楼完全包裹了起来，显得有几分阴森。小楼门口也挂着两个红灯笼，其中一个灯笼里面的灯泡坏了。

旁边竖着一块招牌，上面有五个红色的黑体字：最大的旅馆。

五花这才知道，“最大的”这三个字只是这家旅馆的名字，并不是一个形容词。

这个名字有点意思。

他走进了小楼。

进了门，是一个厅堂，摆着两张厚重的木桌，围着几把木头椅子。厅堂的角落里藏着一间小屋子，有一扇很小很小的窗户，里面有昏黄的灯光。窗户上方，挂着一块长方形木牌，上面用红油漆写了三个字：登记室。

五花走过去，透过窗户往里看。靠近窗户的地方放着一张长条桌，上面有一个落满灰尘的显示器，还有几本登记簿。一个男人趴在长条桌上睡觉，他的头发灰白，稀稀拉拉的。他的身后有一个货架，上面摆着一些日用品和吃食。角落里有一个鱼缸，个头挺大，里面似乎有一条金鱼，因为角度的问题，看不真切。

五花敲了敲窗户。

那个男人一下抬起了头。他五十岁左右，是个麻子，脸上坑坑洼洼的，像是被风雨剥蚀了万年的花岗岩。他把窗户拉开一条缝，问："你干什么？"

"我是五花，我表叔介绍我来的。"

他想了一下，似乎想起来了，说："你来得挺快，进来吧。"

五花转到门口，伸手推了推门，没推开，就站在原地等待。过了片刻，他听见里面有拉开门闩的声音："咣当，咣当，咣当，咣当，咣当，咣当，咣当。"

这扇铁门有七道门闩。

厚重的铁门缓缓地打开了，他把五花拉进去，迅速关上门，又插上了门闩："咣当，咣当，咣当，咣当，咣当，咣当，咣当。"

他把七道门闩全插上了。

这间小屋子里空气不流通，有一股发霉的气味，还有一股淡淡的腥味。五花瞥了一眼鱼缸，一条怪模怪样的金鱼一动不动地浮在水面上。

"我看一下你的身份证。"他说。

五花翻出身份证，递给他。他看了半天，又对着灯光检查了一阵子，这才把身份证还给五花，说："以后，你就叫我表舅。"

"表舅。"五花叫了一声。

他没答应，自顾自地说："你值夜班。"

"行。"

"今天晚上就上班，没问题吧？"

"没问题。"

"有人住宿，你就给他登记。除了上厕所，不要轻易离开登记室。出去的时候，一定要把门锁好。"说完，他从口袋里摸出一把钥匙，递给了五花。

那是一把黄铜钥匙，看上去有年头了。

"知道了。"五花接过了钥匙。

"客房的钥匙在抽屉里，上面都有编号。"

"知道了。"五花走到鱼缸旁边，低头看了一眼，问："表舅，这是什么金鱼？"

"不知道，河里抓的。"表舅说。

"河里还有金鱼？"

“多得是。木勺镇有很多人养金鱼，河里的金鱼想抓就抓，没人管。”

“这鱼缸挺好看。”五花蹲了下来。

那是一口青花大缸，胎体厚重，造型简洁丰满，通体绘有龙纹，衬以祥云海水，花纹繁而不乱，层次清晰，营造出一种华丽而热闹的气势。

“你表舅妈以前一直用它腌咸菜。”

“她不在家？”

表舅考虑了半天，突然说：“你表舅妈死了，这个鱼缸是死人的物件。”

五花一怔：“怎么回事儿？”

表舅低头看着自己的脚丫子，长叹一口气，半天才说：“说实话，我真不愿意再提起这件事儿……”

下面是他给五花讲的故事。

三十年前，表舅还很年轻。那一年，他结婚了，妻子是邻镇的曹凤梅。曹凤梅家很穷，她唯一的嫁妆就是那个鱼缸。鱼缸在她家很多年了，一直当咸菜坛子用。

结婚后，曹凤梅还用它腌咸菜，腌了二十年。后来，生活条件好了，不用每天都吃咸菜了，曹凤梅就打算把它洗刷干净，养金鱼。

当时，木勺镇流行养金鱼。

那是一个夏天的傍晚，太阳红红的。

曹凤梅抱着它去了河边，再没回来。

那一年夏天，老是下雨，河水变得又深又急。很多天以后，有人在下游的浅滩上发现了曹凤梅，她身上的肉被鱼啃掉了一半，还死死地抱着那个鱼缸。

鱼缸在河水里泡了那么多天，终于洗刷干净了，鲜亮如新。

表舅把她埋了，把鱼缸抱回了家。

故事讲完了。

五花哀叹不已。

表舅慢吞吞地说：“我找人给看过了，这个鱼缸是不祥之物，上面有戾气，不能碰，谁碰谁死。”

五花一下子站了起来，问：“怎么不扔掉它？”

“你表舅妈就留下这么一个物件。”

五花看见长条桌上的显示器开着，里面是监控画面，二楼和三楼的走廊里空无一人，还能看见大门口和院子里的情景。五花问：“如果有人住宿，收多少钱？”

“住一天三百八十块钱，不讲价。”

“这么贵？”

表舅没回答，转而说：“我去给你弄点东西吃，你把门闩插上。”说完，他转身出去了。他的脚步很轻，无声无息。

五花嫌麻烦，只插了两道门闩。他伸了一个懒腰，仔细地打量着四周。这里很简陋，与他想象中的木勺镇最大的旅馆完全对不上号。不过，他并不沮丧，因为他知道，找到一份养活自己的工作是实现理想的第一步。

五花的理想是开一家面馆。

无意间，五花瞥到了鱼缸里的金鱼，发现它正在看着他。他悄悄地走过去，观察它。它长得很古怪，身体是黑色的，尾巴奇大，脑袋呈深红色，长有肉瘤，从头顶一直向下延伸到下颚，眼睛、鼻子和嘴是黑色的，从正面看，很像是小孩儿的脸。

五花分不出它是雌是雄，直觉告诉他，它是异性。

他伸出手，想碰碰它。它敏感地往左边躲了躲，还是定定地看着他。他又伸了伸手，这一次，它干脆沉到了水底，把眼珠子翻上来，定定地看着他。

看了一阵子，五花觉得没什么意思，就走开了。

金鱼在鱼缸里扑腾了两下，不知道在鼓捣什么，那声音很像是一个人在打嗝儿。

五花有些好奇，又过去看它。

它低着脑袋，静静地趴在缸底，表情不详。在五花的印象里，金鱼总是游来游去，一刻也不消停。可是，它却十分深沉，似乎有极重的心事。

五花忽然觉得它有些恐怖。

有人敲门。

五花走过去，拉开门闩，看见表舅端着一个托盘站在门外，托盘上有一盘青菜、一碗米饭。表舅走进来，说：“开门之前，记得问一声，不要给陌生人开门。还有，你怎么没把门闩全插上？”他的语气有些严厉。

“我忘了。”五花低声说。

表舅压低了声音说：“最近，木勺镇来了一个变态狂，天黑就出来，手里拿着一块砖，见人就砸，已经砸伤好几个人了。”

五花吃了一惊。

表舅又说：“那个变态狂像飞蛾一样，喜欢光。”

五花想：怪不得那么多人家的窗帘都是黑色的，原来是怕变态狂找上门。

表舅凑到他耳边，用一种很阴冷的语调说：“记住，千万不要给陌生人开门，每个人都有可能是变态狂，不管他衣冠楚楚，还是邋里邋遢。”

五花抖了一下。

表舅把托盘放到长条桌上，说："你吃饭吧，我走了。"

五花凑了过去。

"不用老是盯着外面，困了就趴在桌子上睡觉。记住，把门闩全部插上，千万不要给陌生人开门。"表舅又叮嘱了一遍，走了。

这一次，五花很听话，把门闩全部插上了。

夜一点点深了。

五花无聊地翻看着登记簿，发现上面一个汉字都没有，只有性别、日期和一串身份证号码。今天晚上，这里住了三个客人，都是女人，都很年轻。

明天，肯定能见到三个美女，五花想。

怀揣着这个美丽的预言，他趴在长条桌上，睡着了。

2. 恐怖的金鱼

凌晨三点，五花醒了。

周围凉飕飕的，异常安静。

他抱着肩膀，怔忪了一阵子，才想起自己不是自然醒的，而是被什么声音惊醒的。那声音很轻，很短促。可是，这里除了他，没有其他能弄出声音的东西。

五花的心里忐忑不安，觉得房间里除了他，还有一个活物！那个活物在他的视线之外。看不见的东西最危险。

过了半天，他突然想起来了：鱼缸里有一条金鱼。

五花看了一眼鱼缸。它静静地站在角落里，在灯光下，发出了蓝荧荧的光。它是死人腌咸菜的物件。

五花站起身，过去看那条金鱼。

它依旧低着脑袋，静静地趴在缸底，也许是在睡觉，也许是在假装睡觉。它没有眼皮，不管是睡觉还是假装睡觉，都很难识破。

五花准备离开，就在他转身的一瞬间，那条金鱼往旁边游动了一下，鱼缸底部出现了一片小小的白色物体。他蹲下来，把手伸进鱼缸，去摸那个东西。他的手碰到了那条金鱼，感觉它的身体凉飕飕的。

他把那个东西拿出来，放在手心，仔细看。

是一片指甲，不是很完整。

鱼缸里怎么会有指甲？

也许是表舅在鱼缸旁边剪指甲，迸到了鱼缸里一块，五花想。他回去坐下，准备再睡一会儿。迷迷糊糊之际，他忽然想到了另外一种可能，顿时打了个激灵，清醒了。

他是这样想的：表舅说，这条金鱼是在河里抓的，也就是说，它吃过河里的东西，比如说一条小鱼、一条虫子、一棵水草，或者说，一片指甲。谁的指甲？当然是曹凤梅的。她在河里泡了很多天，身上的器官慢慢地脱落了，有一片指甲在水里上下浮动，一条金鱼发现了它，以为是食物，一口吞下了肚……

指甲在肚子里不消化，这让金鱼很难受，成天郁郁寡欢。它用了好多天，费了好大劲，才把没消化完的指甲吐了出来。

五花又走到鱼缸旁边，死死地盯着金鱼的嘴，害怕它再吐出一个别的东西，比如说，一只眼珠子。

金鱼慢慢地张大了嘴。

五花的呼吸都停止了。

还好，它只是吐了个泡泡。

五花的心里更加不踏实了。他忽然感觉到，它其实是一个人——曹凤梅惦记着她的鱼缸，或者说惦记着表舅，于是化身一条金鱼，又回来了。要不然，河里那么多金鱼，为什么偏偏是它被表舅抓了回来？

天亮了，是个晴天。

五花的脸色很不好，一直阴着。

表舅看了他几眼，问："怎么了？"

"没什么。"五花不好意思讲起昨夜的事，总不能说让一只金鱼吓得魂不附体吧？

表舅不再问了，说："早饭我做好了，在厨房里，吃完之后你上楼睡觉吧。你和我一起住，二楼最西头那间。"说完，他从抽屉里取出一把钥匙，递给五花。

"知道了。"五花接过钥匙，拎起背包，要出去。

"等一下。"表舅喊住了他。

五花就站住了。

表舅坐下来，说："跟你说一下工资的事儿。"他停了一下，看了五花一眼，又说："试用期一个月，包吃住，没有工资，你觉得行不行？"

五花犹豫了一下，说："行。"他更关心试用期结束之后的工资待遇。

表舅看了他几眼，又说："试用期结束之后，包吃住，一个月六千块钱，奖金另计，每年有一个月的假期，什么时候休假你说了算，你觉得行不行？"

五花吃了一惊，没想到待遇这么好，大大超出了他的预期。

表舅似乎看穿了他的心思，淡淡地说："在你之前还有几个人，都没熬过试用期。"

"为什么？"五花一愣。

"过几天你就明白了。"表舅意味深长地说，语气有些冷。

五花的心里结了一个恐怖的疙瘩。

"吃饭去吧。"表舅挥了挥手。

五花出去了。

房间大约有二十平方米，两张铁艺床，一个大衣柜，一个造型拙朴带抽屉的木桌，桌子上有一台大肚子电视机、一把暖壶和一套土陶茶具，旁边摆着两把木头椅子，还有一个很小的卫生间。床单和被褥都是白色的，有一股淡淡的消毒水的味道。

五花挺满意，把东西放下，去吃饭。

厨房在后院，不大，但很干净。

一个女人背对着门口，坐在木桌旁吃东西。她的头发很直，很黑，很亮。怎样一副面孔才能配得上如此美丽的长发？五花迫切地想知道答案，他干咳了一声。

女人慢慢地转过了身。

那是一张清清纯纯的脸，白皙，精致。五花的心快速跳动了几下，感觉她身上有一些让人心疼的东西，比如说柔弱、纤细、一尘不染。他一下子喜欢上了她。

其实，他喜欢每一个异性，只要不太丑。

"你好。"五花鼓起勇气说。

她静静地看着他，没说话，眼神里有一丝警惕。

五花有些不好意思地说："我叫五花，第一天到这里上班，值夜班。"

"我叫水鱼，是这里的房客。"她的声音软软的。

五花有些手足无措。他缺少和异性相处的经验。

"请坐。"她往旁边挪了挪。

五花就坐下了。早饭是葱油饼和棒子面粥，味道还不错。五花只吃了两口，就已经饱了。都说秀色可餐，此言极是。

"你还不如我吃得多，我吃了两块葱油饼。"水鱼浅浅地笑着说。

五花又吃上了，狼吞虎咽。

她笑了笑，问："值夜班累吗？"

“不累。我表舅说了，累了就睡觉。”

“老板是你表舅？”

“对。”

厨房里有一个蜂窝煤炉子，上面坐着一壶水，水开了，“咕嘟咕嘟”冒热气。

水鱼站起身，把水倒进了暖壶，又问：“吃完饭你干什么？”

“没事儿。”五花的心猛烈地跳起来，预感到要发生点什么事。

“我想去河边看看，你陪我去吧。”停了一下她又说，“听说，最近木勺镇来了一个变态狂，拿着砖头砸人，我怕碰上他。”

“好。”五花立刻就答应了。

“你等我一下，我回房间拿点东西。”

“好。”

水鱼走了。她的脚步很轻，像猫一样无声无息。

五花激动万分，想回房间换上最帅的衣服，又怕水鱼回来看不到他，自己走了，就没去。他走到水龙头旁边仔细地洗了脸，又把手上沾上水，理了理头发，然后站在厨房门口等她。

过了十几分钟，她还没来。

五花焦急地走来走去，把厨房门口的几棵草都踩秃了。

水鱼终于来了，她背着一个画夹，提着一个颜料盒和小水桶。她换上了一条白色的亚麻长裙，脸上化了淡淡的妆，看上去比阳光还要明媚。

“你是画家？”五花问。

水鱼笑了笑，说：“画着玩儿，走吧。”

他们出去了。

前面有一条小河，水不是很深，很清澈，成群的金鱼在水里游来游去。河上有一座石拱桥，十几米长，石头上长满了青苔，看上去有年头了。河边有一片芦苇，里面有叽叽喳喳的声音，不知道是什么鸟。

水鱼脱了鞋，光着脚在河里走。她的脚很小，很精致，晶莹剔透。五花看呆了，他甚至想变成河底的沙子，让水鱼轻轻地踩在他身上……

“你到木勺镇干什么？”五花问。

“寻找金鱼。”水鱼停下来，看着河水里的金鱼，又说，“我喜欢金鱼，听说木勺镇有很多人养金鱼，我就来了。我要画一幅最美丽的画，主角是一条最美丽的金鱼。”

“河里有很多金鱼，你怎么不画它们？”

“它们只是一些普通的草金鱼，不够美丽。”

“你要找什么样的金鱼？”

水鱼上了岸，说：“我画给你看看。”她找了一片干净的沙滩，把画夹支在地上，打开颜料盒，对五花说：“你帮我打点水。”

五花提着小水桶，去河里打了一桶水，交给她。

“不许看。”她撒娇地说。

五花走到旁边，坐下来，等着看她画的金鱼。周围静极了，能听见昆虫低低的叫声，还有微风吹动花草的声音。可是，五花总感觉这附近还有另外一种声音，那是一个男人粗重的喘息声，急促而低沉。

五花不时瞥一眼芦苇荡。也许，那里面除了鸟，还有另外一个活物，他直直地躺在湿漉漉的地上，脚丫子朝天，睡得无比香甜……

“你画的是什么画？”五花试图转移注意力。

“水彩画。”

“我一直觉得画画很浪漫，天天跟美丽的东西打交道。”

“对，我很喜欢画画。”

“你是哪里人？”

她说了一个地名，语速很快，五花没听明白。他又问：“你在我表舅的旅馆住几天了？”

“半个多月了。”

“一天三百八十块钱，挺贵的。”

水鱼抬头看了五花一眼，说：“还行。”

她很有钱，或者说，她家里很有钱，五花想。

过了一会儿，她站起身，说：“画好了，你过来看看吧。”

五花凑过去看。

那是一条很古怪的金鱼，黑色的身体，夸张的大尾巴，深红色的脑袋，眼睛、鼻子和嘴是黑色的，看上去很像是小孩儿的脸。她画得不错，很逼真。

五花觉得它有些眼熟。

“它漂亮吗？”水鱼问。

五花还在想在哪儿见过它，马上就要想起来了。

水鱼喃喃地说：“它是金鱼中的精灵。”

是它！五花终于想起来了，登记室的鱼缸里就有一条这样的金鱼。不过，他并不觉得它有多漂亮，反而觉得它有些恐怖。他想了想，问：“这是什么金鱼？”

“我也不知道。很小的时候，我家里有一条这样的金鱼，后来它病死了。

我想再养一条，找了很多年，可惜一直没能找到。”她叹了口气，幽幽地说，“只要能找到它，我愿意付出一切代价。”

五花的心动了一下，脱口而出：“我好像见过它。”

“真的？”她的眼睛一下就亮了。

“我也不知道是不是。”五花冷静了一些，“你把这幅画给我，我拿去比对一下。”

“好。”她立刻把画从画夹上取下来，又卷起来，交给了他。她没问五花在哪里见到的这种金鱼。也许，她知道。

五花说：“如果不是，我再把画还给你。”

“不用还了。”水鱼低下头，眼泪竟然“啪嗒啪嗒”地掉下来，哽咽着说：“也许，我一辈子都不可能找到它了。”

五花有些疑惑地问：“你为什么一定要找到它？一条金鱼而已。”

水鱼沉默半晌，轻轻地说：“它是我童年的全部，可以说，它是我唯一的玩伴。”

她的童年很不幸，五花想。

“回去吧。”水鱼看上去有些失落。

五花决定要为她做点什么。

路过那片芦苇荡的时候，五花忍不住又往里瞥了一眼，愈发感觉到里面藏着一个人，一个面目模糊的人。水鱼似乎也察觉到了什么，加快了脚步。

芦苇荡里，一只鸟高一声低一声地叫着：“布谷，布谷，布谷，布谷……”

那是杜鹃鸟，舌头血红。

回到旅馆，水鱼直接回了房间。她住在三楼，最西头那间。

五花拿着那幅画，去了登记室，想再看看那条金鱼。他有钥匙。转到门口，他掏出钥匙准备开锁，却发现铁门根本就没上锁，推了推，没推开，里面插上了门闩。

表舅在里面。

五花有些疑惑，又转到窗前，惊讶地发现表舅正趴在长条桌上睡觉，还打着呼噜，看上去已经在这里睡很长时间了。

五花诧异了，敲了敲窗户。

表舅抬起头，很不情愿地睁开眼，看见是五花，他面无表情地问：“你去哪儿了？”

“出去了。”五花低声说。

“和谁一起出去的？”

“水鱼。她要去河边画画，害怕遇见那个变态狂，让我陪她去。”

表舅左右看了看，压低声音说：“我想跟你说一件事儿。”

“什么事儿？”

“咱们也算是亲戚，我得对你负责，你说是不是？”表舅的语气有些古怪。

五花的心慢慢地沉了下去，小心地问：“怎么了？”

表舅一副欲言又止的样子，半天才说：“你最好不要和住在这里的女人打交道。”

“为什么？”

“你和她们不是一路人。”

五花一想，明白了：她们都是有钱人，而他只是一个投亲的穷小子，压根儿就配不上她们。他低下头，没说话。

表舅似乎还想说什么，犹豫了一会儿，挥挥手说：“回去歇着吧。”

五花转身就走。他低着头，步伐沉重地在走廊里慢慢地走，一下撞到了什么东西上，应该是一个人。他立刻停住脚步，抬起头，看见了一个女人。

她毫不掩饰地看着五花。

刚才，五花低着头，没看见她，她却能看见他。他能够撞到她身上，说明她一直站在这里不动，等着他撞上来。五花的心里冒出一个念头：他和她之间要发生点什么事。

她突然笑了。

3. 钓人

五花吓了一跳。

她指着五花的鼻子，一惊一乍地说：“你不是那个谁吗？是谁来着……”她皱着眉头，似乎在拼命回忆着什么。

“我是五花。”五花小心地提醒她。

“对了，你是五花。”她变得更加热情了，“你不认识我了？”

“你是……”五花怎么都想不起来她是谁。

“我是刘梅呀，咱们上小学的时候在一个学校。”

这个名字太常见了，遍地都是。

五花记得当时学校里有七八个刘梅，他们班里就有两个，老师点她们名字的时候，还得用手指一下。五花不能确定眼前这个刘梅是哪一个刘梅。在他的印象里，那几个刘梅都长得差不多，黄头发，流鼻涕，瘦小的身躯包裹在肥大的藏青色校服里。

“老师经常罚你站在教室门口。”刘梅又说。

五花记得当时他们班里的绝大多数男生都被老师罚过，只有一个男生没被罚过，他是癫痫病人，受了刺激就口吐白沫，老师不敢罚他。

“你怎么在这里？”五花问。其实，他更想问刘梅在哪里上的小学，仔细一想，又没问。一个绝不算丑的女人主动跟你搭讪，你却对她的动机刨根问底，这绝对不是明智的行为。

刘梅的神情一下黯淡起来，说：“我弟弟不见了，我来找他。”

她弟弟一定是出事了，五花想。

刘梅拉住他的胳膊，说：“好多年不见了，到我房间聊聊。”

她也住在二楼，最东头那间。

五花一边走，一边偷偷地打量她。她不如水鱼漂亮，却也很耐看，而且身材凹凸有致，勾人眼球。如果说水鱼是冰，那她就是火，热情的火。五花甚至想：如果她们两个都要嫁给他，娶谁好呢？

进了房间，刘梅很自然地关上了房门。

这个举动让五花的心跳得更快了。

“我这里只有茶。”刘梅说。

“太巧了，我只喜欢喝茶。”五花撒谎了，他更喜欢喝饮料。

“你怎么在这里？”

“这是我表舅的旅馆，我过来给他帮忙。”

“真没想到能在这里遇到你。”

“我也没想到。”

“你结婚了没？”

“我连女朋友都没有，你呢？”

她端给五花一杯茶，笑吟吟地说：“我也还是单身。”

五花的心都快跳出嗓子眼儿了。他想：她是不是在暗示什么？

有两分钟，他们都不说话，房间里有一股暧昧的气息。

“你弟弟怎么了？”五花没话找话。刚说完，他立刻就后悔了——他找的这个话题不太合适，有些丧气。

果然，刘梅的脸色变了一下，有些悲凉地说：“他离家出走了。”

“为什么？”五花只能顺着往下说。

刘梅犹豫了一下，说：“我弟弟是个文物贩子，成天往乡下跑，淘换古董。”

“前些日子，他又去乡下淘换古董，结果被几个当地人合伙给骗了，赔光了家底。他受了刺激，精神有点失常，到处乱跑。我在报纸上登了寻人启事。三天前，有人给我打电话，说在木勺镇见过他，我就找来了。”

五花问：“你找到他了吗？”

刘梅摇摇头。沉默了一阵子，她突然问：“木勺镇来了一个变态狂，拿着砖头砸人，这件事儿你听说了吗？”

“听说了。”

“那个变态狂很可能就是我弟弟。”

眼前这个热情的刘梅陡然和一个面目模糊的变态狂扯上了关系，五花的心一下就悬空了。他愣了片刻，问：“你怎么知道？”

“木勺镇有人在河边见过他，描述的体貌特征和我弟弟很像。”

“他一直在外面游荡？”

“是。”

“他吃什么？”五花想：植物人都需要吃东西，变态狂肯定也得吃。

刘梅叹了口气，低声说：“不知道。”

五花感到一阵悲凉，又问：“他在哪儿睡觉？”

“不知道。”

刘梅低下头，擦拭着眼角，似乎是流泪了。

五花陪着她难过。

又是很长时间的沉默。

刘梅慢慢地抬起头，看着五花说：“你陪我去趟河边好吗？我想到了一个办法，也许可以把我弟弟引出来。”

“什么办法？”

“我昨天买了一件古董，也许可以用它把我弟弟引出来。”停了一下，她又解释说，“我弟弟喜欢古董。他曾经说过，他的鼻子能闻见古董的气味。如果他没感冒，那几个当地人也骗不了他。”

五花想了想，说：“行，我先去大门外等你。”他不想让表舅看见他和刘梅在一起。

刘梅说：“好，我准备一下。”

太阳已经偏西了。

远处，几只黑色的大鸟在芦苇荡上空盘旋，似乎是发现了什么，“嘎嘎”地乱叫，声音很丧气。它们是食腐动物。

五花眯起眼睛，似乎看到了芦苇荡深处有一个人，他穿一身脏兮兮的迷彩服，仰面躺着，双手插在长满绿藻的浅水里，两个眼珠子往外鼓着，半张着嘴巴，一动不动……

“想什么呢？”刘梅出来了，提着一个很大的旅行包。

五花抖了一下，收回了思绪，说：“没想什么，走吧。”

走着走着，天就阴了。

五花偷偷地打量着身边的刘梅，发现她的表情很肃穆，脸一点点地变白，越看越像是恐怖电影中的女主角……

就差背景音乐和一声尖叫了。

一声尖叫。

是刘梅喊的。

五花打了个哆嗦，迅速转过头，看见芦苇荡里钻出一个男人，他中等身材，很壮实，脸很黑，眼神有点木，手里抓着一条红色的大鱼。他定定地看着五花。

变态狂出现了？

五花一下就傻住了。过了一会儿，他忽然想到，那个人不是在看他，而是在看刘梅。他看了一眼刘梅，发现她的眼神里只有惊恐，很显然，那个人不是她的弟弟。

那个人直直地走了过来。

五花觉得应该做点什么，就挡在了刘梅身前。

那个人在他们身前两米远的地方停住了，冷冷地问：“干什么的？”

五花小心翼翼地说：“找人……”

“找谁？”他警惕地问。

五花瞥了一眼刘梅，说：“她弟弟丢了。”

那个人看了一眼刘梅，眼神里没有丝毫同情的意思。

五花试探着往前走了一步，小声地问：“你在芦苇荡里干什么？”

“抓鱼。”

“抓到了吗？”

他没说话。

五花看了一眼他手里的红色大鱼，又问：“你在芦苇荡里有没有看到一个人？”

他四下看了看，神秘兮兮地问：“你们是不是在找那个变态狂？”

五花和刘梅都没回答。

他笑了笑，意味深长地说：“你们慢慢找吧。”说完，他转身走了。

刘梅的表情有些失落。呆站了一会儿，她走到芦苇荡前面，找了一片空地，蹲下来，打开旅行包，从里面抱出一个长方形的瓷器，中间凹进去一块，脏兮兮的，看样子有年头了。

“这是什么？”五花问。

“以前的人用的枕头。”

“这么硬，能用吗？”

“那个老太太枕着它睡了一辈子，前些天她死了，她儿子嫌这东西丧气，就卖给了我。”

“多少钱？”

“两千。”

“它是古董吗？”

“我也不知道，应该是吧。”

他们坐在沙滩上，静静地等待着。

那几只黑色的大鸟还在“嘎嘎”地叫。

五花抽了抽鼻子，没闻到任何气味。看着那个枕头，他觉得这件事就跟钓鱼一样，不同的是，钓鱼用鱼饵，钓变态狂用死人枕头。

太阳落山了。

那个变态狂始终不上钩。

五花想：他虽然已经变态了，但是智商还在，肯定比一条鱼狡猾多了。一念及此，他不由得紧张起来：有智商的变态狂就像有文化的流氓一样，让人防不胜防。

“回去吧？”他试探着问。

刘梅静静地看着不远处的芦苇荡，一言不发。

“我值夜班，要上班了。”

“回去。”刘梅长出了一口气。

他们收拾了东西，往回走。走出去几十米，五花回头看了一眼芦苇荡，发现它没有一丝一毫的晃动，就像固体一样，看上去更加深邃了。

“你没事儿吧？”五花问。

刘梅的眼睛湿润了。

五花鼓起勇气，拍了拍她的肩膀，小声地说：“你别难过，也许用不了几天，他就自己回家了。”

刘梅喃喃地说：“他离家出走的时候，身上一分钱都没有，只穿了一条短裤，你说他是怎么活下来的？”

她的话让五花的心有点酸。

“你说，是不是因为我买的这个枕头是假的，他才没闻到？”

“有可能，现在的假古董太多了。”

刘梅停下脚步，回头看了一眼远处的芦苇荡，问：“你能不能帮我找一件真古董？”

“我找不到。”五花为难地说。

“那算了。”她强笑了一下，继续走。

五花忽然想起登记室里的那个鱼缸，追上她，说：“也许，我可以帮你。”

“真的？”刘梅的眼睛一下就亮了。

“我也不知道那是不是古董，打听明白了再告诉你。”

刘梅看着他的眼睛，轻轻地说：“我一定会报答你的。”

这句话饱含深意，五花听出来了。

刘梅又回头看了一眼芦苇荡，说：“我弟弟的事儿，请你不要说出去，我不想让外人知道。”

五花一阵激动。他听出来了，她的意思是说他不是外人。

“我什么都不说。”他说。

刘梅轻轻地笑了一下。

回到旅馆，天已经黑了。

刘梅回了房间，五花直接去了登记室。

表舅打开门，定定地看着他，半天才问：“你又去哪儿了？”

五花低下头，说：“我去河边转了转。”

“吃饭了没？”

“没吃。”

表舅出去了，很快又回来了，端着一个盘子，里面是几个大包子。他把盘子递给五花，说：“吃吧，猪肉大葱馅儿的。”

五花低头吃着包子，不说话。

表舅没有离开，坐在椅子上，不知道在想什么。过了一会儿，他开口了：“我再告诉你一次，不要和住在这里的女人打交道，你和她们不是一路人。不要胡思乱想，不要胡作非为，好好上班，知道吗？”

表舅的语气有些严厉，肯定已经察觉到了什么。

“知道了。”五花小声说。

停了一下，表舅又说：“在这里，不管你遇到什么事儿，都别当真，把自己当成一个看客，千万不要置身其中，知道吗？”

“知道了。”五花的声音更小了。他觉得，表舅的思想太古板，凭什么爱情一定要门当户对？灰姑娘都可以嫁给王子，穷小子为什么不能迎娶白富美？

表舅出去了，“咣当”一声带上了铁门。

五花把七道门闩全插上了，然后从兜里掏出水鱼画的那幅画，走到水缸旁边，蹲下来，仔细观察。他决定，如果鱼缸里的金鱼就是水鱼一直在寻找的那种，就偷偷地把它送给她，然后告诉表舅说金鱼死了，让他给扔了。

它浮在水面上，身体有些倾斜，嘴巴无力地一张一合，似乎是生病了。它的黑色的眼珠子直直地盯着五花。

五花和它对视着。

4. 第三个房客

它的颜色无比妖艳，外形无比古怪，有一种恐怖的美。它愣愣地看着五花，忽然哆嗦了一下，就像是人打了一个喷嚏一样，有点好笑。不过，它马上又恢复了原来的姿势，继续盯着五花。

五花仔细看，发现它身上的鳞片掉了一些，这让它显得更加古怪了。他看一眼那幅画，再看一眼它，就像玩找碴儿游戏一样。过了半天，他得出一个结论：这就是水鱼一直在苦苦寻找的那种金鱼。

五花一下子兴奋起来，就像突然发现自己手里有一张中了五百万的彩票一样。

好事成双。

他还有一张彩票，还没开奖。他又开始观察那个鱼缸。可惜，他对古董一窍不通，看了半天，也不知道它到底是不是古董。他拿出手机，上网，查相关知识。研究了半天，也没弄明白——纹饰、釉质、胎质还有成型工艺，这些东西对他来说无比深奥。不过，他还是学到了一条知识：可以通过款识来鉴定瓷器。

款识是瓷器的身份证，记录着一件瓷器的时代、制作者、窑口等信息。款识通常在瓷器的底部。

五花搬了搬鱼缸，很重。

那只金鱼受了惊吓，又哆嗦了一下，眼睛直直地盯着五花。

五花觉得它是生气了。他没当回事——没有人会去跟一条金鱼较劲。他用尽全身的力气，把鱼缸抱了起来，底部的一小半放到长条桌上，蹲下来，双手托着它，仰着头，观察它的底部。

底部脏兮兮的，有一层厚厚的油污。

五花用一只手托着鱼缸，用指甲剥离油污。在死寂的登记室里，指甲刮擦鱼缸底部的声音显得格外刺耳："刺啦，刺啦，刺啦，刺啦，刺啦……"

那只金鱼在鱼缸里躁动不已。

它一定察觉到了什么。

五花不理它，加快了手上的动作："刺啦，刺啦，刺啦，刺啦，刺啦，刺啦，刺啦……"

那条金鱼折腾得更厉害了。

忙活了一阵子，款识终于显现了出来：大明宣德年制。五花的历史知识很匮乏，不知道大明宣德年是哪一年，不过他知道这个鱼缸是古董。

又中奖了。

他小心翼翼地把鱼缸抱起来，放回了原处。也许是因为突然变安静了，那条金鱼有点不适应，也许是它内心的恐惧已经达到了顶点，它"扑棱"一下从鱼缸里跳了出来，躺在地上，定定地看着五花。

它竟然没有挣扎。

五花觉得它的眼神很复杂，似乎是在控诉，又似乎是在求助。他走过去，把它捧了起来。它的身体软绵绵的，在他的手里一动不动。五花发现它身上的鳞片又掉了一些，样子变得越来越恐怖。

他轻轻地把它放进了鱼缸，又把地上的鱼鳞捡起来，也扔了进去。

它静静地浮在水面上，一动也不动，眼神有些怠倦。五花掏出手机，想给它拍张照，给水鱼看看。它转了一下眼睛，似乎是在猜测他要做什么。

闪光灯闪了一下。

它的眼睛里闪过一丝冷意，五花敏锐地捕捉到了。

不管它了。

五花坐下来，开始思考。

夜深人静，又睡不着，正是想心事的时间。

水鱼说，只要能找到那条金鱼，她愿意付出一切代价。她的头发是那么的黑，脸是那么的白，柔柔弱弱，一尘不染……

刘梅说，她会报答他。她的身材凹凸有致，人也很热情，而且是他的小学同学，他们也算是青梅竹马……

选谁呢？

这是个很折磨人的问题，五花把大半夜的时间都搭在了里面，也没得出个结果。

他趴在长条桌上，睡着了。

显示器的监控画面里，三楼的走廊里出现了一个女人，她穿一身红色的睡衣，低着头，慢慢地走，似乎是在寻找什么，又似乎是在思考什么。她前面的头发很长，垂下来遮住了大半张脸，表情不详。

她是第三个房客。

站在楼梯口，她犹豫了两秒钟，下楼了。

楼梯里没有监控探头。

她消失了。

五花对此毫无察觉，还趴在长条桌上呼呼大睡。在梦里，他做出了这样一个决定：两个都娶。这个决定把他自己都吓了一跳，于是，他就醒了。

登记室里还是静悄悄的，似乎没什么变化。

五花的胳膊还压在脑袋底下，他慢慢地直起身子，抽出手，打算伸个懒腰，手一下子碰到了一个滑腻腻的东西。他吓了一跳，猛地抬起头，看见那条金鱼直撅撅地躺在长条桌上，已经死了。

它的黑色的眼睛阴沉地盯着他，身上有一股腥臭气。

五花的头发一下就奓了。

鱼缸距离长条桌差不多有两米远，桌面距离地面差不多有一米高，它是怎么上来的？跳上来的？五花今年23岁，从没听说一条金鱼能一蹦三尺高。

惊恐之余，五花又有些遗憾——它死了，他和水鱼也就没戏了。

一条金鱼的死亡，终结了一段即将开始的爱情。

五花站起身，去看那个鱼缸。

水鱼不行，他还有刘梅。

鱼缸不会蹦，安安静静地站在角落里。五花过去看了一眼，顿时魂飞魄散——那条金鱼在鱼缸里欢快地游动着，精神饱满，动作有力，没有丝毫的病态。

这是怎么回事？

愣了半晌，五花回过头，看见那条金鱼直撅撅地躺在长条桌上，早已气绝身亡。他又回过头，看见那条金鱼在鱼缸里欢快地游动……

他的脑袋像钟摆一样左右摆动，停不下来。

思来想去，五花想出了这样一种可能：表舅来过，看见鱼缸里的金鱼死了，又弄来一条放了进去，把死了的那条金鱼顺手放到了长条桌上。

他看了看门闩。

七道门闩全插上了，没有人能进来。

五花仿佛触摸到了一股阴森森的鬼气。

天快要亮了。

五花想：得把那条死了的金鱼处理掉，如果让表舅看见，不好解释。他抓起它，把手塞到衣服底下，鬼鬼祟祟地去了厕所。一路上，它的身体不时碰到他的肚子，他能感觉到它凉凉的、滑滑的、肉乎乎的……

五花身上的鸡皮疙瘩一下就起来了。

厕所里没有马桶，有两个蹲坑，抽水的那种。五花把它扔进去，按下了开关，强大的水流一下子冲出来，把它冲进了那个黑乎乎的洞里。

堵住了，蹲坑里的水不往下流了。

五花左右看了看，发现角落里有一个拖把，拿过来，使劲往下捣。那条金鱼还在鱼缸里，这条来历不明的金鱼留在世上太多余了，五花的心里生出一种暴力欲望。

他弄错了，来历不明的是鱼缸里的那条金鱼。

它终于消失了。

回到登记室，天已经亮了。

五花坐在椅子上，惊魂未定。他无论如何也想不明白，一条金鱼为什么会变成两条。会不会是幻觉，鱼缸里压根儿就没有金鱼？

他赶紧回头看了一眼。

它在鱼缸里欢快地游动着，毫不留情地戳破了他的希望。

他又凑过去看它。

这就像看恐怖小说一样，越害怕就越想看，欲罢不能。

它停止了游动，歪着脑袋，好奇地打量着他，眼神看上去无比清澈。五花没有被它的外表迷惑，死死地盯着它的眼睛，试图从其中看出些什么。

“看什么呢？”背后有人。

五花打了个激灵，迅速回过头，看见表舅站在身后。

“没，没看什么。”五花站起了身。

表舅瞥了一眼鱼缸里的金鱼，没说什么，又问：“你怎么不把门闩插上？”

“我刚才去厕所了……”

“下次记得把门闩插上。”表舅打断了他，“这会儿没有客人，你到厨房帮我做早饭。”

“知道了。”

锁上门，五花跟着表舅去了厨房。

早饭还是葱油饼和棒子面粥。表舅熬上粥，又去和面。五花负责切葱花，他有些心不在焉。他想：只是把鱼缸借给刘梅用一下，表舅应该不会发现……

“切葱花，不是切葱段。”表舅大声说。

五花立刻端正了态度，认真切葱花。他偷偷地瞄了表舅一眼，发现他板着脸。他注意到一个细节：表舅一直没笑过。也许，他压根儿就不会笑。

和好了面，表舅说：“歇一会儿吧。”

五花鼓起勇气，开口了：“表舅……”

“什么事儿？”表舅看了他一眼。

五花打好腹稿，慢慢地说：“有一个女孩，她的弟弟精神出了问题，离家出走了。她四处寻找，终于知道了她弟弟在什么地方。可是，她弟弟躲起来了，不肯见她。我们是不是应该帮她一把？”

表舅没说话，捡起身边的一块小石头，扔向了院里那几只麻雀。他扭过头，定定地看着五花，一言不发。

五花想了想，试探着说：“你是说，不能惊动她弟弟，要不然他就吓跑了？”

表舅摇摇头，说：“不。我是说，那关你鸟事儿。”说完，他站起身，去做葱油饼了。

五花想：该想个别的办法了。

吃完早饭，表舅让五花回去睡觉，他去了登记室。

五花又等了一阵子，还是不见水鱼和刘梅下楼吃早饭。他想去找她们，又怕打扰她们睡觉。他回到房间，躺在床上，又开始想那条金鱼，越想越觉得不对头，又不知道到底是哪里出了问题。

有东西敲击窗户：“咣当，咣当，咣当。”

五花坐起来，看见窗户外面吊着一个玻璃瓶，里面有一张纸条。很明显，这是从楼上的房间吊下来的。那是水鱼的房间。五花打开窗户，解开绳子，把玻璃瓶拿在手里，那条绳子又慢慢地升了上去。

五花想探出脑袋看一看，可是窗户外面有防盗的栏杆，脑袋伸不出去。他把纸条倒出来，打开，看到上面只有一句话：我们到黄婆婆家做做吧。

五花想：水鱼写了错别字，应该是“坐坐”，不是“做做”。转念一想，他一下子兴奋起来——也许，水鱼就是想和他去黄婆婆家“做做”。

孤男寡女，干柴烈火，在一起能做什么？

答案不言而喻。

五花手忙脚乱地换上衣服，洗漱一番，兴冲冲地出发了。出了门，五花才想起不知道黄婆婆家在哪儿。他回头看了看，不见水鱼，不知道她是不是已经出发了。犹豫了一会儿，他朝前走去，打算在路上找人问一问。

那辆古怪的摩托车“突突突突”地驶了过来。司机看了五花一眼，张大了嘴，表情很诧异，就像见鬼了一样。过了一会儿，他说：“怎么是你……坐车吗？”

他的表情让五花的心里结了一个疙瘩。他问：“去黄婆婆家，多少钱？”

“五块钱。”

五花上了车。

“你们去黄婆婆家干什么？”司机随口问了一句。

五花注意到他用了“你们”这个词，就问：“还有谁去黄婆婆家了？”

“一个女孩。”

“她长什么样儿？”

“挺瘦，挺漂亮。”

是水鱼，五花想。他想了想，说：“我们随便看看。”

司机瞥了他一眼，没说什么。过了一会儿，他又说：“真没想到，你还能再坐我的车。”

“什么意思？”五花觉得他的话里饱含深意。

司机回头看了一眼，压低了声音问：“你不是游客吧？”

“不是。我在表舅的旅馆上班。”

“我送过三个人到你表舅的旅馆上班，后来他们都不见了。”

五花倒吸了一口凉气。

“三个人都不见了。”司机又重复了一遍。

“他们去哪儿了？”五花问。

沉默了一会儿，司机意味深长地说：“你应该去问你表舅。”

说话间，黄婆婆家到了。

五花下了车，付了钱，摩托车一溜烟走了，似乎是在逃避什么。

黄婆婆家大门左边种了一棵歪脖子树，怪模怪样。树底下，立着一块简易招牌，上面只有两个大字：旅馆。大门敞开着，上面的春联已经泛白，有些残缺，看上去有些丧气。

五花走了进去。

地上铺了一层细细的沙子，皮鞋踩在上面，声音是这样的：“嚓，嚓，嚓，嚓，嚓……”

院子里空荡荡的，没有花，没有草，没有鸡，没有狗。三间正房、两间偏房，都是用石头建的，房顶上的茅草已经发黑。

堂屋没有门，用一块蓝布遮挡着。

五花喊了两声，没有人应答。他掀开门帘，进了屋。

屋子里光线不好，很暗。角落里有一个老式的梳妆台，上面有一块镜子，椭圆形，贴了一个双喜字，红红的。一个老女人背对着他，低着头，用一把黑色的木梳仔细地梳理头发。她的动作很慢，令人发冷。屋子里除了一盏落满灰尘的电灯，没有其他电器。家具都有年头了，可能比黄婆婆还老。

五花干咳了一声。

她慢慢地转过了身。她脸上的皮肤一块块地坏死，坑坑洼洼，像一块被风雨剥蚀亿万年的花岗岩。

五花第一次发现人老了之后，模样会如此吓人。

黄婆婆始终不说话，这不是待客之道。

静默中，气氛有些尴尬。

黄婆婆突然笑了一声，是那种憋不住迸出来的笑。在这样灰暗又密闭的屋子里，她的笑声十分瘆人。

五花抖了一下。

5. 真相

短暂的沉默。

黄婆婆干咳一声，开口了："你干什么？"她的声音比她的人还要苍老。

五花小声说："我找人。"

"她在西偏房。"黄婆婆没问他找谁，她肯定知道。她转过头，继续梳理头发。她把后面的头发往前梳，遮住了脸，于是，镜子里她的脸就变成了没有五官的后脑勺。这个老女人身上有一股鬼气。

五花慢慢地退了出去。

西偏房没有窗户，有一扇门，很厚重的木门。

五花敲了敲门。里面有人说了一句话，声音很轻，听不真切，似乎是请他进去。他推了推木门，"吱呀"一声，木门开了，一股奇怪的味道扑鼻而来，有灰尘味，有什么东西发霉的味道，有淡淡的香水味……

有一铺大炕，一个女人背对着门口，盘着腿坐在炕上。

炕上一个角落里放着一个很大的玻璃瓶，装着暗绿色的液体，里面似乎还泡着什么东西，弯弯曲曲，可能是蛇，也可能是蜈蚣。

不管是什么，都不是善类。

五花对长条状的活物充满了畏惧。

她始终不说话。

五花往前走了几步，小声地说："我来了……"

那扇厚重的木门慢慢地关上了："嘭！"

屋子里顿时变黑了。

五花的头发一下竖了起来，差一点叫出声。

那个女人的身影变得模糊了，像一个噩梦。她慢慢地转过了身，可是五花看不清她的脸。沉默了几秒钟，她缓缓地说："我比你来得早。"

不是水鱼的声音！

五花一下子惊呆了，马上想到他中计了，而且很可能是毒计，能不能活着离开，完全取决于对方。

她又说："你别怕，我没有恶意。"

五花不信。

她压低了声音，神秘兮兮地说："我把你约到这里，只是想告诉你一个秘密。"

五花赶紧竖起耳朵，生怕听见她说："这个秘密就是……我想要你的命。"

"这个秘密就是……"她的声音很轻，像一根羽毛一样在屋子里飘飞。

五花的心都快跳出嗓子眼儿了。

"水鱼和刘梅都是骗子。"

"什么？"五花无比震惊。

"水鱼和刘梅都是骗子。"她又重复了一遍，"她们接近你，与爱情无关，只是想通过你，得到她们想要的东西。水鱼想要那条金鱼，就编造了一个童年发小儿的故事。刘梅想要那个鱼缸，就找了一个帮手，假扮变态狂。她们事先得知你表舅要雇人，早已挖好了坑，就等着你往下跳了。"

五花还没回过神儿。

她接着说："你可能还不知道，那条金鱼非常名贵，是一条差不多已经绝迹的朱顶紫罗袍，最少值几十万。那个鱼缸就更值钱了，能卖出一个天文数字。"

五花有些蒙。

"啪嗒"一声，灯亮了。

五花抖了一下，下意识地看了她一眼。她的穿着很华丽，看上去价格不菲。她浅浅地笑着，和五花对视，似乎要看穿他的大脑。五花有些害怕她的眼神，就低下了头。他想了一下，觉得她长得有些古怪。是古怪，不是丑。

她的眉毛很浓，眼睛很大，鼻梁高挺，嘴巴不大不小……单独看，没什么问题，但是组合到一起之后，就显得有些怪异。

问题出在哪里？五花努力地想。想着想着，他悚然一惊——她长得像男人！他甚至怀疑她就是一个男人，只是穿了一身女人的衣服……

“你不相信我说的话？”她问。

五花低着头问：“你是谁？”

她似乎笑了一下，说：“我是你表舅旅馆里的房客。”

“那个玻璃瓶是你吊下来的？”

“对。”

“水鱼呢？”

“她走了。”

“走了？”五花的心莫名地颤了一下。

她又笑了一下，说：“骗局被戳穿了，她只能离开。”

“刘梅也走了？”

“对。”

五花一阵失落，仿佛丢失了两件心爱之物。他盯着她，一字一字地问：“是你把她们逼走的？”

她默认了。

“你为什么要这么做？”

“我怕你上当受骗。”她的表情看上去很真诚。

五花一脸怀疑的表情。

她笑了笑，说：“好吧，跟你说实话，我是怕她们把东西都骗走了，没我什么事了。”

“你想要什么？”五花问。

“我想要金鱼，也想要鱼缸。”她毫不掩饰地说。

五花被她的坦诚吓了一跳。

“她们承诺给你的东西，太过虚无，而我给你的是真金白银。”说完，她从身后摸出一个黑色的袋子，扔给了五花。

五花抱住，问：“什么东西？”

“你打开看看。”

五花慢慢地解开袋子，看了一眼，心跳立刻加快了。袋子里是钱，好几捆。

她又说：“这五万块钱，只是定金，事成之后我再给你五十万。”

“五十万？”五花吓了一跳。

她丢给他一张银行卡，不动声色地说：“里面有五十万。你把手机号码告诉我，事成之后，我告诉你密码。”

五花拿着银行卡，心动了。

她趁热打铁地说：“有了钱，什么样的女人都能找到。”

“我表舅的金鱼和鱼缸真那么值钱？”

“我给你看些东西。”她又从身后摸出一些资料让五花看。她早有准备。

看着看着，五花渐渐地瞪大了眼睛，呼吸越来越粗。资料上那一串串数字让他感到头晕目眩，喘不上气。

“怎么样？干不干？”她适时地问了一句。

“他是我表舅。”五花没表态。他有些犹豫。

她突然冷笑了一下，说：“你把他当表舅，他可没把你当外甥。”

“什么意思？”五花一怔。

“你可能也听说了，在你之前有三个人到你表舅的旅馆上班，后来他们都不见了。他们都是你表舅的亲戚，其中一个人还是他的亲侄子。他们到底是死还是活，也许只有你表舅才知道。”

五花颤颤地说：“你是说，我表舅害了他们？”

她没说什么。

“他为什么要这么做？”

沉默了一阵子，她用一种很阴冷的语调，慢慢地说：“也许，你表舅才是木勺镇最可怕的变态狂。”

五花打了个激灵，再想想表舅那张没有笑容的脸，他的心一点点地硬了。

“干不干？”她又问了一遍。

五花阴着脸，缓缓地吐出一个字：“干。”

她笑了。

“需要我干什么？”五花问。

“袋子里有一个手机充电器，晚上十点，你把它插到电源上，电路就会出现故障，旅馆会停电，你就离开登记室，剩下的事儿你就不用管了。”

五花把手伸进袋子，从里面掏出手机充电器，看了看，没发现异常。

她又说：“里面动了手脚，从外面看不出来。”

“不会有危险吧？”

“不会。”

“表舅会不会怀疑我？”

“停电之后，你去找他，并且想办法拖住他十分钟。十分钟之内，我们的人会把金鱼和鱼缸都搬走，他不会怀疑到你头上。”

“表舅说了，出去的时候得把门锁上。”

她笑了笑，淡淡地说：“没关系，你可以把门锁上。只要登记室里没有人，监控探头不工作，一切都好办。”

五花没问题了。

她走到他面前，伸出手，说：“事成之后，你就可以带着钱离开那个鬼地方了。”

五花握了一下她的手，没感觉到一丝温度。他忽然想起以前听老辈人说过：有男相的女人都是不祥的女人，千万不能碰。

五花还没走到旅馆，下雨了。雨不大，稀稀拉拉的。不远处的小河边，一只青蛙孤独地叫着：“呱——呱——呱——”它可能是在求偶。

五花把袋子揣进怀里，怕淋湿了。走进大门，他看见表舅坐在小楼前的台阶上，定定地看着外面，似乎是在等他。他心里一紧，硬着头皮走了过去。

“又出去了？”表舅不咸不淡地问。

五花小声说：“我出去买了个手机充电器。”

“你似乎很喜欢出去。”

“我想看看木勺镇。”

表舅瞥了他一眼，淡淡地说：“小心别走错了路。”

五花心里“咯噔”一下，心想：难道表舅察觉到了什么？

表舅却不再说什么了。

那只青蛙不叫了，周围一下子静了下来。雨还在下，没有变大，也不停，就像是没有拧紧的水龙头，滴答，滴答，滴答，滴答，滴答……枯燥而乏味。

五花坐在台阶上，低着头，怔怔地看着脚下。一只虫子躺在台阶上，已经死了，它瞪着眼睛，一副死不瞑目的样子。对了，它和金鱼一样，没有眼皮。

已经是下午了。

“是不是该去做午饭了？”五花小声地提醒表舅。

“客人都退房了，今天不用做午饭，凑合着吃点吧。”

“她们都走了？”五花装作不知情。

表舅看了他一眼，没说什么。过了一会儿，他站起身说：“走吧，吃饭去。”

午饭还是葱油饼和棒子面粥。

五花没有胃口。怀里的那个袋子就像定时炸弹一样，让他坐立不安。

表舅似乎有心事，只吃了两口就放下了筷子，说：“今天下雨，应该没有客人了。吃完饭，回去睡午觉。这两天，你一定是累坏了。”

他一定是在暗示什么，五花想。

表舅关上门，又拉上了窗帘，房间里顿时暗了下来。五花的心里充满恐惧，害怕表舅用某种邪恶的手法，让他不见了……

一个人不见了，很可能就是死了。

表舅上了床，挺直了身体，瞪着眼，一动不动，乍一看跟死不瞑目似的。过了大约一分钟，他慢慢地闭上了眼睛，很快就发出了鼾声。

五花觉得那鼾声里有伪装的成分，目的只是为了迷惑他。他当然不敢睡，害怕睡着了之后就再也醒不过来了。

鼾声是有传染性的。

雨还在下，滴答，滴答，滴答，滴答，滴答……

这种单调又规律的声音有催眠的作用。

五花的眼皮越来越沉重，粘上，又睁开，粘上，又睁开，粘上……

他还是睡着了。

表舅似乎想到了某件很可笑的事，突然笑出了声，在静谧的夜里格外瘆人。笑到一半，他捂住自己的嘴，下了床，僵僵地走到五花的床边，弯下腰，死死地盯着他的脸，似乎想确定他是不是睡着了。

五花吓得大气都不敢出，心快跳出嗓子眼儿了。

表舅观察了半天，终于放下心来，转过身，无声无息地走了。

五花一下子睁开了眼睛。

似乎是个梦，又似乎不是梦。

他扭头看了一眼，头发一下就奓了——他看见表舅已经走到了门口，轻轻地拉开门，一闪身，不见了。

不是梦。

时间已经到了晚上九点。

雨还没停，似乎更大了一些。下着雨，表舅干什么去了？五花觉得他的行为举止异于常人。他把钱藏好，把充电器拿在手里，等待着那个时刻的到来。

还有差不多一个小时。

表舅回来了，端着两碗方便面，好像早就知道他没睡，问：“你吃红烧牛肉还是小鸡炖蘑菇？”他竟然幽默了一回，这很反常。

五花没笑，说：“什么都行。”

表舅递给他一碗面，说：“吃吧。”

两个人坐在床边，吃面。表舅的吃相很不雅，大声地“哧溜”着，还吧嗒嘴。五花一边吃，一边偷瞄墙上的挂钟，盼着它走得快一点，又怕它走得太快。

快到晚上十点了。

吃完面，五花试探着问："表舅，我去登记室值班吧？"

"不用了，今天晚上休息，明天再说。"

"那你呢？"

表舅看了他一眼，慢慢地说："我也休息。"

五花想：这样也好，不用想办法拖住表舅了。

有一阵子，两人都不说话，气氛有些压抑。很远的地方，传来几声狗叫，很快更多的狗跟着叫了起来，它们一定是发现了什么。

"十点了。"表舅盯着五花说，似乎是在提醒他。

五花吓了一跳。

"睡吧。"表舅又说。

五花装模作样地拿出手机看了看，说："我的手机没电了，充上电再睡。"

电源插座在角落里。

他坐到床边，伸出脚去，找鞋。只找到一只鞋。他记得上床之前把两只鞋都脱到了床边，另一只去哪儿了？他弯下腰，看见它跑到床底下去了。他的心顿时悬空了，感觉冥冥之中似乎有一股神秘的力量在阻止他。

箭在弦上，不得不发。

他下了床，把另一只鞋掏出来，穿上，去充电。

"咔嚓"一声，充电器插上了。

电光一闪，灯一下就灭了。

五花惊呼了一声——不是假装的，他真的害怕了。

"没事儿，跳闸了。"黑暗中响起了表舅的声音。

五花虚虚地说："我买的这个手机充电器质量有问题。"

表舅没说什么。

"要不要去看看？"五花紧张地问。他害怕表舅出去之后，碰上那伙人，再打起来……

"不用了，明天再说。睡觉吧。"

五花睡不着。他瞪着双眼，无比清醒。

黑夜太寂静了，似乎什么事都没发生，又似乎发生了很多事，却无人知晓。比如说，床底下的洞里一只母老鼠正在分娩，河边的草丛里两只青蛙正在交配，一只金龟子在雨水中踽踽独行，几个蒙面人撬开了登记室的铁门……

五花越想越害怕。他伸出手，摸到了那几捆钱，心里这才踏实了一点。

表舅没打呼噜。也许，他也没睡着，瞪着双眼，无比清醒。

五花看不见他的脸，甚至看不见自己的手指头。

他提心吊胆地过了一夜。

6. 尾声

天终于亮了。

是个晴天。

表舅醒了，他一边穿衣服，一边说："起床了，收拾一下准备开门。"

五花装作刚睡醒的样子，慢腾腾地穿衣服。他不知道表舅发现金鱼和鱼缸被盗之后，会有什么反应，惊慌？绝望？哭天抹泪？歇斯底里？

表舅在前，五花在后，走向了登记室。

铁门虚掩着。

五花的心一下子悬空了。

表舅停了一下，径直走了过去。

金鱼和鱼缸都不见了。

表舅站在那里，一动不动。他背对着五花，五花看不见他的脸。过了一会儿，他慢慢地转过身，表情竟然很平静。他绕过五花，把铁门关上，又插上了门闩："咣当，咣当，咣当，咣当，咣当，咣当，咣当。"

七道门闩全插上了。

五花抖了七下。

表舅走到他身前，定定地看着他，半天才说："这事儿和你有关，对吗？"

五花仿佛掉进了冰窟，僵住了，脑子里只有一个念头：完了。

表舅又看了他几眼，说："我早就告诉过你，在这里不管遇到什么事儿，都别当真，把自己当成一个看客，千万不要置身其中。你没听我的话，对不对？"他的手慢慢地伸进了怀里。他的怀里一定藏着某种致命的武器。

五花觉得自己大祸临头了。

沉默了半天，表舅忽然叹了口气，说："说实话，你比他们三个强多了，至少，你没不辞而别。"

什么意思？难道表舅要让他像之前的三个人一样消失吗？五花魂飞魄散，眼泪一下流了出来，那是悔恨、恐惧、绝望、求饶的泪水。

表舅定定地看着他。

“金鱼和鱼缸值多少钱？我赔。我有五万块钱，都给你。我在这里给你打工，干一辈子，不要工资。”五花的声音已经变形，像一只被割断了脖子的鸡。

“你还想在这里上班？”表舅的语气有些冷。

“不要工资。”五花颤颤地说。

表舅忽然笑了笑，说：“好，你可以留下，工资照发。”他把手从怀里掏了出来，手里什么都没有。

五花愣住了，有点不相信自己的耳朵。

“你是不是很怕我？”表舅又笑了笑。

“那三个人去哪儿了？”五花壮起胆子问。

“他们勾结那些骗子，把金鱼和鱼缸弄走之后，就再也没露面，我也不知道他们去哪儿了。”

五花想了想，忽然觉得不对头：“金鱼和鱼缸不是刚被偷走吗？”

“给你看样东西。”表舅神秘兮兮地说。他抓住货架，使劲一拉，货架无声地滑开了，一间小屋子出现在五花眼前，里面堆满了鱼缸，还有一个巨大的塑料水箱，几十条金鱼欢快地游动着。

五花目瞪口呆。

表舅说：“你知道什么样的古董最值钱吗？是有故事的古董。你表舅妈的死让木勺镇人都认为那个鱼缸很值钱，要不然她不会至死不松手。其实，那鱼缸只是几十年前的东西，值不了多少钱。我猜测，她当时吓蒙了，只想抓住一个东西，没想到那是个要命的东西。后来，我在河里抓到了一条奇怪的金鱼，可能是什么杂交品种，有人说那是你表舅妈的魂儿回来了。这些事儿越传越神，最后就变成了我有一个价值连城的鱼缸，还有一条极其珍贵的金鱼。”

五花静静地听着。

表舅接着说：“我觉得这些传言可以利用一下，就去外地定做了一些鱼缸，买了一些怪模怪样的金鱼，开了这家旅馆。这间小屋子是我特意建造的，用来藏鱼缸和金鱼，有两扇很隐蔽的门，另一扇门通向厨房。那天晚上，我觉得金鱼有可能会死，就从厨房进来，换了一条，把原来那条金鱼顺手放到了桌子上，忘了拿走，没吓着你吧？”

“没，没吓着。”五花还是有些蒙。

“知道我为什么一定让你锁好门吗？我就是怕外人进来，发现鱼缸不是古董，金鱼也不是朱顶紫罗袍。只要不进门，站在窗户外边根本就看不出真假。”

五花似乎明白了什么。

表舅接着说："金鱼是假的，鱼缸也是假的，可是房钱是真的。"

五花恍然大悟。

表舅搬出一个鱼缸，倒上水，捞出一条金鱼扔到里面，又把货架推回去，伸了个懒腰，说："准备一下，要开门迎客了。"

"还会有人来住宿吗？"五花问。

表舅淡淡地说："世上只要还有贪心的人，我们就不愁没有生意。他们以为自己很聪明，其实他们看到的只是鱼饵，却看不到包藏在鱼饵里的鱼钩。"

"上过当的人会不会回来找茬儿？"

"你费尽心机偷了一个钱包，却发现里面都是假钱，你会回去找失主理论吗？当然不能，只能打落牙往肚子里咽，自认倒霉。"

五花若有所思。

中午。

一个女人走进了小楼，走到登记室的窗前，敲了敲窗户，问："还有房间吗？"她瞥了一眼角落里的鱼缸，眼睛里闪过一丝亮光。

"住一天三百八十块钱。"五花说。他想：又有一条鱼上钩了。

"我住十天。"她付了钱，却不去房间，直勾勾地看着五花，用一种很暧昧的语气说："我对木勺镇不太了解，你能当我的向导吗？"

"不好意思，我还要值班。"

"没关系，等你下了班，咱们再聊。"

五花笑了笑，心如止水。

故事讲完了。

再说几句——

其实，这不是爱情故事。

爱情只是一个美丽的诱饵。

你上钩了。

捞尸人

1. 钓人

一条小小的铁皮船，飘飘悠悠地浮在水面上。

太阳还没升起，周围雾气缭绕。

很静，河水不声不响。

宋三更刚甩下鱼钩，就感觉到似乎钩住了什么东西，肯定不是鱼。他心里“咯噔”一下，慢慢地收线。

说出来你们可能不信，他竟然钓到了一个人。一个年轻的女人，看上去刚死没多久，长得眉清目秀，表情平静，仿佛睡着了。

宋三更把她拉到船上，收竿回家。

大雾顿时散了，似乎是完成了掩护任务，撤退了。

远处是黑瓦白墙，近处也是黑瓦白墙，脚下是石板路，曲曲折折。落叶四散飘飞，掉到路上，屋顶上，水井里，桥洞下……

宋三更骑着三轮车，去找王剪。

那个女人蜷缩在车斗里，身上盖着棉被，把脑袋蒙住了。石板路高低不平，她在车斗里颤巍巍地动。

宋三更不时从兜里掏出几张纸钱，随手一抛。那些纸钱随着落叶四散飘飞，掉到路上，屋顶上，水井里，桥洞下……

王剪扛着一根三米多长的铁钩子，正要出门。他是职业捞尸人，每天守在河面上，滴溜溜地转动着眼珠子，寻找浮尸。他成立了一支捞尸队，只有他一个人。

他的手艺是祖传的。

去年，王剪打捞上来一百多具尸体。最多的时候，他一年能打捞上来二百多具尸体。大都是自杀。

王剪家里有一个不大的冷库，专门存放尸体。那是一间密封的屋子，有门无窗，光线暗淡，终年冷飕飕的，弥漫着阴森的气息。

宋三更跳下三轮车，拦住了王剪："我找你有事儿。"

王剪扫了一眼三轮车，没说话。

宋三更说："我去河里钓鱼，钓上来一个死人。"

王剪走到三轮车旁边，掀开棉被看了几眼，松开手，什么都没说。他的表情没什么变化，因为他早已见惯了死亡。

"你打算怎么办？"王剪问。

"我不知道，想找你讨个主意。"

"要钱，还是要奖状？"

"什么意思？"

"这个女人应该是自杀，报告民政局，他们会给你一张奖状。如果把她留下来，等着家属来认尸，他们会给你一笔钱。"

宋三更想了想，说："我要钱。"

"那把她先放我这里？"

"行。"

"放一天二百块钱。"

宋三更犹豫了。

王剪又说："放心，这笔钱死者家属出。"

宋三更干干地笑了笑。

"搭把手，把她抬到冷库去。"

宋三更抢先一步，抓住了她的脚脖子。他不敢抱她的上半身，觉得有点瘆。王剪一点都不在乎，双手伸到她的腋下，把她抬了起来。

她的身体硬撅撅的，冰冷。

那是一扇锈迹斑斑的铁门，十分厚重。

王剪毫无预兆地松了手，那个女人的脑袋"咣当"一下磕在地上。她不声不响。宋三更还抓着她的脚脖子，没松手。

王剪从腰上取下一串钥匙，找到一枚，插进去，转动几下，"吱吱呀呀"地推开铁门，又抬起了那个女人。

宋三更第一次走进这种地方，后背一阵阵发冷。

冷库里只有两张铁架子床，其中一张床上躺着一个人，身上蒙着白布，只有脚丫子露在外面。那脚丫子很大，黑乎乎的，脚趾缝里还夹着一些水草，应该是一个男人。

他们把那个女人放到了另一张床上。王剪在她身上乱摸。有几次，还摸了她的胸，一边摸一边吧嗒嘴，很惋惜很陶醉的样子。

他的动作让宋三更感到恶心和恐惧，颤颤地问："你干什么？"

王剪说："看看她身上有没有身份证。"

她没有身份证，有学生证，上面印着她的名字：米芥。一个带着草香味的名字，与死亡扯不上一点关系。

王剪的眼珠子慢慢地变亮了，闪着异样的光。

"怎么了？"宋三更问。

"前些日子，有人托我弄具女尸，给他儿子配阴婚，我一直没弄到。还是你运气好，这钱让你赚了。"

"多少钱？"

"十五万。这是个学生妹，更值钱。"

宋三更倒吸了一口凉气。

王剪盯着他："事儿成之后，五五分，干不干？"

"她的家人来找她怎么办？"宋三更有些犹豫。

"还有谁知道你钓到了一个死人？"

"只有你。"

"那就行了。你不说，我不说，没人知道她的下落。"

宋三更定定地看着那一双黑乎乎的大脚丫子。

"那是死人，听不见。"

"他是什么人？"

"不知道，他的脸让鱼啃没了。"

宋三更沉默不语。

"你到底干不干？"王剪有些不耐烦了。

宋三更还在犹豫。他是个胆小的人，活到四十岁，除了偷过几根玉米，还真没干过什么坏事。

王剪看出了他的犹豫，趁热打铁地说："你要是把她交给她的家人，最多给你五千块钱。"

宋三更终于吐出了那个字："干。"

走出冷库，他回头看了一眼，那个女人直撅撅地躺着，那双黑乎乎的大脚丫子直撅撅地伸着，看上去十分丧气。

铁门"咣当"一声关上了。

那一幕深深地刻在了宋三更的心上。

2. 相亲

天很蓝。

一男一女两个中年人，抱着一个小伙子的照片，来相亲了。

王剪把他们请进了冷库。

宋三更也在。他的身份是女方的舅舅。

王剪猛地掀开了白布。她的脸色青白，右眼紧闭，左眼微微睁开一条缝，眼珠子毫无光泽。

那一男一女看了她几眼，没表态。

王剪说："这姑娘挺内向，不爱说话。"

宋三更身上的鸡皮疙瘩一下就起来了。她要是开口说话，这里面的人都得吓死。

那女人说："这姑娘长得真俊，还是双眼皮。"

那男人说："年纪不大吧？"

王剪说："还是学生，才十九岁。"

那女人说："比我儿子小三岁。"

王剪说："我觉得他们很般配。要不，咱们都出去，让他们单独聊聊？"

那一男一女把小伙子的照片放到米芥身边，跟着王剪出去了。

铁门"咣当"一声关上了。

冷库里静悄悄的，亡灵在对话。

院子里静悄悄的，活人在沉默。

宋三更抬头看着天。他想：米芥这么年轻，肯定还没相过亲，她生前一定想不到，她第一次相亲竟然是在冷库里，竟然是和一个死人……

过了大约半个小时，王剪打开了铁门。

米芥没动，照片也没动，不知道他们谈得怎么样。

王剪说："看样子，他们挺满意。"

那女人说："不吵不闹，挺好。"

王剪说："定下来？"

那女人看了一眼那男人，说："定下来。"

那男人说："过几天选个好日子，我们把彩礼送过来，把婚礼办了。"

临走的时候，那女人塞给宋三更一些钱，说："给姑娘置办两身衣服。"

宋三更收下钱，这门亲事就定下来了。

这里远离闹市，空气很好。天气变凉了，虫子们早已绝迹，一群麻雀在地上跳来跳去，漫无目的地找。

人很少，偶尔有老人领着孩子蹒跚学步，或者佝偻着身子慢慢地走，几乎看不到年轻人，都出去打工了。

河边有一个很小的码头，宋三更和王剪的铁皮船拴在那里，上下起伏。王剪的船头上站着一只乌鸦，它是食腐动物。

这里，白天比夜晚还要安静。

一个苍老的女人，很突兀地闯了进来。她的头发很脏，沾满了草屑，牙齿又黑又黄，没有门牙。她拖着一个蛇皮口袋，捡破烂。

宋三更和她擦肩而过。

天还是很蓝，周围还是很静，落叶还在飘飞，但是宋三更忽然觉得，有一种危险正在逼近，来源不明，动机不明。

"你站住。"他喊了一声。

老女人就站住了，背对着他。

宋三更绕到她身前，问："你是干什么的？"

"找人。"她笑了笑，很拘谨。

"找谁？"

"同同，同学的同。"

"同同是谁？"

"我的孩子。"

"他怎么了？"

她叹了口气，说："他走了。"

"死了？"

她的神态一冷，扫了宋三更一眼，转身慢吞吞地走了。她的眼神不太友好。

宋三更想起一件事：王剪的冷库里躺着一个男人，会不会是同同？他回过头，发现那个老女人已经不见了，仿佛从未出现过。

他打了个冷战。

他不知道她的名字，听口音，她应该是外地人，可能来自山区，也可能来自海边。这里没有人知道她的底细。

下午，宋三更去给米芥置办衣服。

按理说，米芥要结婚了，应该穿得喜庆一点。可是，她是死人，应该穿寿衣。又可是，她是一个要结婚的死人，穿寿衣显得丧气。

最后，宋三更给她买了一身蓝色的寿衣，一身大红的旗袍。他想：她爱穿什么就穿什么吧。

还剩了不少钱。那一男一女出手很大方。

宋三更买了酒菜，去找王剪。

3. 讨尸

风凉凉的，月亮凉凉的。

宋三更和王剪在院子里喝酒，说闲话。

“米芥结婚的时候，摆酒吗？”宋三更问。

“这事儿不能让人知道。”

“我给她买了两身衣服，一身寿衣，一身旗袍。”

“行。”

“我还要准备什么？”

“不用了，其他东西我家里有。”

“他们什么时候来送彩礼？”

“过几天。”

王剪的神情忽然变得警惕起来，歪着脑袋听外面的动静。过了一阵子，他轻轻地走到大门口，猛地拉开了大门。

那个老女人站在大门口，明显想躲，可是已经来不及了。

“你干什么？”王剪厉声问。

她探头往院子里看了看，说：“我找人。”

“找谁？”

“我的孩子，同同，同学的同。”

“他不在这里。”

“我听说你捞到一个人……”

王剪上下打量着她，半天才说：“你去看看吧。”说完，他把老女人带到冷库门前，打开门，让她进去。

她似乎有些胆怯，犹豫了一阵子，走了进去。

王剪打开灯，关上了铁门。

冷库里始终静悄悄的，她没哭。同同似乎不在里面。宋三更松了口气。他还算是一个善良的人，见不得白发人送黑发人的惨剧。

过了大约半个钟头，老女人出来了。

“是同同。”她低着头说，表情不详。

王剪淡淡地说：“节哀。”

“我想带他回家。”

“可以，给我五千块钱。”

她摸索了半天，从怀里掏出一个布包，打开，里面是几张皱巴巴的零钱，估计不超过一百块。

“我只有这些钱。”她把布包递给王剪。

王剪没接，坐下来，喝了一杯酒。

她又说：“我只有这些钱。”

王剪夹起一块猪耳朵，使劲嚼着，吃相有点凶。

“我只有这些钱。”她又重复了一遍。

“回去凑凑吧。”

“我家里穷。”

王剪没有表示同情，又夹起了一块猪耳朵。

老女人扭头看着宋三更，眼神里充满了期待，明显是想让他帮忙说句话。宋三更低下了头。他知道，王剪不是一个好说话的人。

“慢走。”王剪下了逐客令。

她慢慢地往外走，一步一回头。到了门口，她停了一下，回头扫了宋三更一眼，那眼神十分阴冷。

宋三更莫名其妙地觉得他和她结仇了。

至少，她已经在心里记恨他了。

半夜，宋三更被什么声音吵醒了。似乎是哭声，听不太真切。他披着衣服走出去，站在院子里听。

他家的院子很大，中间有一棵歪脖子枣树，已经枯死了。

那声音似乎又跑到了另一个方向，或者说，它在绕圈子。宋三更看了看手机，天亮还很遥远。他相信，如果不去制止，那声音会一直响下去。

他走出了大门。

那声音似乎在东边。东边是河。

晚上，宋三更从不到河边去。他觉得，那条河里死了太多的人，晚上肯定有什么东西在河边转悠，居心叵测。

他喜欢白天，哪怕刮风下雨。

但是，不去又不行。他觉出来了，那声音与他有关，是专门给他听的。他必须得去看看虚实，否则，今天晚上别想睡着。

他慢慢地朝河边走去。

不到一百米的距离，他走了二十分钟。借着月光，他看见他的影子长长地铺在石板路上，看上去有些鬼祟。

那声音越来越真切，确定是哭声。

一个人忽然从河边窜了出来，动作异常敏捷。沾满草屑的头发，又黑又黄的牙齿，没有门牙。是那个老女人。

宋三更吓了一跳，故作强硬地问："你干什么！"

她低下头，低声说："我在哭。"

"哭什么？"

"同同死了，我没办法接他回家。"

这个理由很正当，换了谁都得哭。

"你怎么不睡觉？"她问。

"我听见这边有动静，过来看看。"

"我还没哭完。"她说完，又回到河边，哭了起来。这一次，她的动作慢了至少三倍，明显是在掩饰什么。

她的哭声十分凄惨，有一种撕心裂肺的痛。

宋三更的心一点点地软了，终于说："你别哭了。"

她马上不哭了，用一种期待的眼神看着他。

宋三更说："过几天，我给你一笔钱，一定让你把同同接回家。"

"你没骗我？"

"骗你我不得好死。"

这句话说得太狠了，事后想想，宋三更肠子都快悔青了。

她突然跪下给宋三更磕了一个头，然后沿着河走了，很快消失在夜色里。

河水呜咽，如泣如诉。

4. 阴婚

天还是那么蓝。

那一男一女带着彩礼来了，十八万，装在一个黑色袋子里，鼓鼓囊囊的。王剪和他们讨价还价，多要了三万。

他们还带来一个又大又高的纸箱子，包装冰箱的那种，不知道里面是什么。

王剪关上大门，不说话，等着天黑。

阴婚仪式要在晚上举行。

王剪在里屋张罗晚上用的东西，宋三更陪他们在堂屋坐着。那个女人一直抱着小伙子的照片，表情落寞，没有一点喜色。

太阳终于落山了。

那男人先把彩礼交给宋三更，又打开那个纸箱子，从里面往外取东西：除了一匹绸布，还有一些纸糊的四季衣服，纸糊的首饰。最后，他竟然抱出一个人，一个直撅撅硬邦邦的人，是个小伙子。

宋三更吓了一跳。

那是一个塑料人，很逼真，除了不会动，和真人没什么区别。它穿着长袍马褂，戴着瓜皮帽，仿佛来自一个死去的朝代。

按照阴婚风俗，女方要陪送嫁妆，都是纸糊的一些生活用品，锅碗瓢盆冰箱彩电啥的。王剪把那些东西搬出来，放到塑料人面前，让他看。

宋三更死死地盯着塑料人的脸。还好，它的表情没什么变化。

那女人替塑料人说："嫁妆很丰厚。"

王剪点点头，把那些东西搬到院子里，点火焚烧。黑色的纸灰旋转着飞上天，仿佛一只只诡艳的蝴蝶。

宋三更把供桌搬到院子里，摆上小伙子和米芥的灵位，又在前面放上一盘苹果，一盘饼干，一盘大枣和花生。

王剪把米芥扛了出来，放到供桌前面。他用木头做了一个支架，绑在米芥身后，让她可以站立。

米芥还是那副样子，脸色青青白白，右眼紧闭，左眼微微睁开一条缝，眼珠子毫无光泽。她不知道自己要结婚了，脸上一点喜色都没有。

那男人把塑料人抱出来，放到米芥身边。

王剪从兜里摸出一根红绳，把塑料人和米芥拴在一起，喊了一句："月老牵红线，天作之合。"

天顿时阴了。

上天在用这种方式表达立场——这门亲事与上天无关。

王剪打开戏匣子，放了一段音乐，应该是哀乐，一点都不喜庆。

一切准备就绪，王剪喊："一拜天地——"

塑料人和米芥都不动。

王剪又喊："二拜高堂——"

塑料人和米芥都不动。

王剪再喊："夫妻对拜——"

塑料人和米芥都不动。

王剪说："你们和新郎新娘合个影吧。"

宋三更站到米芥旁边。

那一男一女站到塑料人旁边。

王剪拍完照，把相机递给那个女人，说："你看看行不行，不行的话我再给拍几张。"

那女人看完，又把相机递给了宋三更。

宋三更扫了一眼，刚要把相机还回去，又猛地抽了回来，仔细看了看，头皮一下就麻了。照片上，米芥的两只眼睛都闭着，似乎是让闪光灯闪着了。

宋三更怯怯地瞥了一眼身边的米芥，看见她右眼紧闭，左眼微微睁开一条缝，眼珠子毫无光泽。

也许，是相机出毛病了，他这样安慰自己。

婚礼结束，那一男一女带着米芥走了。自始至终，王剪也没问他们家在哪里，姓氏名谁。这是规矩。

分完钱，宋三更就回家了。

风很大。

他从未拥有这么多钱，死死地抱在怀里，不舍得放手。

那个不幸的老女人，在他家门口等他。这几天晚上，她都守在这里。白天，她拖着蛇皮口袋四处走，捡垃圾换点钱买东西吃。

宋三更让她进了屋，给她倒了一杯水，又递给她几个烧饼。他抱着钱去了里屋，拿出六千块，把其他的钱藏到了床底下。

宋三更说："五千块钱给王剪，一千块钱当路费。"

她接过钱，十分伤感地说：“同同是个好姑娘，可惜，死得太早了。”

宋三更唏嘘不已。过了几秒钟，他突然回过神，诧异地问：“同同是个姑娘？”

她点点头：“她才十九岁呀。”

宋三更傻眼了。

同同这个名字太男性化，谁能想到竟然是个女人。更吊诡的是，当时冷库里除了米芥，还有一个男人，一个更像是同同的男人。

她又说：“明天我就带同同回家。”

宋三更打了个冷战。

他说过，给老女人一笔钱，让她把同同接回家，否则，不得好死。

这下麻烦大了。

5. 报恩

白天，老女人去了王剪家。

宋三更远远地看着。

过了大约十分钟，她出来了，慢慢地蹲下来，掩面哭泣。终于，她慢慢地站起身，慢慢地松开手，一缕头发随风飘飞。那头发是灰白色的。

她拖着蛇皮口袋，朝东走了。

宋三更的心里结了一个恐怖的疙瘩。

晚上，黑夜里飘着哭声，像星星一样遥远。那声音一丝一缕地钻进屋子，挥之不去，让人抓狂。

那个不幸的老女人，再也见不到她的同同了。

宋三更觉得，那个老女人要害他。

他开始胆战心惊。

第二天，他去找王剪。

王剪说：“我没办法。我也不知道那一男一女是哪里人。再说了，嫁出去的姑娘就是泼出去的水，还能要回来？”

宋三更说：“那怎么办？”

“一个老女人，你怕她干什么？”

“不是怕她。我答应她了，就得做到。”

王剪想了想，说："要不，你给她弄个塑料人？"

"什么意思？"宋三更一怔。

"那一男一女弄的那个塑料人，我觉得很逼真。你也可以给那个老女人弄一个，把她糊弄走。"

"她不是傻子。"

王剪不再说话，扛着一根三米多长的铁钩子，出门捞尸了。

宋三更回家看电视。

电视里，男男女女哭哭啼啼，应该是遇到了一件极其悲惨的事。

宋三更认为，他们没有他惨。

看了一阵子电视，他总觉得心神不宁，走出大门口，探出脑袋左看右看。

大门外没有人，只有一个垃圾桶站在那里，它是绿色的，象征着环保。它不动声色地看着宋三更，没有表情。

垃圾桶是藏污纳垢的东西，偶尔，还深埋着罪恶。

宋三更朝它走去。

垃圾桶的另一边，有一箱饼干，还没开箱。没开箱的饼干肯定不会扔掉，这是有人故意放在这里的。

直觉告诉宋三更：这箱饼干是送给他的。

他四下看了看。

周围不见一个人。

这个世界太大了，每天都发生许多不可思议的事，一箱来路不明的饼干实在算不上什么，吃了得了。

宋三更抱起那箱子饼干，回家了。

下午，他去河边收地笼。解释一下：地笼是一种捕鱼的工具，有一个口，许进不许出，里面放上诱饵，可以捕到小鱼、小虾、黄鳝、泥鳅和螃蟹。

绳子绑在河边的石头上。

宋三更解开绳子，把地笼拉出水，吃了一惊。

别误会，里面没有人。

地笼里除了一些小鱼小虾，还有几十只大虾，是那种38块钱一只的大虾。宋三更在河边生活了几十年，从没发现河里有这种大虾，它们是哪来的？

除了大虾，地笼里竟然还有一条咸鱼。

如果说大虾还有可能钻进地笼，咸鱼是死物，它是怎么进去的？

只有一种可能：有人往地笼里放了大虾和咸鱼。

有人送东西，这应该是好事，不过，宋三更心里却惴惴不安，回想起之前的那箱饼干，他终于感到了一丝寒意。

他觉得，有人在背后算计他——先用小恩小惠麻痹他，然后，一击致命。

肯定是那个老女人。除了她，宋三更没得罪过任何人。

回到家，宋三更看见门环上竟然吊着一只褪了毛的鸡，从爪子上看，是本地的土鸡。一根麻绳，一头拴住鸡脖子，一头拴住门环，乍一看，那鸡上吊了。

那鸡死得很惨，肚子被剖开，心肝脾肺肾被扯出来，最后又被吊在门环上，等于死了两遍。因此，它死不瞑目。

天色慢慢地暗了。

宋三更四下看了看，没敢吱声。

那个老女人像幽灵一样从胡同里闪出来，拖着蛇皮口袋，慢慢地走到宋三更面前，似乎一直在等他。

宋三更的声音有些发抖："这你是送来的？"他的手差一点指着她的鼻尖了。

她低下头，不说话。

"你想干什么？"

"你是个好人。"

"什么意思？"

"我要报恩。"

宋三更认为，这不是报恩，是报复。他说："你别给我送东西了。"

她半天没说话，终于叹了口气，转过身，慢吞吞地走了。她的动作其实很敏捷，却装出一副老态龙钟的模样，肯定没安好心。

"你站住。"宋三更喊了一句。

老女人就站住了，回头看他。

"同同已经没了，你留在这里也没什么用，还是回家吧。"停了停，宋三更又硬硬地说："这里的人都很凶。"

老女人看了他一眼，没说什么，走了。她的眼神有点冷。

半夜，宋三更又听到了哭声。没有风，那哭声很连贯，一直在响，似乎近在咫尺。这一次，她哭得更凄惨了。

早上，他打开大门，看见门环上吊着两个塑料袋，一个袋子里装着油条，另一个袋子里装着豆腐脑。那豆腐脑放了很多辣椒，红红的。

老女人甚至了解他的口味。

宋三更四下看。

不远处，她拖着蛇皮口袋慢慢地走，突然回头看了一眼。

那一眼是在提示宋三更，她对这件事负责。

6. 报复

宋三更又去找王剪。

两天没见，王剪瘦了至少五斤。

他说，有人要杀他，杀了三次。

第一次，是一个毒鸡腿。

王剪见过那东西，是偷狗的人用来毒狗的。他家里又没养狗，谁会把毒鸡腿扔到他家院子里？他家里除了他，没有一个活物，也就是说，那个人的目标不是狗，是他。

第二次，是一块石头。

早上，王剪推开大门，一块石头从天而降，差一点砸着他的脚。那是小孩子搞恶作剧的一种手段，只是道具由脸盆变成了石头。

脸盆只能吓人一跳，石头却能砸死人。

第三次，是一个鞭炮。

半夜，王剪正睡觉，窗外一声巨响，他吓得光着腚窜出去，只看到一些碎屑，还有未散去的硝烟。

三次谋杀，手段都很拙劣。王剪认为，再拙劣的谋杀也是谋杀，只要坚持，总有得手的时候。最后，王剪说："肯定是那个老女人干的，她在报复我。"

宋三更讲述了他的遭遇，沮丧地说："她也在报复我，只是，手法不一样。"

王剪看着他，半天才说："那天，她拿着钱来找我，要接同同回家。那钱是你给她的？"

"是。"

"看不出来，你还挺大方。"

"她挺可怜的，每天晚上都哭。"

王剪怔怔地看着东边，突然说："她似乎从不睡觉。"

宋三更身上的鸡皮疙瘩一下就起来了。

中午，他坐在大门口，等着老女人给他送东西。

她反而不来了。

那个垃圾桶站在不远处木木地看着他。他和它之间是长了青苔的石板路，阳光洒在上面，虚虚的。

黄昏时分，下雨了。

老天提前黑了，乌云压在头顶，让人觉得十分压抑。大雨倾盆，院子里水汽蒙蒙，那棵歪脖子枣树在大风中颤抖。

宋三更坐在堂屋门口，发呆。他想：雨这么大，老女人应该不会来了。他顺手从门后摸出一瓶酒，就着蒜瓣，开始喝。

大门开着，门外没有一个人路过。

天色更暗了。

宋三更没开灯，他不想让外面的人看到他的一举一动。

一个人慢慢地从大门外走过。

灰白的头发，蛇皮口袋，老女人。

宋三更顿时没了闲情逸致，放下酒瓶，走到大门口，窥视她。

天光暗淡，水气弥漫，她的身影有些模糊。她从西边来，那是王剪家的方向，她往东边去，那是河的方向。她没打伞。

她要干什么?

宋三更开始怀疑她的精神有问题。

老天彻底黑了，老女人消失在了黑暗里。

这一天，王剪让宋三更帮忙去河里捞尸，宋三更答应了。他隐隐约约地觉得，老女人出现之后，王剪的胆子就变小了。

河边，有一间孤零零的小房子，以前是水泵房，几年前荒废了。现在，老女人住到了里面，门口堆着一些她捡到的破烂。看样子，她要常住下去。

他们装作什么都没看见，跳上了船。

下了一夜的雨，河水上涨了不少，水面上漂浮着一些垃圾，还有几只死鸡。那些鸡都是淹死的，只死了一遍。

王剪说："今年的汛期比去年来晚了一些。"

船上有鱼竿。不过，宋三更没敢把鱼钩甩出去，怕再钓上一个人。

王剪说："每年汛期，我都能捞到不少死人。"他一边说，一边扫视着河面，眼神像鹰。

几十米外，有一个东西从水下伸上来，似乎是一只脚。

王剪把船划过去，用铁钩子把它钩上来，竟然是一个塑料人，男性，二十几岁的样子，穿一身劣质西装，脸上挂着笑。

它笑眯眯地看着王剪，笑眯眯地看着宋三更。它制作得很巧妙，不管从哪个方向看，都是笑眯眯的。

它的脸上有一些绿藻，宋三更帮它擦掉了。他注意到一个细节：塑料人没穿鞋子，它的脚丫子很大，黑乎乎的，脚趾缝里还夹着一些水草。

王剪说："真晦气。"

他又把塑料人扔到了河里。

它的身体里进水了，头朝下慢悠悠地沉下去，只露出一只脚。那脚丫子很大，黑乎乎的。

坊间传闻，如果有人落水失踪，给他（她）做一个替身，扔到水里，他（她）就能生还。这个塑料人，应该就是某个人的替身。

很显然，有人相信这种说法。原谅他们的无知吧，因为每个人都希望自己的亲人好好活着。

王剪说："你仔细看，发现一具尸体，我给你提成五百块钱。"

宋三更朝河边看了一眼，那个老女人站在小房子门口，远远地看着他们。

他们忙活了一天，没发现一具尸体。

除了那个塑料人。

7. 死亡

这一天，阳光非常好，非常温暖，想干坏事的人应该都打消了罪恶的念头。

宋三更又去收地笼。

到了河边，他看见一群人围在小房子门口，似乎发生了什么事。

难道那个老女人死了？

宋三更奔了过去。

几个年轻人正在推搡那个老女人，赶她走。王剪蹲在一边，冷冷地看，眼神有点幸灾乐祸。他是一个恶人。

宋三更认识那几个年轻人，都是镇上的小混混，肯定是王剪把他们找来的。

那个老女人被推得一个趔趄接着一个趔趄，有几次差一点跌倒，她苦着脸，嘴里嘟囔着什么，似乎是在求饶。

那些小混混没有一点可怜她的意思。有一个小混混说："把她的手脚绑起来，抬走，把她的破烂东西给烧了。"

宋三更看不下去了，走过去说："你们干什么？"

一个小混混硬硬地说："你别管闲事儿！"

老女人死死地抓着宋三更的袖子，似乎抓住了一根救命稻草。

宋三更把她领回了家，让她住在偏房里。他这么做，有可怜她的意思，也有讨好她的意思。

王剪一直没说话，阴着脸。

晚上，竟然又下雨了，还刮起了大风。

突然停了电。

宋三更觉得，噩梦要开始了，虽然从表面上看，一切都和平常一样。

一只怪模怪样的虫子在雨水中挣扎，终于爬到了屋檐下，定定地看着宋三更。它是向他暗示什么吗？

偏房里一直静悄悄的，那是噩梦的发源地。或许，噩梦已经开始了，只是开头略显平淡，惊悚在后面。

等了两个多钟头，什么事都没发生。

宋三更实在是憋不住了，过去敲了敲偏房的门。

没人应。

老女人不在里面，不知道是什么时候离开的。

她一夜没回来。

雨下了一夜。

第二天早上，宋三更出门找她。他有一种预感：昨天晚上，那个老女人一定干了什么。走过王剪家，他听到院子里有哭声。

王剪死了。

昨天下午，他又去捞尸，一夜未归。今天早上，有人在河边发现了他，不过，他已经成了一具尸体。

有人说，他死于贪婪。

有人说，他死于大风大浪大雨。

有人说，这是报应。

宋三更认为，这都是表面现象，真相是王剪死于谋杀。

他又去找那个老女人。她竟然找到了一份工作，给人带孩子，昨天晚上孩子生病了，她照顾了一夜。

她看见宋三更，放下手里的活，站起来谦卑地对他笑。宋三更站在她身旁，脸上没有一丝笑，直勾勾地看着她，开门见山地说："王剪死了。"

她没有表现出一丝悲伤。

"你恨他吗？"宋三更又问。

"人都死了，不恨了。"

这句话说明她曾经恨过王剪。也许，她曾经策划过谋杀王剪，至少三次。

“王剪告诉过我，有人要杀他。”宋三更试探他。

她不动声色地说：“昨天晚上我一直在这里照顾孩子。”

她太可疑了，尽管她没有作案时间。

宋三更继续问：“你家在哪里？”

她快速地说了一个地名，听不真切。

宋三更用怀疑的目光看着她。现在是光天化日，周围还有人，他不怕，口气和目光咄咄逼人。

她想了想，说：“你觉得是我杀了王剪？”

宋三更默认了。

沉默了几秒钟，她说：“那天，冷库里还有一具尸体。”说完，她快步进屋了。屋子里，那孩子哭得惊天动地。

什么意思？

宋三更想了半天，终于想明白了：同同的亲人恨王剪，那么，另一具男尸的亲人会不会也恨他？

凶手另有其人？

难道他（她）因为拿不出捞尸费，对王剪下了毒手？

他（她）是谁？

8. 结局

宋三更打听到一件事：昨天下午，有人四处打听王剪的下落，最后去了河边。

那是一个五十多岁的男人，穿一双布鞋，脚很大。

脚很大？

宋三更若有所思。

他去了河边，找了很长时间，没见到那个男人。不过，他发现了那个塑料人。它孤独地躺在岸边的草丛里，身上很干净，看样子刚洗过澡。

它笑眯眯地看着宋三更。

宋三更把它抱回了家。

天慢慢黑了。

宋三更盯着站在屋子中间的塑料人。它不会动，不会坐，不会说话，不会咳嗽，不会呼吸，只会笑。

不知道为什么，宋三更总觉得它是个活物。

它不是。

它没有大脑，没有思维，没有心肝脾肺肾，只是一个空壳。从某种意义上说，它和你家的塑料花盆没什么区别。

它穿着西装，有口袋。

宋三更走过去，掏它的口袋。他的动作很轻，害怕惊动了它，心里有一种做贼的感觉，尽管那只是一个塑料人。

它笑眯眯地看着宋三更，毫不在意。

它的口袋里什么都没有。

宋三更觉得有些无趣，不再理它，去厨房做饭了。晚饭吃虾，38块钱一只的那种，一盘清蒸，一盘油爆。

端着两盘大虾进了屋，宋三更的眼睛一下瞪大了，手一松，盘子掉在地上，摔碎了，大虾散落在地。

塑料人端端正正地坐在桌子旁，似乎在等着开饭。它看着散落在地上的大虾，叹口气说："可惜了。"

宋三更从没遇见过如此诡异的事情，呆呆地站在门口，不敢进屋。

塑料人笑眯眯地看着他。

他忽然发现一件更诡异的事：塑料人变老了。它的头发变白了，脸上多了不少皱纹，身体变瘦了，就连个子似乎都变矮了一些。

它说："听说你去河边找我了……"

"你是谁？"宋三更小心地问。

它不语。

"你要干什么？"

它抬起手，指了指门后，说："我来找它。"

宋三更进了屋，看见塑料人站在门后，再看看坐在桌子旁的塑料人，他有些懵。他试探着问："你是真人？"

"当然。你把我儿子抱走了，我来找它。"

塑料人是他的儿子。

这爷俩长得很像。

宋三更长出了一口气，马上又警惕起来——眼前这个人，肯定和王剪的死有某种黑暗的关系。只是，他不敢问。

"你找我干什么？"那个人问。

宋三更想了想，说："我们这里有个捞尸人，叫王剪，不知道为什么，死了……"

那个人突然说："我知道为什么。"

"为什么？"

"天快黑的时候，我找到了他，他刚从河里把我儿子捞上来。我喊了他一声，他用手电筒照了照我，又照了照我儿子，然后身体一歪，掉河里了，再也没上来。"

宋三更静静地听着。

那个人抱起塑料人，走了。

屋子里归于沉寂。

宋三更从梦里醒来的时候，仍旧惊魂未定。

天知道梦里他说的是不是真话。

天知道昨天晚上在河边到底发生了什么。

这件事永无对证。

也许，王剪突然看见岸边又出现了一个塑料人，而且能说会动，吓得魂飞魄散，掉到河里被一口水呛死了。

也许，冷库里的那一具男尸是那个人的儿子，王剪管他要一大笔捞尸费，他拿不出，就把王剪推到河里淹死了。

不管怎么说，王剪都死了。

宋三更认为，他该死。

这里依然安详。

一条小小的铁皮船，飘飘悠悠地浮在水面上。

太阳还没升起，周围雾气缭绕。

宋三更站在船上，打量着四周，眼神像鹰。他成了一个捞尸人。和王剪不一样的是，他不要捞尸费。

他要赎罪。

他还在河边竖了很多块牌子，上面写着：水深危险，禁止游泳。

那字是红色的，像血。

八万

我让你们看看，一个正常人是怎么变成疯子的。

1. 采蘑菇的小姑娘

那地方叫锡林郭勒。

那地方是草原，草丛里有蘑菇、白蘑。

那一年，阿古达木在锡林郭勒草原采蘑菇。三个月时间，他的眼睛里只有绿的草和白的蘑菇。偶尔，他也能看见一抹红色，那是一个采蘑菇的小姑娘。

白蘑很贵，也很稀少，只有在雨后才出现。

阿古达木穿着雨衣，耷拉着脑袋，在草原上慢慢地走。他拎着一个脏兮兮的竹篮，里面有一个小铲子，还有一把砍刀。小铲子挖白蘑，砍刀防身。这里有狼出没。

十几里之外，有一个水泡子。水泡子的水很清澈，能看见底下的水草。水里有华子鱼和草鱼，还有擀面杖粗细的黄鳝。岸边有一具动物骨架，白惨惨的，可能是马鹿。一只乌鸦经常站在上面发呆。

阿古达木的帐篷就在水泡子旁边。

这里荒无人烟，手机没有信号，也没有电。

天地间，只有他一个人。

寂寞像蛇一样缠绕着他。

阿古达木已经半个月没说话了。

没有人，话说给谁听？

自言自语那是疯子干的事。

他的家在三百里之外，很穷，穷得娶不上媳妇。

去年，村子里有五个人到这里采蘑菇，四个人挣了钱，娶了媳妇。另一个人没挣到钱，还疯了。他叫那日松，是阿古达木的哥哥。

那日松疯了之后，只会说两个字：八万。

父亲问："你采的蘑菇呢？"

那日松说："八万。"

父亲问："你看见什么了？"

那日松说："八万。"

父亲问："是谁害了你？"

那日松说："八万。"

父亲生气了："别说了！"

那日松说："八万。"

一个好好的人，出门采蘑菇，回去就疯了，这件事十分诡谲，没有人解释得了。阿古达木认为，只要能破解那两个字，就能知道那日松为什么疯了。可是，那两个字无比深奥，他束手无策。

今年，父亲让阿古达木去采蘑菇。

上路之前，父亲只说了一句话："千万别再疯了。"

半个多月过去了，阿古达木还没疯。

天蓝得有点假，没有一块云彩。

这里比坟墓还静。

阿古达木一点都不害怕。

方圆几十里都没有人，怕什么？

中午，他走累了，坐下来吃面饼子，喝凉水。面饼子是他自己做的，表面有些糊，里面却不熟，黏糊糊的。

填饱肚子，他躺了下来。

有一丝风，轻抚着他的脸，有点痒。几只虫子跳到他身上，毫不掩饰地看着他。它们的眼睛是黑褐色的，没有眼白。

休息了一阵子，阿古达木坐了起来。

他看见了一个人，一个女人。她距离他大约有三百米，挎着一个篮子，慢慢地走。她用红头巾包住了脑袋，遮住了五官。

前天，阿古达木见过她一次。

从身形步伐上看，她应该是一个小姑娘。采蘑菇的小姑娘。方圆几十里都没有人，她住在哪儿？

阿古达木朝她走了过去。他想认识她。他今年二十五岁，从没谈过恋爱，看到异性就像狗看到骨头一样兴奋。

她似乎察觉到了什么，扭头朝他这个方向看了一眼，脚步变快了。

这不奇怪。

荒郊野外，一个单身女孩子，发现一个陌生男人朝她走过来，不跑才怪。

阿古达木停了下来。他还算是一个善良的人。

她像幻觉一样消失了。

傍晚，阿古达木返回帐篷，把采到的白蘑晾起来，一天的工作就结束了。晚饭还是面饼子。都吃腻了。他决定去水泡子抓几条鱼，烤着吃。

水泡子里鱼很多，一网下去，总有收获。

不到十分钟，阿古达木就抓到了两条一尺多长的草鱼，还有十几个青壳白肚的大螃蟹。生上火，他开始烤鱼，煮螃蟹。

那只乌鸦又来了，站在骨架上看着他。

天色渐渐暗了，夜空中只有一颗星星，一闪一闪。

阿古达木慢慢地吃着烤鱼，慢慢地吃着螃蟹，把正常的动作放慢了至少三倍。睡觉之前，他只有吃饭这一件事可做，他不舍得早早吃完。到了草原之后，他明白了一个道理：无事可做比孤身一人更寂寞。

夜里，阿古达木坐在帐篷前面，看着那颗星星发呆。

不远处，那只乌鸦站在骨架上，看着他发呆。它是食腐动物，肯定盼着他早点死掉，它扑上去吃肉。

阿古达木感到有些悲凉。

这天晚上，他梦见她了，采蘑菇的小姑娘。她远远地站着，嘴巴动了动，轻轻地吐出了两个字。

距离太远了，听不见。

她又重复了一遍。

阿古达木模仿她的口型，轻轻地吐出了两个字："八万……"

八万？

八万！

他一下就醒了。

2. 寻人启事

水泡子附近有一条小路，一尺多宽，曲曲折折地伸向远方。

有一天早上，阿古达木看见几头马鹿排成一队，顺着这条小路慢慢地走，到水泡子里喝水。它们的角像树杈一样，张牙舞爪。

这天，冯兄和冯弟骑着摩托车来找他玩。他们是亲兄弟，也是阿古达木的发小儿，在另一个地方采蘑菇。阿古达木很高兴，请他们吃烤鱼，喝马奶酒。

“你采到多少白蘑了？”冯兄问。

阿古达木说：“晒干了，可能还不到三斤。”

冯弟说：“还差十七斤。”

在他们那个地方，二十斤白蘑能换一个媳妇，又丑又笨或者有残疾的那种。不丑不笨没有残疾的姑娘都嫁到城里了。

“你们采到多少了？”阿古达木问。

“跟你差不多。”冯兄说。

“老是不下雨，白蘑很少。”冯弟说。

闲聊了一阵子，冯兄说：“去镇上玩玩吧？”

“你有钱吗？”阿古达木问。

“没有。”

“没有钱去镇上干什么？”

“看人。”

“看女人。”冯弟补充说。

阿古达木心动了。

镇子虽然很小，只有一条街，十几家店铺。不过，在他们心中，它就是天堂，因为那里有女人。一辆破旧的摩托车，驮着三个饥渴的男人，朝天堂驶去。

一路上，不见一个人。

颠簸了一个钟头，天堂到了。他们的运气不错，小镇今天逢集，人很多，大部分都是女人。有些女人穿着短裙和高跟鞋，晃晃悠悠地走。他们的眼睛都看花了。

他们蹲在路边，一上午都没眨眼。

冯弟的胆子挺大，敢冲着那些女人吹口哨。

下午，集市散了，女人们都走了。

他们漫无目的地走。

电线杆子上贴着一张寻人启事，已经泛黄了。

他们凑过去看：徐姑娘，女，23岁，身高1.65米，瓜子脸，皮肤白皙，神志有时不清。2013年3月12日离家出走至今未归，有知情者请联系其家人，当面重谢八万。

八万？阿古达木的心莫名地抖了一下。

冯弟指着寻人启事上的电话号码，问：“这是哪里的区号？”

阿古达木说：“一个特别大的城市，距离锡林郭勒两千多公里。”

冯弟又问：“一个神志不清的人，能跑这么远？她到这里干什么？采蘑菇吗？”

采蘑菇的小姑娘？阿古达木的心又莫名地抖了一下。

冯兄问：“寻人启事上怎么没有照片？”

冯弟说：“瓜子脸，白皮肤，她长得肯定很好看。要是我能找到她，就先和她睡觉，再拿去换钱。”

冯兄问：“去哪儿找？”

冯弟说：“不知道。”

阿古达木说：“她可能早就回家了。”

一个顶着红头巾的女人从远处走过来，走进了一家杂货店。她挎着一个篮子，不知道里面是什么。冯兄和冯弟背对着她，没看见。

阿古达木看见了，立刻说：“都下午了，你们该回去了。”

“你不回去？”冯弟问。

“我走回去。”

“很远，走回去得三四个小时。”

“反正也是闲着。”

“行，那你慢慢走吧。”

冯兄和冯弟上了摩托车，走了。那兄弟俩有点缺心眼。

阿古达木快步走向杂货店。他怀疑她就是采蘑菇的小姑娘。他怀疑她就是徐姑娘。他怀疑那日松精神失常和她有关。

杂货店里只有她一个顾客。柜台上放在一小堆白蘑，她用手比划着，似乎是在跟店主讨价还价。最后，店主很不情愿地给了她两袋盐。

阿古达木知道，那一小堆白蘑至少能换三十袋盐。

她把盐放进篮子里，走了。

阿古达木在后面喊了一声：“徐姑娘。”

她没回头。

阿古达木决定跟踪她。反正也是闲着。他想：她两次出现在那片草原，说明她就住在那附近，跟着她就等于回家了。

天很蓝，云很白。

她不快不慢地走着。

阿古达木远远地跟在后面。草原上没有遮挡物，他不敢靠得太近。

有一条小道，不知道是马鹿踩出来的，还是人踩出来的。阿古达木走在小道上，总觉得背后有人。他回头看了看，什么都没有。

今天有点怪，他想。

风很轻，吹起了他的头发，撩起了他的衣服。

太阳已经偏西了。

周围全是绿色的草，极其单调。阿古达木死死地盯着前面那一点跳跃的红色。那是她的红头巾。

前面有一个水坑。她轻轻地一跳，跃过水坑，继续走。阿古达木觉得那是野兽的动作，人类没有那么灵活。

她来历不明，身手敏捷，居心叵测。

阿古达木忽然觉得跟踪她似乎不是一个明智的选择。

远处飘过来一片乌云，老天提前黑了。

草原上没有灯光，那里的黑是真正的黑。阿古达木看不见她了。他有些沮丧，后悔没有提前追上她，把事情弄明白。

周围很静很静，是那种让人抓狂的静。

草原昼夜温差大，他有点冷。

阿古达木加快了脚步，越走越快，最后干脆跑了起来。在空旷死寂的草原上，他的脚步声无比清晰，仿佛奔跑在一部恐怖电影里。

跑了大约半个钟头，他突然停住了。

他没追上她。

有两种可能：她也在跑，或者她躲到了一边。不管是哪种可能，都不太正常。阿古达木甚至怀疑她就躲在他的身后，伺机而动。

他又跑了起来，跑得更快了。

他希望用速度甩开恐惧。

跑着跑着，他看见前面有一点亮光，昏昏黄黄，寂寥而诡秘。他犹豫了几秒钟，还是奔了过去。

那是一个毡房，门口拴着一条长相类似绵羊的大狗。它看了阿古达木一眼，趴着没起身，象征性地叫了一声，又睡下了。阿古达木傻傻地站着。他觉得，它的温顺只是一种伪装，目的就是骗他过去，咬他一口。

毡房的门帘子掀开了，一个灰白的脑袋探出来，看了阿古达木两眼，说："进来吧。"谢天谢地，他的语气还算友好。

阿古达木进去了。

那条大狗没理他。

3. 毡房里的婚事

毡房里弥漫着一股炖白菜的味道。

桌子上有一个木头匣子一样的收音机，个头挺大，正在播放评书。信号不好，总有“哧哧啦啦”的杂音，很刺耳。一个顶着红头巾的女人蜷缩在角落里，正在剥豆子。她抬起头看了阿古达木一眼。她长得很秀气，瓜子脸，皮肤很白，是常年不见阳光的那种白，这在草原上很少见。

她跑得比阿古达木快，早回来了。

她很可能就是徐姑娘，阿古达木的心狂跳起来。

“你是干什么的？”那个老头用铲子翻着白菜。他大约六十岁，皮肤又黑又红，目光炯炯有神，像草原上的鹰隼一样。

“我采蘑菇。”阿古达木说。

老头把收音机关掉，问：“这么晚了你到这里干什么？”

“我迷路了。”阿古达木撒了个谎。

那个女人突然笑了一声，笑声里饱含深意。

阿古达木猝不及防，抖了一下。

“是吗？”老头戒备地看了看阿古达木的眼睛。他的脸在黄昏的灯光下显得更黑了，更红了。

“我住在水泡子旁边。”阿古达木岔开了话题。

老头意味深长地说：“看来，你确实是迷路了。水泡子在东边。”说完，他拿起一瓶酱油，往锅里倒。他明显不会做菜，酱油倒多了，白菜都变黑了。

“吃完饭再走吧。”老头又说。

阿古达木扫了那个女人一眼，不动声色地问：“她是你闺女？”

“不是。”

“那她是谁？”

“我不知道。”

“不知道？”

“她是我捡来的。”老头回头看了她一眼，“那一年，我在外面采蘑菇，看见她一个人在草原上转悠，就把她领回来了。”老头叹了口气，接着说：“她是疯子，不知道自己是谁，也不知道自己的家在哪里，总是四处跑，还打人。”

“她今天真老实。”阿古达木说。

“她可能是饿得没有力气了。”

“没有人来找过她？”

“没有。”

阿古达木想：老头肯定还不知道有人在找她。这是个好机会，只要能证实她是徐姑娘，就能得到八万块钱。对阿古达木来说，八万块钱是一笔巨款，只靠采蘑菇，五年都挣不到这么多钱。

“天气又不冷，她总顶着红头巾干什么？”阿古达木问。

老头一边把白菜盛到碗里，一边说：“她经常说一些让人摸不着头脑的话，时间长了，我也理出了一些头绪。那红头巾是她的男朋友送给她的，她不舍得拿下来。”

“她男朋友去哪儿了？”

“不见了。”

“死了吗？”

“可能是不想要她了，跑了。她四处走，就是在找她的男朋友。”老头把菜放到桌子上，叹口气说：“不说她了，吃饭。”

阿古达木坐下来，面前有两张脸，一张黑，一张白，反差极大。

那个女人有些三心二意，半天咬一口面饼子，慢慢地嚼，也不吃菜，呆呆地看着收音机，不知道在想什么。

老头的吃相有点凶，还吧嗒嘴。

阿古达木没有胃口，一直在想她的身份，以及如何得到那八万块钱。首先不能让老头知道寻人启事的事，其次是要和她的家人取得联系，确定她是不是徐姑娘。

阿古达木看着她，说：“一个人疯了，真可怜，什么都不知道。”

“这种病治不好。”老头的语气有些伤感。

“你打算一直养着她？”

“我老了，养活自己都费劲。”

“那你打算怎么办？”阿古达木一边问一边观察老头的神色。

老头吃着饭，似乎无动于衷。

“你不如给她找个男朋友。”阿古达木试探着说。

这句话不知触到了那个女人的哪根神经上，她的眼睛一下就亮了，直直地盯着老头。很显然，她对男朋友的话题十分感兴趣。

老头的眼神也变了，眼珠子闪着亮亮的光。

阿古达木来回看着他们。他知道，他的这句话起作用了。

老头突然笑了："她是个疯子，谁愿意要她？"

"我……"阿古达木小心翼翼地说。

"你愿意当她的男朋友？"

"是。"

"她是个疯子。"

"我知道。"

老头放下筷子，不说话了。他摸着下巴上的胡子，眼神直直地盯着桌子上饭菜，不知道在想什么。过了半天，他站起身，往炉子里添了几块煤，又坐了下来，还是不说话。

外面的风大了一些，毡房都在动。

那条大狗叫了两声，原因不明。

那个女人一直盯着老头看，似乎是在等待什么。她的表情十分僵硬。她只有这一种表情。她不但把男朋友弄丢了，把喜怒哀乐也弄丢了。

阿古达木看着她，心里突然冒出一个念头：如果她真成了他的女朋友，他能守着她过一辈子吗？

他是一个正常人，她是一个疯子。也许，在她的眼里，他才是不正常的人。如果他们在一起，正常人会不会变成疯子？疯子会不会变成正常人？

阿古达木的心里没有答案。

风吹得毡房的门帘子"呼啦呼啦"地响。

"要变天了。"老头终于开口了。

阿古达木不知道他的话是什么意思，就没开口。

老头又说："这两年，我一直把她当亲闺女。"

"你一个人拉扯她，真不容易。"阿古达木说。

"总不能让她饿死。"

"她一直没说她的家在哪里？"

"没说。"

"她真可怜。"

沉默了一会儿，老头突然问："你真想娶她？"

"是。"

"你今年多大了？"

"二十五岁。"

"哪里人？"

"上都镇人。"

"家里还有什么人？"

"父母和一个哥哥。我哥哥也是疯子。"

这句话似乎捅到了老头的心病上，他低下头，有些伤感地说："这年头，疯子太多了，一不小心就疯了。"

"去年，我哥哥也在水泡子附近采蘑菇。"

"他比你强，没迷路走到这里。"

"后来，我哥哥疯了。你说，一个人为什么突然就疯了呢？"

老头抬头看着那个女人，半天才说："这都是命。"停了停，他又说："你想娶她，我不反对。其实，我一直希望她能风风光光地嫁出去……"

"选个黄道吉日，我过来下聘礼。"阿古达木抢着说。

那个女人的嘴角抽动了一下，似乎是笑了。

老头说："按照你们那里的风俗办吧。"

阿古达木犹犹豫豫地说："在我们那里，娶一个媳妇要二十斤白蘑。"

"行。"老头想了想，答应了。

那个女人痴痴地看着阿古达木，脸上浮现出迫不及待的表情。

风毫无预兆地停了。

一只鸟在外面孤孤单单地叫着，不知道是不是那只水泡子旁边的乌鸦。

4. 照相馆

终于下雨了。

白蘑争先恐后地冒了出来。

阿古达木早出晚归，采到了一大堆白蘑，晒干之后，估计得有二十多斤。也就是说，他能娶媳妇了。

这一天，阿古达木把白蘑装到袋子里，准备给老头送去，当作聘礼。

他是这样想的：如果她是徐姑娘，他可以拿她去换八万块钱。如果她不是徐姑娘，他可以用二十斤白蘑把她娶回家。一个长得挺好看的疯子，应该强过一个又丑又笨且有残疾的正常人。所以说，不管是哪种情况，他都不吃亏。

老头在毡房外面凉白蘑。他的运气不错，已经采到了一大堆白蘑，估计得有四十多斤。那条大狗围着他，慢吞吞地走。

阿古达木走过去，说明了来意。

老头收下白蘑，喊了一声。

那个女人从毡房里出来了，手里抓着一把豆子。

阿古达木说："我想带她回老家，让我父母看看。"

"带她走吧。"老头有些伤感地说。停了停，他又说："你带她去镇上拍几张照片，放到杂货店里，我有空的时候去取，留个念想。"

阿古达木答应了。

天阴着，要下雨。

阿古达木走在前面，她跟在后面，保持十米左右的距离。他不时回头看一眼，生怕她跑了。还好，她没有什么异常举动，乖乖地跟在后面。

小镇今天有些冷清。

阿古达木站在电线杆子旁边，记下了上面的电话号码。他有一个手机，五十块钱买的二手货，在草原上没有信号，在小镇能用。他先打那个座机号码，没人接，又打那个手机号码，响了几声，接通了。

"哪位？"对方是一个男人，声音有点怪，冷冰冰的，缺乏质感。

"你是不是在找徐姑娘？"阿古达木开门见山。

"你见过她？"对方的语气一下子激动起来。

"我见过一个女人，和寻人启事上的描述很像，不知道是不是你要找的人。"

"她在哪儿？你有她的照片吗？"

"有。"

"你把她的照片发给我。"

"行，你等一下。"

挂断电话，阿古达木用手机给那个女人拍了一张照片，发给了对方。几分钟之后，对方的电话打过来了："就是她！你在哪里见过她？"

阿古达木没话说。

对方立刻明白了："你放心，我答应给你的东西一定会给你。"

"八万？"阿古达木兴奋地问。

"八万。"对方很坚定地说。

"我在锡林郭勒见过她。"阿古达木说。

"你知道她现在在哪里？"

"知道。"

“太远了，我明天才能赶过去，你能不能帮我先看着她？”

“行。”

“明天见。”

阿古达木收起手机，静静地看着她。现在她是徐姑娘，明天她就是八万块钱，不能再让她回老头那里了，免得再节外生枝。

“我带你去照相。”阿古达木说。

她直直地盯着他，不说话。

阿古达木打着手势，试图跟她交流。

她直直地盯着他，不说话。

阿古达木拉着她去了照相馆。那是一家很小的照相馆，招牌很旧，门后挂着一些十分俗气的衣服，供顾客选择。有一面背景墙，左边画着梅花，右边画着竹子，头顶上是一轮红日，脚下是绿油油的草。

照相馆老板是一个五十多岁的男人，正在看电视，蒙语台。

“我们照相。”阿古达木说。

“婚纱照还是证件照？”

“都不是，随便照两张。”

“你们挑衣服吧。”

阿古达木选了一件白西装，穿上了。他长这么大，还没穿过西装。那件西装不太合身，松松垮垮的，领口和袖口都已经发黑了。

她静静地看着衣服架子，伸手指了指，那是一件粉红色的连衣裙，没有袖子，带蕾丝花边。

照相馆老板指了指布帘子，说：“去里屋换衣服。”

她取下连衣裙，去了里屋。

阿古达木一怔：她能听懂话？

过了一阵子，她换好衣服出来了，还洗了脸，比刚才好看了一些。女人都是爱美的，哪怕是一个疯女人。

阿古达木和她站在了背景墙前面。

“你们靠近一些，别太拘束。”照相馆老板说。

他们肩并肩，站在了一起。

照完相，换下衣服，阿古达木问：“什么时候能取照片？”

照相馆老板看着他，慢慢地说：“你明天再来。”

阿古达木拉着她往外走。

“你明天再来。”照相馆老板又说了一遍。

阿古达木停了一下，觉得照相馆老板的话里有话。

走出照相馆，阿古达木四下看。不能回水泡子旁边的帐篷了，那里没有手机信号，他还要等送钱的电话。要找个地方先住下来。

小镇有一家十分简陋的旅馆，一排平房，应该是几十年的老房子，房顶上长着高高低低的草，大都已经枯死了，一派荒凉。

阿古达木带着她走进旅馆。

一个胖女人正在织毛衣。她抬头问了一句："住店？"

"是。"阿古达木掏出身份证，递给她。

胖女人登了记，带他们去房间。那个房间很小，里面有两张床，窄得不容易翻身，有两双塑料拖鞋，脏兮兮的。除此，没有其他东西了。

阿古达木在床边坐下，闻到被褥散发着浓郁的汗臭味儿。他说："你先休息一下，我出去办点事。"

徐姑娘很听话，坐到床边，一动不动。

她确实能听懂话，阿古达木打了个冷战。他想起了寻人启事上的描述：她有时神志不清。也就是说，她有时候是清醒的。现在，她是一个正常人，还是一个疯子？

她毫不掩饰地看着阿古达木，眼神有点冷。

阿古达木试探着说："我叫阿古达木。"

她没有反应。

"现在，我是你的男，朋，友。"阿古达木指着自己的鼻子，一字一顿地说。

她没有反应。

"你要嫁给我了。"阿古达木又说。

她笑了，是那种傻傻的笑。

"你愿意吗？"

她还是笑。

阿古达木不问了。她无法交流，或者说，她假装无法交流。

手机响了，是冯兄的电话。

"什么事儿？"阿古达木问。

"你在哪里？我们去水泡子那里找你，没找到。"冯兄说。

"我在镇上买东西。"

"我们也在镇上，准备回老家了。"

"你们不采白蘑了？"

"我们已经采了五十多斤白蘑，准备回老家娶媳妇。你不回去？"

“我采的白蘑还不到二十斤。”阿古达木撒了个谎。

“今年是最后一年，你得加把劲。”

“什么意思？”

“我听说老家的媒婆准备去城里看孙子，过了年就不干了。明年，你就是有白蘑也换不到媳妇了。”

“知道了。”

阿古达木挂了电话，看着她说：“我出去办点事儿。”

她没说话，也没动。

走到门口，阿古达木忽然想起一件事，冷不丁地喊了一句：“那日松！”

“谁？”她警觉地问。

她的发音无比清晰。

她是一个正常人，她在装疯！

阿古达木的心里顿时充满了惊恐，觉得她无比深邃，心里肯定藏着什么不可告人的秘密。他转过身看着她，慢慢地说：“那日松是我哥哥。”

她一脸茫然，嘴里冒出一些含混不清的话。

她又开始伪装自己了。

阿古达木看了她几眼，出去了。

5. 永远不老的她

到目前为止，阿古达木似乎一切正常。

别着急，他马上就要疯了。他的心里已经种下了一颗恐怖的种子，等它发芽长大，肯定能把他吓疯。

八万，就是一粒恐怖的种子。

阿古达木请胖女人看着徐姑娘，别让她跑了。胖女人收了他十块钱，答应了。他离开小旅馆，又去了照相馆。他觉得，照相馆老板有话要对他说。

天色已经暗了。

不远处有一个小村子，红砖黑瓦，绿树成荫，几股炊烟袅袅升起，斜斜地飘向暗蓝色的天空。

没亮灯，电视机开着，照相馆里的光线忽明忽暗，忽红忽绿。

阿古达木看着照相馆老板。

照相馆老板也看着他。

有一段时间，电视机发出的光特别亮，他们的脸白惨惨的，有点吓人。

“我等你半天了。”照相馆老板说。

阿古达木问：“你知道我会来？”

照相馆老板走到门口，拉开门，鬼鬼祟祟地探头往外看了看，又反锁上门，还拉上了窗帘。他的举动让阿古达木心里发冷。

“那女人是谁？”照相馆老板低声问。

“哪个女人？”阿古达木没明白过来。

“跟你一起照相的那个女人。”

“她是我女朋友。”

照相馆老板倒吸了一口凉气，表情十分惊恐。

“怎么了？”阿古达木察觉到了异常。

沉默了一阵子，照相馆老板缓缓地说：“她不但是你的女朋友，还是很多人的女朋友。”

阿古达木一怔：“什么意思？”

“你跟我来。”

照相馆里还套着一间小房子，只有门没有窗户，门后挂着厚厚的黑布帘子，那是洗照片的暗室。

“吱呀”一声，照相馆老板推开了暗室的门。电视机发出的亮光渗进去，青青白白，暗室里显得有些阴森。进去之后，照相馆老板关上了门，把所有的光线挡在了外面。

暗室的黑比草原的黑还要黑。

“你怎么不开灯？”阿古达木问。

灯亮了，发出红荧荧的光。

阿古达木看见暗室里有一张木桌，上面堆满了照片，有一些照片上面落了厚厚的灰，看样子是不会有人来取了。也许，照片上的人早就死了，它们是遗照。

照相馆老板翻找着照片。

阿古达木凑过去看。

照片上有男人，有女人，有老人，有孩子，有人笑，有人板着脸……在那些陌生的面孔里，不时闪过一张苍白的脸，那是一个女人，盯着红头巾。

一股凉气爬上阿古达木的后背。

“你自己看吧。”照相馆老板递给他几张照片。

阿古达木接过来，一张一张地看。总共有七张照片，每一张照片上都有日期，最早的一张是十年前拍的，已经泛黄。七张照片，一模一样的背景墙，一模一样的徐姑娘，甚至她穿的衣服都一模一样，唯一的区别是照片上的男人不一样。七个男人，或高或矮，或胖或瘦，还有一个男人竟然是那日松！

“这是怎么回事儿？”阿古达木失魂落魄地问。

照相馆老板说：“还有三张照片，找不到了。这十年间，这个女人每年都跟一个男人来照相。”停了停，他颤颤地说：“她似乎一直没变老。”

什么人不会变老？阿古达木打了个冷战。他指着照片上的那日松，问：“你还记得这个男人吗？”

“记得，他去年和这个女人来照过相。”照相馆老板叹了口气，又说：“听说，他后来疯了。”

“为什么疯了？”阿古达木问。

“不知道。”停了半晌，照相馆老板又说：“不但他疯了，凡是和那个女人照过相的男人，都疯了。”他定定地看着阿古达木，眼神里有些许的同情。

阿古达木打了个激灵，颤颤地问：“你能不能给我讲讲那个女人的事儿？”

照相馆老板回忆了一会儿，说了一句让他一辈子都忘不了的话：“最早，那个女人的名字出现在电线杆上。”

他不说了。

“后来呢？”阿古达木追问。

“后来就有些男人和她一起来照相，然后他们就疯了。听说，他们疯了之后，只会说两个字。”

“哪两个字？”其实，阿古达木的心里已经有了答案。

照相馆老板盯着他，一字一顿地说：“八，万。”

“这两个字是什么意思？”

“没有人知道。”

阿古达木双手插进乱蓬蓬的头发里，思绪乱极了。

照相馆老板沉吟了一会儿说：“这事儿真的有点怪，你最好离她远点。”

这个意见阿古达木无法接受。如果离开她，他不但得不到八万块钱，还会白白损失二十斤白蘑。二十斤白蘑，等于一个媳妇。

“我要回去了。”阿古达木怔怔地说。他决定守着她过一夜，明天拿到钱之后马上离开这里。

照相馆老板朝前迈了一步，嘴巴几乎贴到了阿古达木的耳朵上，冷冷地说：“你快要疯了。”

阿古达木低下头，出去了。

“你明天再来拿照片。”照相馆老板在背后说。

阿古达木感觉到太多不对劲，他给冯兄打了电话，叮嘱了一些事情，才有些忐忑地回到旅馆。

这个黑夜十分安静，没有一丝声音。

徐姑娘面朝里躺在另一张床上，无声无息，极其安静，像死了一样。阿古达木回来的时候，她已经睡下了，一直没醒。

没开灯，因为停电了。

已经是午夜了，月亮偏西，挂在暗蓝色的夜空中，发出冷冷白白的光。

阿古达木闭上了眼睛。到目前为止，他还没疯。只要再坚持几个小时，他就能拿到八万块钱，远走高飞。这个信念支撑着他，一直保持清醒。不过，他的心正在被一点点掏空，里面塞满了恐惧。

他感到黑暗中的这个女人越来越恐怖。

如果她是一个思维正常的人，哪怕是一个穷凶极恶的杀人犯，或者是一个有严重暴力倾向的疯子，他也不至于如此害怕。问题是，他不能确定她到底是什么人，甚至觉得她身上有一股鬼气。

她突然坐了起来。

阿古达木吓得差一点叫出声。

她下了床，深一脚浅一脚地往外走。走到门口，她停了下来，回头看了一眼，似乎是在招呼阿古达木。她肯定知道他没睡着。

阿古达木跟着她出去了。

离开小旅馆，她一直往南走。南边是草原，荒凉，空寂，绿草在黑暗中左左右右地摇晃着。几只蝙蝠外绕着她，低低地飞。

月亮的脸无比苍白，它没有五官，也就没有表情。

阿古达木有一种不祥的预感，停住了脚步。

她顿时感觉到了，转过身，轻轻地说：“你不跟我走吗？”

她的语气无比平静，无比正常，无比沉着。

她不是疯子！

“你要去哪儿？”阿古达木壮起胆子问。

她的嘴巴动了动，轻轻地吐出了两个字。

距离太远了，听不见。

“你说什么？”阿古达木问。

她的声音大了一些：“八万……”

八万？

八万！

阿古达木大惊失色。

她轻轻地笑了笑，轻轻地走了。

他痴痴地跟在后面。

6. 八万来了

夜很凉，空气中飘溢着青草的气息。

走了大约半个钟头，一片树林出现在他们面前。那是一些樟子松，十分高大，树冠稀疏。

她停了下来，不停地东张西望，似乎是走错路了。

阿古达木没来过这里，不知道这是什么地方。他回头看了一眼，小镇早已隐在了黑暗里，身后是平展的草原，没有任何遮挡物，仿佛一张没有五官的脸。

“你怎么不走了？”阿古达木小心翼翼地问。

她转过身，幽幽地说：“我迷路了。”

“你要去哪儿？”

“北边，土房子。”

“可是，你一直在往南走。”

她狐疑地问：“我一直在往南走？”

“是的。”

“哪边是北？”

阿古达木往身后指了指。

“你骗我！”她忽然生气了，“那边是东。”

“那你说哪边是北？”

她往左边指了指。

阿古达木懵了。她面朝北站着，却说左边是北，这似乎不是转向的问题，而是脑子的问题。阿古达木四下看了看，沮丧地发现他也不知道东西南北了。他被绕晕了。

她朝左边走去。

阿古达木跟在后面。他必须跟着她，为了那八万块钱。

又走了半个多钟头，前面出现了一间土房子，旁边还有一个羊圈，可能是放羊人临时歇脚的一个地方。土房子没有门，她进去了。

她明明走错了方向，却找到了土房子，这是怎么回事？

土房子里亮起了灯，灯光昏黄。

阿古达木过去了。

土房子里到处都是蜘蛛网，一些核桃大小的蜘蛛趴在上面，不怀好意地看着这个世界。墙上糊着报纸，都已泛黄，看上去有年头了。地上铺着干草，散发着一股膻味。有一张四方桌，上面有一副麻将牌。

她蹲在地上，在干草堆里摸索着，似乎是在寻找什么。

阿古达木问："你在摸什么？"

她皱着眉头说："刚才打麻将，掉了几张牌，我找找。"

这句话让阿古达木感到有些恐怖。他小心地问："刚才，你打麻将了？"

"是呀。"

"你和谁打麻将了？"

她静静地看着他，突然笑了："你的记性真不好。咱们刚才和其木格、查干巴拉打麻将，你忘了？"

阿古达木以为她在开玩笑，又问："他们去哪儿了？"

她的脸色一下就变了，冷冷地说："死了。"

"死了？"

"对。"

"怎么死的？"

她很认真地想了半天，终于说："他们不会打牌，我杀了他们。"

阿古达木愣了一下，又问："这是什么时候的事儿？"

她又想了半天才说："2005 年 9 月 23 号。"

现在是 2015 年，她肯定是在说胡话，阿古达木想。此时此刻，他又觉得她不是正常人，是疯子。他想了想，问："你家里还有什么人？"

"还有我爸。"

"你爸是干什么的？"阿古达木想，接电话的那个人肯定就是她爸。

她皱着眉头想了一会儿，说："他是个剃头匠。"

"是理发师吗？"阿古达木觉得现在已经没有剃头匠这个职业了。

"不，是剃头匠。"她固执地说。停了停，她又补充说："他挑着剃头挑子，到处走，给人剃头。他还会掏耳朵，修面。"

"现在还有人剃头吗？"

"没有了。他没事儿干，成天在家磨刀。"

“磨刀干什么？”阿古达木有些惊怵。

她看着左上方，没说话。

阿古达木顺着她的目光看过去，发现那是一张泛黄且残缺的旧报纸，黑色的标题很醒目：都是“八万”惹的祸。内容看不清楚，字体太小。

八万？阿古达木的心里一惊，凑过去看。

“你干什么？”她厉声问。

“我看看报纸上写了什么。”

她站了起来，一声不吭，紧紧地盯着阿古达木。

阿古达木走过去，踮起脚，借着跳跳的油灯的光，眯起眼睛看。首先是日期：2005 年 9 月 23 号。他打了个哆嗦。刚才，她说她杀了两个人，日期就是 2005 年 9 月 23 号。

他继续看。

报纸上写着：一个有月亮的夜晚，一个年轻人在草原上寻找走失的羊群。无意间，他发现了一间土房子，里面亮着灯，灯光昏黄。他走进去，看见土房子里到处都是蜘蛛网，地上铺着干草，有一张四方桌，上面有一副麻将牌……

阿古达木打了个冷战。他回头看了一眼，发现她不知道什么时候站到了门口，把他堵在了土房子里。他扭过头，忐忑不安地往下看。

四方桌的东边、西边和南边都有人，两个死人，一个活人。死人的喉咙被利刃割断，血流了一地，活人已经疯了，呆呆地跪在地上，嘴里不停地念叨着两个字：“八万，八万，八万，八万，八万……”

四方桌的北边空着。

桌上的牌局还保存着。年轻人壮起胆子看了一圈，发现东边、西边和南边的牌不太好，只有北边听牌了，听八万……

下面的内容被撕掉了。一个有头没尾的恐怖故事。这样的故事最吓人，因为你不知道后面会发生什么事。

阿古达木的头发都竖起来了。过了半天，他慢慢地转过身，发现她不知道什么时候已经站在了他背后。他抖了一下。

她用红头巾遮住了半张脸，只有眼睛露在外面。

“看完了？”她的语气很平静。

阿古达木没说话。他不知道该说什么。

她突然笑了起来。在这荒凉空寂的草原上，在这死气沉沉的土房子里，她的笑声无比阴森，透着一股鬼气。

阿古达木差一点晕过去。

“打牌吧。”她站到了四方桌的北边。

这个细节让阿古达木感到毛骨悚然。他想起了报纸上的内容：四方桌的东边、西边和南边都有人，两个死人，一个活人，而北边空着。现在，她选择了北边，阿古达木应该选哪边？或者说，阿古达木是选择死亡，还是选择疯掉？

其实，他还有另一种选择：逃跑。他的体力和速度都胜过她，逃跑应该不成问题。问题是，他如果跑了，不但得不到八万块钱，还会白白损失二十斤白蘑。

他放弃了逃跑的念头。

他只想熬到天亮，拿到钱之后赶快离开。

最后，他选择了南边。南边距离门口最近。

她开始洗牌。她的动作很慢，比正常人慢至少三倍。

阿古达木感到这间土房子里还有另外两双眼睛，死人的眼睛。他不时往左右两边看一眼，生怕出现两个喉咙被割断的死人。他觉得自己仿佛回到了十年前，回到了那个恐怖的杀人现场。更可怕的是，他还不能逃跑，只能苦苦支撑，看看自己的命运到底是什么结局。

他拿出手机看了看，还好，有信号。此时此刻，他多么希望那个人能给他打电话，说钱到了。

她洗好了牌，让阿古达木先摸牌。

牌局开始了。

阿古达木的手气不太好，摸了一把臭牌，乱七八糟。他心不在焉地打着牌，焦急地等待着天亮。

距离天亮还有五个小时。

她的神情很专注，每出一张牌都要考虑半天。有几秒钟，她扭头看着左边，嘴里念念有词，还笑了一下，似乎是在和什么人交谈。

她的左边空空如也，没有任何东西。

阿古达木低下头，不敢再看了。他打出一张牌，掏出手机看了一眼，沮丧地发现时间才过去五分钟。时间过得太慢了。

她打出一张牌，又拿了回去，然后扭头看着右边，嘴里念念有词，表情有些愤怒，似乎是在和什么人争论。

她的右边空空如也，没有任何东西。

阿古达木在恐怖中煎熬着。他安慰自己：左右两边根本就没有任何东西，是她的精神错乱了，在胡言乱语……

有人叹了一口气，是个男人。

阿古达木的头发都竖起来了。他快速地环顾四周，除了他和她，土房子里没有任何人。是谁在叹气？难道土房子里真的有某种看不见的东西存在？

她看着右边，不耐烦地说："别唉声叹气，烦死了。"

阿古达木不知是惊恐还是愤怒，想大喊一声，张了张嘴，终于没有喊出来。

她打出了一张牌，笑嘻嘻地说："听牌了。"

阿古达木想：不能激怒她，要让她赢，否则她肯定会发疯。他看了看她打出的牌，猜测她可能听"万"字牌。他扫了一眼自己的牌，把"一万"打了出去。

她叹了口气。

阿古达木又试探着把"二万"打了出去。

她又叹了口气。

阿古达木手里没有"万"字牌了，有些焦急。

她摸了几张牌，都不是她想要的，脸色越来越难看，眼神里透着杀气。她瞥了一眼阿古达木，把牙齿咬得"咯吱咯吱"地响。

阿古达木已经吓得脸色铁青。现在，他唯一的精神支柱就是那个人的电话，还有那八万块钱。如果没有这些，他可能早就崩溃了。

她不知道从哪儿摸出一把泛着寒光的剃头刀，一下下地剐蹭着指甲："刺啦，刺啦，刺啦。"那声音无比瘆人。她盯着阿古达木，木木地说："手气不太好，我修修指甲。"

她把剃头刀放在了桌子上。那把剃头刀看上去无比锋利，割断一个人的喉咙应该十分容易。

阿古达木哆嗦着摸了一张牌，是"五万"，他像是抓住了一根救命稻草，赶紧打了出去。

她使劲叹了口气。

有个男人轻轻地叹了口气。

阿古达木剧烈地抖了一下，立刻扭头看着门口。这一次，他听清楚了，声音是从外面传进来的。

这时候，灯突然灭了。

一股危险的气息顿时弥漫开来。

阿古达木睁大了眼睛，盯着黑暗中的她。

太黑了，连她的轮廓都看不见。

在黑暗里，眼睛失去了作用，耳朵却变得格外灵敏。阿古达木听见一阵窸窸窣窣的声音，似乎有什么东西在干草上慢慢地走。

阿古达木感觉那东西就在他身边。他闻到了一股浓烈的血腥味，还听到了一个若有若无的呼吸声。终于，那东西开口了。他声音有点怪，冷冰冰的，缺乏质感，而且语速极慢：“我，来，了……”

阿古达木几近崩溃。

沉默了半天，那个声音又响了起来：“我，给，你，送，八，万，来，了……”

那声音毫无预兆地消失了。

周围死寂无声。

此时此刻，距离天亮至少还有四个小时。危险并没有随着声音的消失而消失，反而得寸进尺了——有个东西戳了阿古达木一下，又迅速地缩回去，显得十分鬼祟。那应该是一根手指头，硬撅撅的手指头。

阿古达木的胆子似乎被戳破了，他软绵绵地瘫倒在地。

“啪嗒”一声，她打着了打火机。

阿古达木看见一个男人耷拉着脑袋站在他身边。那个男人的喉咙被割断了，脖子上全是血，已经干结了。他伸着右手，手心里有一张麻将牌，是八万。

“她，听，八，万，呀……”那个男人慢吞吞地说。

阿古达木的脑子里“嗡”的一声，当场疯掉。

7. 尾声

她点上了灯。

那个男人抬起了头，是照相馆老板。他蹲下来，仔细地观察了阿古达木一阵子，淡淡地说：“他也疯了。”

她笑了一下，问：“这两年，我们骗了多少人？”

“他是第十一个。”照相馆老板指着阿古达木说。

“那就是二百多斤白蘑。”

“他绝对不是最后一个。”照相馆老板说。

“还会有人上当吗？”

“当然会有，因为这世上还有很多想占便宜的人。”

她又笑了一下，慢慢地走到阿古达木身边，慢慢地说：“记住，电线杆子上未确认过的事儿，千万别信。”

阿古达木痴痴地说：“八万。”

“再见。”她又说。

阿古达木痴痴地说：“八万。”

忽然一阵叫喊声由远及近，是冯兄冯弟的声音，伴随的还有一阵警笛声。
女人和照相馆老板被押进了警车。
旁边的阿古达木依旧痴痴地说：“八万。”

剁椒鱼头

一个与世隔绝的女孩，一个冒名顶替的女友，一道不能示人的菜，几本电器说明书，把这些元素加起来，等于爱情。

1. 死去的手机

谭什是一个婚礼司仪，开了一家婚庆公司。

他见到过很多新娘子：高的，矮的，胖的，瘦的，白的，黑的，漂亮的，不漂亮的，老的，少的，外国的，还有男的。

他还没结婚，最近一直想给自己找一个新娘子，一直找不到。

公司有二十个人的时候，他有两个女朋友，一个漂亮，另一个更漂亮。后来，公司只有十个人了，更漂亮的那个女朋友就成了别人的女朋友。最后，公司只剩他一个人，漂亮的女朋友也走了。

他的公司每况愈下，要倒闭，原因很简单：他越来越不像是一个婚礼司仪了，像……

还是不说了，说出来会得罪人。

反正就是挺胖。

其实，这不怪他。每次主持婚礼，主人都会留他吃席，成天大鱼大肉地吃，不胖才怪。他觉得，他的胖是职业病的外在表象。

酒席上有很多道菜，他最爱吃剁椒鱼头。他认为，剁椒鱼头是这个世界上最美味的东西。他吃遍了这个城市大大小小的饭店，最后在一条胡同里找到了一家湘菜馆，那里的厨师做的剁椒鱼头最美味。

他是这么认为的。

最近他一直没接到活，成天闲着，就忙活着相亲。有亲戚给介绍的，有同学朋友给介绍的，还有上网认识的。

总共见了五个女孩。

第一个女孩很物质。

她不问谭什父母身体好不好，只问他们有多少财产。她不问谭什工作忙不忙，只问能挣多少钱。她不愿付出，只图回报。

第二个女孩是个韩剧迷。

只要有时间，她就坐在电视机前看韩剧，每天要用掉两包纸巾。认识不到三天，她就让谭什去整容，整成韩国人那种面饼子脸，谭什友好地拒绝了。

第三个女孩很能干。

别误会，是很能干活的意思。她一个人忙活也就算了，还不让谭什闲着，总是让他干一些在他看来毫无意义的事，比如用小刷子把鞋底刷得干干净净，用毛巾擦洗植物的叶子。她养了一盆红豆杉，那叶子密密麻麻，跟人的头发似的……

第四个女孩很爷们儿。

她不喜欢男人，出来相亲，只是为了应付父母。她和谭什喝过几次酒，聊得挺投机，两人还拜了把子，一直联系着。

第五个女孩几乎完美无缺。

她只有一个问题：看不上谭什。

谭什时常感叹：找个老婆真难。以前，他对女朋友的要求很高，随着公司规模越来越小，他的要求也越来越低，现在，他只有两个要求：没毛病，女人。

谭什有个朋友，叫西太，在外地工作。一次闲聊的时候，他说要给谭什介绍一个女朋友。谭什没抱什么希望，甚至已经把这茬儿给忘了。这一天晚上，西太给谭什打电话，说那个女孩已经上了火车，去找他了，让他去接站。

谭什问那个女孩的情况。

西太说是他同事的侄女，因为她和继母的关系不好，一直想去外地，听说了谭什的情况之后，觉得不错，就买了票上了火车。西太说，她叫吴暮，今年25岁，长得挺好看，也没什么毛病，就是不太爱说话。

谭什觉得她的名字有点不吉利。

这不是一个好兆头。

第二天上午，他去接站了。

西太说，吴暮乘坐的火车十一点半到站。

谭什举着一个牌子，上面写着吴暮的名字，孤零零地站在出站口，翘首以盼。这个城市很小，火车站也很小，一天只有几趟过路车，都是从很远的地方来的。

乘客们出来了，稀稀拉拉十几个人。

谭什粗略地数了数，七男五女，还有一个人穿一身很肥大的衣服，看不出身材，戴着口罩和帽子，看不到长相，也就不知道是男是女。

那个人站在了谭什面前，歪着头看他手里的牌子。现在是初秋，一点都不冷，大部分人都还穿着夏天的衣服，他（她）却把自己包裹得这么严实，十分古怪。他（她）背着一个红白相间的编织袋，鼓鼓囊囊的。

谭什盼着他（她）千万不要开口说他（她）就是吴暮。还好，他（她）只是看了看，很快就走了。

其他乘客也走了。出站口只剩下谭什一个人。不远处，一个三轮车司机定定地看着他，眼神里有一丝同情。

没接到人。

谭什有些着急，东张西望。他忘了问吴暮的手机号码，西太也没说。

“你好。”背后有人轻轻地说了一句。

谭什回过头，看见一个女人。她穿得很朴素，或者说很土气，长相中等偏上，很瘦，显得脖子有些长，脸色偏黄，长期缺乏营养的那种黄。

“我是吴暮。”她又说。她说一口生硬的普通话。

谭什抽了抽鼻子，似乎闻到她身上有一股洋芋擦擦的味道。他有几分失望，但还是装作很热情地说：“你好，我是谭什。”

她很拘谨地笑了笑，低下头，没说话。她提着一个编织袋，也是红白相间的那种，鼓鼓囊囊的。

她就是刚才那个人？

“你还没吃饭吧？”谭什伸手要帮她提行李。

“还没吃。”她换了个姿势，背起了编织袋。这个姿势很爷们儿，很少有女人这么做。

“我先带你去吃饭。”

“行。”

谭什带她上了车。他有一辆越野车，不高档也不低档，公司有二十个人的时候买的。他开着车驶出火车站，问：“你喜欢吃什么菜？”

“什么都行。”

“湘菜行不行？”

“行。”她迟疑了一下才说。

谭什开车直奔胡同里那家湘菜馆。他有几天没吃剁椒鱼头了，特别思念。他瞥了一眼坐在副驾驶座上的吴暮，说：“你系上安全带。”

吴暮忙活了一阵子，没系上。

谭什伸手帮了她一把。他的脑子里冒出一个念头：她该不是不会系安全带吧？他想问问，又觉得不太礼貌，就没问。

一路上，吴暮扭头看着车窗外的景致，一言不发。

这个小城灰头土脸，没什么好看的。

那条胡同很窄，越野车开不进去，谭什把它停到旁边的一块空地上，带着吴暮往里走。半路上遇到湘菜馆老板，他跟谭什打过招呼，又看了几眼吴暮，表情有些暧昧。谭什的心里有点不痛快。

点完菜，他们坐在窗边的桌子旁喝茶。这里的厨师和服务员都认识谭什，不时过来和他打声招呼，再看一眼吴暮，表情都很暧昧。

她太土气了，谭什想。

剁椒鱼头上来了。

“你尝尝，味道不错。”谭什招呼她吃鱼。

她笑了笑，筷子伸向了腊肉。谭什注意到一个细节：她不吃鱼，但是很喜欢吃腊肉和牛肉。还有，她的吃相有点凶，有点狼吞虎咽的意思。

她肯定是在火车上没吃饭，饿了，谭什想。

吃完饭，谭什带她回家。之前，他和西太说好了，如果两个人不合适，就帮她在这个城市找份工作，安顿下来。谭什相信西太已经把这些话告诉了她。

谭什住在一个老旧小区里，房子是父母的，他们去了谭什姐姐家帮忙照看孩子，他一个人住。

进了门，换上拖鞋，谭什把她领到父母的卧室，对她说：“你住这里，行吗？”

这间卧室很长时间没人住了，有点乱，堆满了乱七八糟的东西。

吴暮看了看，点点头。

“我帮你收拾一下。”

“不用了，我自己收拾。”

谭什就出去了。

吴暮轻轻地关上了房门。

一个陌生人就这样住进了谭什家。

谭什坐到沙发上，打开了电视机。他放低了音量，听卧室里的动静，什么都没听到。过了一会儿，吴暮出来了，也坐到了沙发上。她换了一身衣服，还是很土气。

“我的情况你了解了吗？”谭什先开了口。

吴暮盯着电视机，轻轻地说：“听说了。”

“别人对我的描述可能有水分，我再介绍一下自己。我有一个公司，不太景气，挣不了多少钱。”谭什停下来，环顾四周，又说，“这房子是我父母的，我名下没有房子，最值钱的东西就是那辆越野车，你见过了。”

吴暮左右看了看，轻轻地说：“你的条件挺好。”

谭什一怔，不能确定她说的是不是真话。

电视里正演一部韩剧，女主角哭了，男主角哭了，旁边的七大姑八大姨也跟着哭了。

吴暮的神情有些落寞。

她不会也是韩剧迷吧？谭什拿起遥控器，换了一个台，是一部纪录片，一群猴子在树上摘果子吃。

吴暮看得津津有味。

谭什松了口气。

她是个女人，到目前为止没发现有什么毛病，符合谭什的择偶标准。谭什又看了她几眼，觉得她如果好好打扮打扮，应该能看得过去。

“这几天，你就在这里住着吧，咱们相互了解一下。”

“行。”

“你缺什么东西吗？我去给你买。”

她想了想，说：“我的手机充电器坏了。”

“我看看你的手机型号。”

她撩起衣服，腰带上别着一个皮套，打开，拿出一部黑色手机，递给了谭什。它很老了，应该是十年前的产品，外壳都有了裂痕，缠着黑胶布，竟然还有一根天线，极其丑陋。比起现在的手机，它又老又丑、又土又笨。

谭什没想到现在还有人用这种手机，更没想到一个女人会把手机别在腰上，那应该是十年前男人的举动。

“这手机太旧了，我出去给你买一部新的。”他说。

她拿过手机，轻轻地抚摩着它，小声说：“它还能用。”

谭什站起身，说：“我出去一趟。你要是累了，就先睡个午觉。卫生间的热水器里有热水，你可以洗澡。”

她迟疑了一下，低声说：“知道了。”

谭什走到门口，换鞋的时候，他偷偷地瞄了她一眼，发现她的嘴角抽动了一下，似乎是笑了，是那种很短促的笑，转瞬即逝。

她在笑什么？

谭什看了一眼电视，是一段俗套的广告，毫无笑点。他觉得她有点古怪，可是说不出到底哪里不对头，可能是因为她穿着土气，也可能是因为她的行为举止有些异常。

谭什看了一眼她换下来的鞋子，是 37 码的，他记在心里，出去了。

忙活了一下午，跑了好几个地方，谭什给她买了一大堆东西，有衣服、鞋子和化妆品，还有一部新款的手机，一千八百块钱，不算好，也不算差。回到家，谭什看见吴暮坐在沙发上看电视，还是纪录片。遥控器还在原来的位置，她似乎没换台。她的头发湿漉漉的，应该是刚洗过澡。

家里已经收拾过了，井井有条，一尘不染。

谭什把一大包东西塞给她，说："我给你买了些衣服，还有鞋子，你去试一下吧。"

她接过来，转身往卧室走。

"我还给你买了部手机，你把手机卡换上吧。"谭什说。

她停下来，说："我不会。"

"你把手机给我，我给你换上。"

她又撩起衣服，从皮套里取出手机，递给了谭什。

谭什接过来，迟疑了一下，说："以后，你不要把手机别在腰上了。"

她弱弱地看着他。

"不太美观。"他很委婉地说。

"知道了。"她低下头，转身去了卧室。

天色已经暗下来，没开灯，空旷的客厅里显得有些冷清。那个笨重的手机静静地躺在沙发上，发出晦涩的光，有些丧气。它早就该死了，却苟延残喘到现在。

谭什放下水杯，拿起了它。

它有 21 个按键，有几个按键磨损得非常厉害，已经变成了透明的。它的屏幕很小，可能还不到两寸。

谭什胡乱按了两下。

它竟然亮了，发出幽幽的绿光。它只有这一种颜色，单调而古怪。

谭什心中突然升起一股偷窥欲，他抬头看了一眼，快速翻到了短信记录，发现什么都没有，又找到通话记录，还是空空如也，最后他查看了电话簿，里面竟然没有一个联系人。

他诧异了。

一个人可能出于某种不可告人的原因，删掉短信和通话记录，但不可能把联系人也全部删掉。

这说明什么？

说明她和这个世界没什么联系，或者说，这个世界和她没什么联系。似乎是一个意思。不管怎么说，都不正常。

谭什的心神就不再踏实了，说不清为什么。过了一会儿，他把手机卡取出来，放到了新手机里，把那个老旧的手机扔到了旁边。它的屏幕很快就黑了，像午夜一样诡秘。

天黑了，外面响起了高亢的音乐声，跟平时一样。

谭什起身关上了窗户，然后，他又看了一眼那个手机。

它依旧静静地躺在沙发上，一动不动。

他忽然想到一个问题：它会不会突然响起来？

这不可能。它的里面没有手机卡，就像一个人没有了心脏一样，不可能再发出声音。他刚想到这儿，它突然就响了，仿佛故意在和他作对。

谭什抖了一下。愣了几秒钟，他走过去拿起它，发现是闹钟在响。他松了口气，按了一下，把它给关了，又扔回到了沙发上。

他忽然觉得有些不对头。

时间不对。

现在是下午六点半，又不是早上六点半，闹钟为什么会响？如果提前几个小时，可以理解成午睡闹钟，可偏偏是这个时间，让人无法揣测。

只有一种可能：她是一个黑白颠倒的人。

谭什的脑子里浮现出这样一幅画面：夜深人静，所有人都睡着了。她直撅撅地躺在床上，睁大了眼睛，无比清醒。过了一会儿，她悄无声息地下了床，轻飘飘地走了出去……

他的心里顿时空了。

卧室的门开了，吴暮走了出来，定定地看着谭什，眼神里含着深不可测的笑意。她换上了新衣服，明显好看了很多，至少不那么土气了。

谭什看了看墙上的挂钟，说："出去吃晚饭吧。"

她轻轻地点了点头。

离开家之前，谭什又看了一眼那个手机。

它隐藏在了黑暗里。

2. 说明书

小区门口有个小公园，一群老太太正在扭秧歌，她们都穿着花花绿绿的衣服，脸上抹着粉，白白的，在夜色里看着有些吓人。

有一个老太太的眼神有点凶，她不扭秧歌，独自一个人躲在角落里，在练习一种很古怪的功法，四肢不停地抖，嘴里还念念有词。路过她身边的时候，她看了吴暮一眼，嘀咕了一句什么话，谭什没听明白。

他们没开车，慢慢地走。

谭什说起了他的经历，爱情和事业。吴暮静静地听，不表态，也不说话。谭什拐弯抹角地问她以前做过什么，她很含混地说了几句，明显是在敷衍。

他们去一家面馆吃牛肉面。谭什吃了一小碗，吴暮吃了一大碗，还吃了一盘酱牛肉。吃完面，他们又去看电影。

那是一场 3D 电影，科幻片，地球人打外星人的故事。

谭什发现吴暮似乎非常紧张，僵僵地坐在椅子上，抓着扶手，直勾勾地看着银幕，一动不动。她的眼睛被镜片挡住了，眼神不详。

看完电影，他们回了家。

谭什洗漱完了，坐在沙发上看电视。吴暮穿着拖鞋去了卫生间。她在里面待了有二十分钟，出来了，也坐到了沙发上，看电视。

月光从窗户钻进来，阳台上青青白白的。

客厅的灯忽然闪了几下，灭了。

它太老了，谭什一直想把它换掉，却懒得动手。

吴暮抬头看了一眼，没说什么。

孤男寡女，黑灯瞎火，应该干点什么，谭什却不合时宜地打了个哈欠。

“你困了？早点睡吧。”吴暮说。

谭什想：这是到目前为止，她说的最正常的一句话。他站起身，说：“那我先去睡了，你也早点睡吧。”

吴暮轻轻地说：“知道了。”

躺在床上，谭什睡不着，失眠了，怎么躺都不舒服。他经历过很多次相亲，从没像这一次一样难以决断。吴暮不像那些女孩一样有明显的缺点，但是，她有点古怪。谭什不知道缺点和古怪哪一个更要命。

后来他知道了，古怪更要命。

在纠结中，他睡着了。

下半夜，他做了一个很古怪的梦，吓醒了。他掏出枕头底下的手机看了一眼，凌晨两点二十分。他躺了一会儿，怎么也想不起来那个梦的内容，就下了床，打算去卫生间。

谭什的卧室在这套房子的最里面，需要拐个弯才能到达客厅，穿过客厅才是卫生间。他拉开卧室的门，看见一片红荧荧的光，来自客厅。

吴暮还没睡觉?

谭什往前走了两步，停下来，探出半个脑袋，往客厅看。电视机发出的亮光忽明忽暗，人和物若隐若现，透着一股诡异。

吴暮端坐在沙发上，手捧着一本小册子，借着电视机发出的光，仔细地看。她的身边还放着几本小册子。

有一刻，电视机发出的光特别亮。

谭什看见吴暮手里的小册子是一本热水器使用说明书，她身边的那几本小册子都是一些说明书：冰箱、电视机、手机、洗衣机和空调。她住的卧室里有一个书架，那些说明书夹杂在各类图书中间，很不显眼儿。

深更半夜，她看这些说明书干什么?

谭什感到有些恐怖。

如果她是在看小说，哪怕是恐怖小说，他也不会害怕。可是，她偏偏是在看一些正常人平时根本就不会留意的说明书，这极不正常。

谭什没敢惊动她，悄悄地退回了卧室。

躺在床上，他思前想后。也许是有神灵提醒他，他的脑子里突然迸出一个念头：她之所以看那些说明书，是因为她不会用那些电器!

这有点匪夷所思。

现在是 2015 年，各种电器早已普及，还有人不会使用它们? 谭什想起吴暮土气的穿着，还有那个老旧的手机，以及她的某些举止，他又觉得这很有可能。最后，他得出一个结论：吴暮落后这个世界十年，或者说，她与世隔绝了十年。

谭什悚然一惊。

什么地方能与世隔绝?

似乎只有一个地方：监狱。难道吴暮在监狱里待了十年? 她今年 25 岁，十年前只有 15 岁，什么样的罪名能让一个未成年人被判刑十年?

谭什不敢想象。

他摸出手机，躲到被窝里，给西太打电话。

“什么事儿？”西太的语气有些慵懒，明显是还没睡醒。

“你了解吴暮吗？”谭什开门见山。

“在同事家见过她两次，怎么了？”

“你知道她的经历吗？”

“知道一些。”

“你说说。”

“她十几岁的时候，父母离了婚，父亲又娶了一个女人。据她说，那个女人很刻薄。她的家在农村，她平时很少回去，就住在单位宿舍里，周末的时候会去她叔叔也就是我同事家住两天。”

“她干什么工作？”

“在一家幼儿园当老师。”

谭什一怔，他没想到沉默寡言、举止怪异的吴暮竟然是一名幼儿园老师。在他的印象里，幼儿园老师就像太阳一样，明媚而温暖。

“你问这些干什么？”西太问。

“我问她，她不说，只能问你了。”

“她不太爱说话。没关系，熟悉之后就好了。对了，你觉得她怎么样？”

谭什沉默了几秒钟。

西太明白了，又说：“不行就算了。你帮她找份工作，让她安顿下来就行了。”

“她为什么想到外地工作？”

“听我同事说，她父亲经常去幼儿园找她要钱，她想躲远一点。”

“行，我知道了。”

“不好意思，没能给你介绍一个合适的女朋友，有空我去找你，请你喝酒。”

“我等你。”

挂断电话，谭什想：也许，是家庭的不幸让她变得沉默寡言。可是，怎么解释她的怪异举动？

没有答案。

谭什下床去撒尿。他轻轻地拉开卧室的门，看见外面黑乎乎的，吴暮已经回卧室睡觉了。他一边走一边瞟了吴暮的卧室一眼，那房门闭着，里面死寂无声。

谭什刚要推开卫生间的门，那扇门突然自己打开了。

他吓得打了个哆嗦。

借着一丝月光，他看见吴暮木木地站在门口。

“你干什么？”谭什还有些惊魂未定。

她没说话。

“你怎么不开灯？”

“我没找到开关。”她低低地说。

谭什按亮了灯，说：“这就是开关。”他家里的卫生间和卧室用的是装饰开关，看着是一幅画，按一下画上的那朵花，灯就亮了。

吴暮看了一眼，没说什么，绕过谭什回了卧室，把门关上了。谭什想：刚才，她是不是因为没找到卧室的开关，所以才在客厅里借着电视机的亮光看说明书？

第二天，谭什睡到九点才起床。

吴暮已经在沙发上看电视了。

他冲她点了点头，去卫生间洗漱。刚刷完牙，手机响了。他接完电话，走出卫生间对吴暮说：“今天我有事儿，得出去一趟，不能陪你了。”

她静静地听着。

谭什拿出钱包，从里面抽出五百块钱放到餐桌上，又说：“小区外面有几家饭店，你要是饿了就去吃点东西。出门的时候记得带上钥匙，在鞋柜上面。”

她看了一眼餐桌上的钱，小声说：“知道了。”

谭什说：“晚饭也不用等我，我可能很晚才能回来。”

她点了点头。

停了一下，谭什吞吞吐吐地问：“你想找一份什么工作？我顺便帮你问问。”

她的脸色变了一下，肯定明白了什么。沉默了几秒钟，她低下头，有些落寞地说：“我也不知道。”

谭什又问：“你还想去幼儿园当老师吗？”他认识一个幼儿园园长，婚礼上认识的，通过她或许可以帮吴暮找份工作。

她想了想，说：“行。”

“你把身份证和毕业证给我。”

她起身去了卧室，很快又出来，把身份证和毕业证交给了谭什。谭什看了几眼，装进包里，出去了。走到楼梯拐角处，他抬头看了一眼，发现吴暮还站在门口，定定地看着他，眼神里似乎有一丝不舍。

谭什的心莫名地快速跳了几下。

离开小区，他先去了那家幼儿园，找到园长说明了吴暮的情况，又给她看了吴暮的身份证和毕业证。园长很痛快地答应了，说幼儿园有一个老师过几天要休产假，让吴暮去顶她的班。

离开幼儿园，谭什去了公司，准备主持一场婚礼。

他忙活了一天。

回到小区，已经是晚上九点了。

这个小区里有很多高大的法桐树，遮天蔽日，把路灯都挡住了，光线暗淡。很多不知名的虫子在地上爬，在天上飞，其中包括蜈蚣和蛾子。它们一声不吭。

谭什家在小区最里面，要走五分钟。

其中有一段路的路灯坏了，黑漆漆的。楼洞里，闪着一个个的红点，像是某种小动物的眼珠子。其实，那是电表上的灯。

谭什感觉不对劲。

黑暗中，似乎藏着一个人。

他停下来，回头看了一眼，身后是一排法桐树，枝丫把水泥路上空完全遮住了，看上去无比幽深。

看不见人。

他转动着脑袋，最后视线停留在一辆三轮车上。它停在一棵法桐树旁边，车斗里堆放着一些乱七八糟的东西，张牙舞爪的，看不清是什么。三轮车旁边似乎蹲着一个人，太黑了，只能看见他（她）的轮廓。

一辆汽车拐个弯，驶了过来，刺眼的灯光照亮了一切。

谭什看见一个五十多岁的男人蹲在三轮车旁边，专心致志地啃一块面饼。他穿一身脏兮兮的黄布衣服，不太合身，看上去有几分落魄，缺乏生气。他停止了咀嚼，咧开嘴，冲着谭什很僵硬地笑了笑。他的牙又黄又黑，有一个门牙还缺了一个角。

汽车走远了。

那个男人又隐在了黑暗中。

谭什转身要走。

那个男人嘟囔了一句什么，可能是因为嘴里还含着食物，他的发音很不清楚，让人无法听懂。

“你叫我？”谭什停下来问。

那个男人慢慢地站起了身，他的身材很高大，比谭什高半个脑袋。

“你家里有多余的东西卖吗？”他的口音很古怪，肯定来自一个遥远的地方。

“没有。”谭什随口回了一句。他住的这个小区，门卫形同虚设，什么人都往里放。有一次，他刚走上楼梯，一个面目阴沉的男人忽然冒了出来，手里拿着一块巨大的磨石，木木地问："磨剪子戗菜刀不？"

他往前走了两步，停在谭什面前，缓缓地问："多余的人呢？"

谭什的脑袋一下就大了。他立刻意识到，眼前这个人不怀好意，他的目的肯定不是收破烂这么简单。

"你要干什么？"谭什后退一步，外强中干地问。

"你家里有没有多余的人？"他步步紧逼。

"这跟你没关系。"谭什悄悄地掏出了一串钥匙，那上面有一把小刀，刀刃三寸长，很锋利。他一下子打开小刀，钥匙"哗啦哗啦"响了两声。

那个男人后退着走了回去，又蹲到了三轮车旁边。

谭什松了口气，转身就走。

"我就在这里。"他突然开口了，"你家里要是有多余的东西，可以卖给我。收破烂废铁，收旧书旧报，收桌子沙发，收洗衣机电风扇……"

谭什径直走开了。

回到家，他往客厅看了一眼，没看到吴暮。电视机开着，正在演一档篮球节目。他喜欢篮球。厨房关着门，里面的油烟机在响，她可能在做饭。

他顾不上篮球，匆匆换上拖鞋，直奔卧室。他住在三楼，透过卧室窗户，能看到那个男人和他的三轮车。

谭什没开灯，拉开窗户，往下看。

外面漆黑一片。

床头柜上有一个手电筒。他拿起来，打开，照向下面。那个男人还蹲在三轮车旁边，手里拿着面饼，专心致志地啃着。发现有人用手电筒照他，他慢慢地仰起头，眼神有些木。在手电筒强光的照射下，他的脸色十分苍白，有些吓人。

时间过去了一分钟，他一直保持着这个姿势。

谭什看见他的三轮车上堆着一些破破烂烂的东西：旧躺椅、高压锅、蜂窝煤炉子、小木凳、漏勺、没有脑袋的布娃娃、一只棉拖鞋、缺胳膊少腿的塑料模特……

那个男人突然咧开嘴，很僵硬地笑了笑。

他的牙似乎更黄了，也更黑了。

谭什一下子把手电筒关上了。

直觉告诉他，那个男人是冲着吴暮来的。

3. 拾荒人

谭什走出卧室，发现厨房的门还关着，油烟机还在响。

那油烟机很老了，动静挺大，跟拖拉机似的。

他推了推门，没推开，里面似乎用什么东西顶上了。他愣了一下，抽了抽鼻子，闻到一股熟悉的香味，是剁椒鱼头。

吴暮会做剁椒鱼头？

谭什记得以前听西太说过，他工作的那个小县城，极其缺水，没有河，没有湖泊，甚至连一个小水塘都没有，县城周围全是黄沙，一望无垠。没有水，就没有鱼，那里的很多人一辈子都没吃过鱼。

吴暮来自一个没有鱼的地方，却会做剁椒鱼头，这有些反常。难道只是看了几眼，她就学会了那道菜？

谭什不太相信。他觉得，这就像一个一直生活在沙漠里的人，有一天到了海边，看见有人在游泳，她也下了水，居然游得比鱼还要好……

这背后，一定隐藏着什么秘密。

谭什坐到沙发上，看电视。过了一会儿，厨房的门打开了，吴暮走出来，看了他一眼，轻轻地说："吃饭了。"

谭什洗了手，坐到了餐桌旁。

吴暮不但做了剁椒鱼头，还炒了两盘青菜，还有粥。每道菜都很精致，看上去十分美味。谭什吃了一口鱼肉，细细地品，觉得不比那家湘菜馆做得差。

"你跟谁学的做菜？"谭什问。

"我爷爷。"吴暮无声地喝着粥。

"他是厨师？"

"以前是。"

"怪不得你的手艺这么好，原来是祖传的。"谭什逐渐打消了顾虑。

她浅浅地笑了笑。

吃到一半，谭什说："对了，我今天帮你找到工作了，还是到幼儿园当老师，过几天就能上班。"

吴暮低下头，小声说："过几天我就搬走。"

“不着急，等你熟悉这个城市再说。”一道剁椒鱼头，让谭什对她多了几分好感。

她没表态。

吃完饭，收拾完碗筷，两人坐在沙发上看电视，有一搭没一搭地聊着天，大部分时间都是谭什在说，吴暮在听。她偶尔插一句，总能起到承上启下的作用。她是一个内秀的女孩，谭什想。

客厅里的灯还是不亮。

它死了，不可能再亮了。

谭什心神不宁，不时竖起耳朵，听楼下的动静。当然了，他什么都听不见。他看了一眼吴暮，试探着说：“刚才我在楼下遇到一个怪人……”

“是吗？”她的语气很平静。

“他问我家里有没有多余的人。”

她静静地看着他。

谭什硬着头皮说：“你过去看看，认不认识他。”

沉默了一会儿，她突然说：“好。”

他们来到卧室，谭什拉开窗户，用手电筒往下照了照。

那个男人已经啃完面饼了，躺在那把旧躺椅上，准备睡觉。他没有被子。发现有人用手电筒照他，他慢慢地睁开眼，咧开嘴，很僵硬地笑了笑。

谭什瞥了一眼身边的吴暮。

她的表情很平静，看不出什么异常。

谭什说：“就是他。”

“我不认识他。”她轻轻地说。

这天半夜，谭什被什么声音弄醒了。仔细听，不是野猫的叫声，不是婴儿夜啼，不是晚归的人掏钥匙开门，似乎是有人在争吵。声音来自门外。

深更半夜，是谁在楼道里争吵？

谭什下了床，走到门口，透过猫眼往外看。楼道里的感应灯亮着，灯光昏黄，一个高大的身影从楼上下来，一闪而过，下楼去了。

谭什听见他的脚步声越来越远，终于消失了。

他没看见他的脸。

他掏出手机，看了看时间，凌晨三点多一点。在这个时间，所有的活物都应该在睡梦中，只有那些心怀鬼胎的东西还睁着眼，窥视着这个世界。

这栋楼有六层，一层两户。谭什在这里住了很多年，楼上六户人家的每一个人他都认识，不记得其中有身材高大的人。

难道他是谁家的亲戚？

这个时间他下楼干什么？

在这个时间出现的人，总让人感觉阴森，哪怕是他（她）人畜无害。

他怔忡了一阵子，往卧室走。路过吴暮卧室门口，他瞄了一眼，发现房门虚掩着。她不在里面？她忘了关门？他往里看了一眼，太黑了，什么都看不见。

他想了一会儿，没进去看，返回了卧室。经历了这样一件事，他一时半会儿睡不着了，躺在床上等待下文。他觉得，肯定还有事要发生。

等了好久，周围始终静悄悄的。

就在谭什要睡着的时候，他又听到一个声音："砰！"是关门的声音，不能确定是卧室门、卫生间门、厨房门还是防盗门。

谭什用最快的速度冲了出去。

吴暮穿得整整齐齐，站在客厅中央，不能确定她从哪里出来，卧室、卫生间还是厨房？或者说，她刚从外面回来？

"你去哪儿了？"谭什定定地看着她。

她低下头，小声说："我去卫生间了。"

深更半夜，穿得整整齐齐去卫生间，这话能信吗？谭什之前刚对她有了几分信任，现在又觉得她浑身上下都是谜团，让人难以捉摸。

谭什故作平静地说："吓我一跳，我以为家里进贼了。"这是他的缓兵之计，他认为吴暮出去过，又回来了，趁他回卧室的工夫，她进了门。

吴暮笑了笑，有些勉强。

第二天早上，谭什一起床，就发现吴暮已经把早饭做好了。她煎了荷包蛋，用昨天剩下的馒头炸了馒头片，还熬了小米粥。

"剁椒鱼头呢？热一下我吃了吧。"谭什说。吴暮昨天做的剁椒鱼头没吃完，还剩下一半，在厨房里。

吴暮往厨房里看了一眼，说："有点变味了，我倒掉了。"

现在不是很热，只过了一个晚上，会变味吗？

谭什没说什么。

吃完早饭，他去公司。这两天，结婚的人突然多了起来，他都有点应付不过来了。下了楼，谭什看见那个男人正在吃早饭。他不知道从哪儿弄来一张只剩三条腿的小桌子，上面放着一个不锈钢汤碗，他一手拿着馒头，一手拿着筷子，吃得贼香。他看见谭什，咧开嘴，僵硬地笑了笑。

谭什立刻把头扭向一边。

路过他身边的时候，谭什瞥了一眼他的不锈钢汤碗，惊讶地发现里面竟然是剁椒鱼头。他似乎是吃饱了，站起身，伸了一个大大的懒腰。他的身材很高大。

谭什的心一下就冷了。

事情就这样不明不白地过去了。

一连几天，风平浪静。

吴暮去幼儿园上班了。她带大班，早出晚归，很辛苦。不过，她的脸色却好看多了，不那么黄了。她的话也变多了，有一次，还跟谭什开起了玩笑。

那天是周末，谭什回家比平时早一些。

吴暮在厨房做饭。

谭什推了推门，发现又从里面用东西顶上了。他看了一眼电视机，是他喜欢的体育台。他坐到沙发上，边看电视边等开饭。过了大约二十分钟，吴暮打开门走了出来，看了他一眼，说："洗手吃饭吧。"

又有剁椒鱼头。

谭什发现一个细节：只要是做剁椒鱼头这道菜，吴暮就会从里面用东西顶上厨房的门，不让他进去。他想：也许是因为她的祖传手艺不能示人。

吃完饭，天还没黑。

他们一前一后，出去溜达，保持着三十厘米左右的距离。

他们之间的距离一天比一天近。

在楼下，谭什看见一群人围在一起，就过去看。几个穿制服的人拉扯着那个男人，让他离开这个小区。这几天，他把小区绿化带当成家了，弄来一些乱七八糟的东西堆在里面，还生火做饭。有人看不下去，找人来赶他走。

他唔噜哇啦地说着什么，表情很气愤。忽然，他发现了谭什，眼神一下子定住了，里面有一些恶毒的东西。他一定认为是谭什找来的人。

最后，他还是被推上了卡车。那几个穿制服的人把他的那些乱七八糟的东西扔到车厢里，也拉走了。

卡车缓缓地开动了。他的脸紧紧地贴在车窗玻璃上，有些变形，看上去十分狰狞。他的眼神一直没离开过谭什。

谭什莫明地觉得他和他结仇了。

一连几天，他都没露面。也许，他已经回到了那个遥远的家，那里有他的女人，他的篱笆，他的狗。

这天晚上，刮风了。

天气预报说，明天要降温。

谭什忙完手头的话，已经是晚上十点了。他喝了点酒，没开车，朋友把他送到小区门口。他下了车，一个人往家走。

几只流浪猫蹲在垃圾桶上，警惕地看着他。

回家的路，依旧没有路灯，依旧幽深。

不知道是谁的自行车停在树底下，上面似乎搭着一件雨衣。又没下雨，谭什不明白这个人为什么要把雨衣搭在自行车上。他看了几眼，觉得那件雨衣就像一个没有手和脚的人，木木地看着他。

谭什不知道自己为什么会有这种念头。

他加快了脚步。

他觉得，这个夜晚有些叵测。

怕什么就来什么，一阵哭声毫无预兆地响了起来，很凄惨。是一个男人的哭声。如果是一个女人在哭，还好理解，可偏偏是一个大男人，这下问题就大了。

谭什停下脚步，仔细听。

他有一种直觉：哭声是冲他来的。

天亮还遥遥无期，如果找不到哭声的来源，他肯定睡不着。

那哭声越来越弱了，或者说，是风越来越大了。

谭什抬头看了看，几乎所有的人家都熄了灯，睡下了。这个小区住的大都是老人，睡得早，起得也早。只有一扇窗户里有灯光，那是他的家，吴暮在等他。温暖的灯光给了他勇气，他决定把事情弄明白。

谭什认为，男人就应该把危险挡在门外，不能让家人受到牵连。

吴暮是他的家人吗？谭什想了想，没有答案。也许，在他的内心深处，已经把吴暮当成了家人，只是没有说出来而已。

那哭声虽然微弱，但还是不断飘过来。

谭什听了一阵子，认定它来自地下。

这个小区的房子都带储藏室，一大半埋在地下，只有窗户露出地面，站在里面能看到外面的行人。谭什家也有一间储藏室，编号302。

谭什怀疑那个男人此时此刻就躲在某间储藏室里，双手捂着脸，一边哭，一边从指缝里观察他。他观察了一下，眼睛盯住一个黑乎乎的楼洞，走了过去。

他跺了跺脚，感应灯亮了。

通往地下的楼梯很少有人走，落满了灰尘。几只虫子仰面躺在台阶上，已经死了。

再往下走，灯光照不到了，很黑。

这里是六号楼，谭什第一次来。

他家住七号楼。

他甚至觉得，这里的空气都无比陌生。

下面的通道曲曲折折，每一扇铁门都紧锁着，铁门后面堆放着一些用不着却不舍得丢掉的东西：旧电器、旧衣服、旧家具、旧自行车、旧书旧报……

从某种意义上说，储藏室和坟墓一样，堆放着一些死去的东西。唯一不同的是，储藏室有活人进出。

谭什又跺了跺脚，这一次感应灯没亮。

它也死了。

他只好摸着黑，倾听每一个储藏室里的动静。越往里走，哭声越清晰。他的心跳得越来越快，都快要跳出嗓子眼儿了。

一扇铁门毫无预兆地打开了。

一个人影闪了出来。

4. 她不是她

谭什没敢动。

地下的走廊有一股潮气，有一股死气，跟坟墓一样。一些虫子快速地爬来爬去，它们面目阴沉，不喜欢阳光。谭什觉得那个人就是一只躲在暗处的虫子。

“谁？”那个人低低地喊了一声。

他的声音有些耳熟。谭什仔细一想，头皮一阵发麻——是那个拾荒人，他又回来了！

“你找谁？”他逼近了两步。

谭什下意识地后退一步，说：“我听见有人哭。”

他没说话。

“我能和你谈谈吗？”谭什豁出去了。

“进来吧。”他立刻说。

那间储藏室很小，大概只有五平方米，有一张钢丝床，被褥黑乎乎的，还有一张廉价的小方桌，印着象棋棋盘的那种，上面有棋子。谭什扫了一眼，发现棋局很乱，红方的“相”居然过了河，跑到黑方地盘上去了。

那个人坐到床边，拿起“车”，七拐八拐地走到了底线。他还穿着那身黄布衣服，更脏了，袖口已经脱线，一根长长的线头耷拉着，显得更加落魄。

谭什看明白了：他不是在下象棋，而是在下跳棋。

拿着象棋下跳棋，这事挺邪门儿。

谭什环顾四周。

窗户很长时间没打开过了，上面落了一层厚厚的灰尘。

墙上糊满了报纸，都已经泛黄，有一张报纸上刊登了一则讣告：爱妻荀丽城因病医治无效，于 2007 年 3 月 29 日上午 9 时 13 分奉主召唤，享年 79 岁。遵妻生前遗愿，丧事一切从简，于 4 月 1 日开追思会，特此告诸亲友。上面还有一张黑白照，那老太太板着脸，眼神直直的。

谭什避开她的目光，看着他问："怎么称呼你？"

他拿着一枚棋子，没抬头，说："叫我老吴。"

他姓吴。

谭什的脑子里突然闪过一个念头：他不会是吴暮的父亲吧？仔细一想，觉得很有可能。他试探着问："你认识吴暮吗？"

老吴抬起头盯着他，半天才说："你说呢？"

谭什一下就明白了：他就是吴暮的父亲。他愣住了。

"她在你那儿还好吧？"老吴慢慢地问。

"挺好。"谭什赶紧说。

"她不太爱说话，你别见怪。"

"没有没有。"谭什想起前几天发生的事，又解释说："那几个穿制服的人，真不是我找来的。"

老吴看了他一眼，淡淡地说："没关系，反正我又回来了。"

"这间储藏室是你租的？"

"是，一个月一百五十块钱。"

谭什想了想，说："要不，你回家住吧。"

他沉默了一阵子，说："算了，她不想见我。"

"为什么？"

"嫌我老是找她要钱。"老吴叹了口气，又说，"我也没办法。弄不到钱，那个女人就不让我进家门。我年纪大了，没有挣钱的门路，只能找她要。"他的语气里充满了悲伤。

谭什拿出钱包，把里面的钱都取了出来，大约有两千块，塞到他手里，说："这些钱你先拿着，租个好点的房子，这里又潮又闷，不能住。"

老吴把钱揣进兜里，又说："我也不想来找她，可那个女人说我要是弄不到五万块钱，帮她儿子把婚事定下来，她就要和我离婚。"

五万块钱对谭什来说，不算多，也不算少。他沉思片刻，说："给我几天时间，我帮你想想办法。"

老吴立刻说：“拿到钱我就走，再也不来找她了。”

谭什看了他一眼，没说什么。

老吴又说：“这件事儿，你别告诉她。”

谭什一怔：“为什么？”

老吴压低了声音说：“因为我和她母亲离了婚，又娶了一个女人，她一直很生气，不想见我。我怀疑前几天那几个穿制服的人，就是她找来的。”

谭什点了点头。

回到家，已经是晚上十一点了。

吴暮还没睡，穿一身有卡通图案的睡衣，坐在沙发上，摆弄一堆乱七八糟的东西：空饮料瓶、核桃壳、鞋盒、牙膏皮、毛线团还有旧报纸。

“干什么呢？”谭什一边换拖鞋一边问。

吴暮说：“下周一要教孩子们废物利用，我先做一个。”

“你打算做什么？”

她看了他一眼，说：“家。”

谭什凑过去看。

吴暮用鞋盒做了一个房子，分成几个小房间，很别致。还用易拉罐做了一个人，有胳膊有腿，有鼻子有嘴，风格很抽象，模样很可笑。

“这是谁？”谭什指着易拉罐，明知故问。

“是你。”她憋住笑说。

“这又是谁？”谭什指着用牙膏皮做成的女孩。

“是我。”

“我又矮又胖，你又高又瘦。”

吴暮笑了笑。

“为什么不用牙膏皮做一个我，用易拉罐做一个你？”

“你肚量大，我嘴巴小。”

“怎么没有孩子？”谭什又问。

她看了他一眼，轻轻地说：“他们还没结婚。”

他们会结婚的，谭什在心里想。不过，在那之前，他得替她了却一桩烦心事——让老吴离开，永远也不再来纠缠她。

“你饿吗？我给你做宵夜。”吴暮说。

“很晚了，你早点睡吧。”

“明天是周末，我不用上班。”

“好吧，我想吃洋芋擦擦。”谭什看着她的眼睛说。

吴暮的眼睛一下就亮了，立刻说：“我这就去做。”

谭什笑了。

下雨了。大雨倾盆。风很大，雨点打在玻璃上，就像是有人在外面拍打窗户，那声音是这样的：“噼里啪啦，噼里啪啦，噼里啪啦，噼里啪啦……”

谭什坐在沙发上，听雨声。他在想：雨这么大，水会不会倒灌进储藏室？他走到卧室，拉开窗户，探出脑袋往楼下看。

雨水瞬间打湿了他的头发。

下面有车辆驶过，车灯明亮。

一个人站在雨中，高个子，黄布衣服，是老吴。他没打伞，也没穿雨衣，笔直地站在雨中，抬头看着谭什家卧室的窗户，像个木头人一样纹丝不动。他的衣服已经湿透了，紧紧贴在身上。

他要干什么？

车辆驶过去了，老吴隐藏在了黑暗里。

谭什关上了窗户。

雨水打在玻璃上，弯弯曲曲地往下流，像一条条蚯蚓。

“吃饭了。”吴暮在外面喊。

谭什走了出去。

“你头发怎么湿了？”吴暮一边问，一边拿来一条干毛巾，递给了他。

“我看看雨下得大不大。”谭什说。他决定不把老吴的事告诉她，免得她再生气难过。

“大不大？”

“挺大的。”

吴暮笑了笑，招呼他吃饭。

餐桌上摆着两份洋芋擦擦，一份辣椒多一些，一份辣椒少一些。吴暮把辣椒多的那份推给谭什，她吃辣椒少的那份。她很细心，知道他喜欢吃什么。

“比剁椒鱼头还好吃。”谭什边吃边说。

“真的？”

“当然是真的。对了，你们园长今天上午给我打电话了。”

“她说什么？”

“她说你干得不错，孩子们都很喜欢你。她还说你会背诵整篇的《三字经》和《弟子规》，而且知道每一句的出处，是不是真的？”

“当然是真的。”吴暮有几分得意地说。

“现在很少有人会背诵那些东西了。”

“你面前就有一个。”

“有空的时候，你也教教我。”

“你不会吗？”

“不会。”

“那需要很长时间才能教完。”

谭什看着她，很认真地说：“没关系，我可以一直学下去。”

她也看着他，很认真地说：“好，我可以一直教下去。”

这是约定。

这是承诺。

一切都是水到渠成。

天亮了，雨过天晴，太阳无比明媚。树叶上挂着露水，亮晶晶的。周围静极了，只有早起的鸟儿吃虫子的声音，水滴落地的声音，老头打哈欠的声音。

谭什开着车，驶出了小区。

客厅里的灯坏了，他们要去灯具市场再买一个。灯具市场很热闹，他们随便选了一家店铺，进去了。谭什看中一个欧式的水晶灯，吴暮看中一个中式的吊灯，最后，他们听了售货员的建议，买了一个美式乡村风格的麻绳灯。

买完灯，他们又去看电影。

谭什买了票，走进放映厅，发现里面只有稀稀拉拉十几个人，都是成双成对的情侣，分散着坐在角落里，依偎在一起，亲亲密密。

灯灭了，一片漆黑，开演了。

月光惨白，树林幽深，一个披头散发的女人光着脚，在树林里奔跑，一边跑，一边回头看，眼神里充满了恐惧。在她的身后，一双阴冷的眼珠子死死地盯着她……

是一部恐怖片。

吴暮似乎很害怕，往谭什身边靠了靠。谭什慢慢地伸出手，握住了她的手。她的手很凉，缺乏温度。

手机响了。

谭什掏出手机，看了一眼，是西太的电话。

“什么事儿？”谭什问。

“你身边有人吗？”西太的语气有些惊恐。

谭什看了一眼吴暮，说：“没有。你说。”

西太沉默了两秒钟，说：“我刚才看见吴暮了！”

“你回来了？”谭什一怔。

“不，我还在外地。”

谭什一下子愣住了。

西太又说：“刚才，我和几个朋友去一家饭店吃饭。吃了一阵子，我出去上厕所，看见一个女服务员端着盘子走进了一间包厢，很像是吴暮。开始，我以为看错了，就站在门口等。过了几分钟，吴暮出来了。看见我，她掉头就走。我愣了一下，追下去，发现她已经不见了。我找人问了问，才知道她已经在这里上班好几天了，从没离开过。去找你的那个女人，她不是吴暮！”

她竟然不是吴暮!

谭什的头发都奓了。

“她是谁？”他呆呆地问。

“我不知道！反正她不是吴暮，你赶紧让她离开！”西太很急促地说。

谭什挂断了电话。他无比震惊，慢慢地扭过头，看了她一眼。银幕的光照到她的脸上，十分苍白。谭什的脸色一点点地也变白了。他忽然又想起一件事：如果她不是吴暮，那老吴肯定也是假的，他们是一伙的!

童话故事一下变成了恐怖故事。

谭什突然松开了她的手，就像是突然发现握住的是一条蛇。

“你怎么了？”她扭过头，有些诧异地问。

“没，没什么。”谭什恐惧至极。忽然有一天，你发现一个和你朝夕相处的人，她有另外一张完全陌生的面孔，这种恐惧极其深邃。

“刚才是谁的电话？”

“西太。”

“西太？”她对这个名字似乎有些陌生。

她的狐狸尾巴露出了十分之一。

谭什小心翼翼地说：“就是他介绍咱们认识的，你忘了？”

她恍然大悟地说：“你说的是李西太呀？我一时没想起来。”

前面忘了说，西太姓李，叫李西太。

她又把狐狸尾巴缩回去了。

肯定不是一时没想起来这么简单，谭什认为。他故作平静地说：“刚才西太给我打电话，说他去饭店吃饭的时候，见到一个女孩，长得很像你，你说奇怪不奇怪？”

吴暮不说话了，直直地看着谭什。

谭什觉得这句话戳中了她的死穴，她无力反击了。他的心剧烈地跳动起来。

她扭过头，继续看电影，淡淡地说了一句：“天底下长得像的人多得是。”

“我觉得也是。”谭什嘴上这么说，心里却不这么认为。

“最近，你见过西太吗？”谭什继续试探她。

“前些日子在我叔叔家见过他。”

“他是不是比我还胖了？”

吴暮突然不说话了，直直地盯着银幕。她肯定没见过西太。也就是说，不管是西太还是谭什，对她来说，都是陌生人，那她找上门到底要干什么？

恐怖电影还在继续，气氛让人窒息。

谭什嗅到了一股危险的气息，决定先离开她，再作打算。他说：“差点忘了，公司还有事儿，我得回去处理一下。”

“你去吧。”吴暮很平静地说。

谭什立刻站起身，往外走。

外面阳光明媚，温暖又安全。走到门口，谭什回头看了一眼。周围都是成双成对的情侣，吴暮一个人孤零零地坐在那里，背影看上去十分凄凉。

谭什的心颤了一下，犹豫了几秒钟，还是走了出去。

背后一声凄厉的惨叫。

来自电影里的女主角。

5. 故事的尾巴

谭什开着车，不知道该去哪儿，更不知道下一步该怎么办。

他的心里一团乱麻。

漫无目的地行驶了半天，他把车停下来，给西太打电话。电话接通了，西太说：“我刚从吴暮家出来，还没找到她。你别着急，就算是找到天涯海角，我也要把她找出来，把事情问清楚。”

谭什说：“知道了，你也别着急。”

沉默了一会儿，西太又说：“还有一件事儿，我说出来，你别害怕……”

“你说。”谭什从他的语气里听出了事态的严重性。

“我听吴暮的继母说，吴暮的父亲老吴去找你了，打算问你要一笔钱。”

“我见过他了。”

“是吗？你没事儿吧？”西太明显吃了一惊。

“没事儿。”

“我听说老吴的脾气很怪，喜怒无常，一言不合就动手伤人，曾经因为把人打成重伤坐过牢，你小心点。”

“知道了。”

“老吴可能还不知道去找你的女人不是吴暮，你别理他，躲远点就行。”

“他们已经见过面了。不过，老吴没说她不是吴暮。”

“这是怎么回事儿？”西太吃了一惊，又说：“那个女人到底是谁，只有找到吴暮才能知道，我现在就去找她。”

“你别着急，慢慢找。”

停了一下，西太问：“那个女人没伤害你吧？”

“没有。”

“要不我报警吧？”

“别报警。”谭什立刻说。他不想让警察把假吴暮带走，虽然她来历不明，虽然她动机不详，虽然她举止古怪。

西太犹豫了一下，说：“行，我听你的。”

挂断电话，谭什回了家。

她不在家。

她的东西也不见了。

她走了。

餐桌上有一份剁椒鱼头，旁边有一张纸条，上面的字迹清秀而工整。谭什拿起来看：其实，我不会做剁椒鱼头。你吃的那些剁椒鱼头，都是我去咱们第一次在一起吃饭的湘菜馆买的。愿你能找到一个会做剁椒鱼头的女孩。

谭什的心一下就空了。他像个没头苍蝇一样在家里转了半天，坐到沙发上，打开了电视机。看了半天，电视里演的是什么，他一点都不知道。他不时扭头看一眼厨房，幻想着她能走出来，喊他吃饭……

此时此刻，谭什才明白，那个来历不明、动机不详、举止古怪的女孩，已经在他的心里生了根，挥之不去。

他给她打电话。

她关机了。

谭什又去了她工作的幼儿园。今天是周末，幼儿园关着门。他一下子不知道该怎么办了。在这个城市里，她举目无亲，无依无靠，能去哪儿？

一连两天，杳无音讯。

一连两天，天天下雨。

天天盼雨停，它不停。

天天盼她回，她不回。

谭什坐在沙发上，用手机看本地新闻。还不到下午五点，窗外已经暗了下来。没开灯，客厅里光线不好。谭什抬起头，看了一眼防盗门。防盗门关着，严丝合缝。他不知道为什么要看一眼防盗门，也许是一个无意识的动作。

他开始心神不宁，说不清为什么。过了一会儿，他的脑子里忽然冒出一个念头：门外有人，是一个女人。

他抬起头，又一次把视线转向防盗门。就像是在配合他一样，敲门声立刻响了起来，声音很轻，响了两下就停住了，显得有些鬼祟。

是她回来了？

谭什立刻站起身，小跑着过去，打开了门，看到门外站着一个陌生的女人。她低着头，垂下来的长发遮住了五官，穿一件红色长袖衫，蓝色牛仔裤，裤腿被雨水打湿了，棕色的皮鞋上沾了一些碎屑。

她抬起头，脸色有些苍白，定定地看着谭什。

“你找谁？”谭什问。

她沉默了几秒钟，轻轻地说：“我是吴暮。”

谭什一惊，马上就明白了：她是真正的吴暮。

“请进。”谭什说。

吴暮走了进来，端端正正地坐在沙发上，一言不发。她的头发有些湿了，几缕头发贴在脸上，显得整个人缺乏生气。

谭什泡了一杯茶，轻轻地放在她面前的茶几上。

她端起茶杯，小口小口地喝，动作很慢，无声无息。

谭什定定地看着她，等着她开口说话。

吴暮喝完一杯茶，脸上红润了一些，终于开口了：“对不起，这一切都是我的错。她叫吴檀，是我的邻居，也是我的发小儿。”

“她在哪儿？”谭什问。

停了一下，她说：“等我说完，你再决定要不要去找她。我们那个村子很穷，她家又是村子里最穷的人家。她家里，除了一盏电灯，什么电器都没有。因为要照顾常年生病的爷爷，到这里之前，她都没去过县城。”

谭什想：怪不得她不会系安全带，怪不得她要看那些说明书，原来她是真的不会用。

吴暮接着说：“她的父母在她很小的时候就死了，她一直跟着爷爷生活。她的爷爷身体不好，干不了重活，周围村子有红白喜事的时候，他会过去帮厨，挣很少一点钱，维持生计。她没上过几天学……”

“不对，她有毕业证，还会背诵整篇的《三字经》和《弟子规》，而且知道每一句的出处。”谭什打断了她。

她低下头，轻轻地说：“她的身份证和毕业证都是我找人给做的，《三字经》和《弟子规》是跟她爷爷学的，她爷爷小时候读过私塾。前些日子，她的爷爷也去世了。在这个世界上，她没有一个亲人了。”

谭什心里一阵难过。

她扭头看着窗外的雨，似乎是在自言自语地说：“村子里的人都说她很孤僻，是扫帚星，克死了父母。其实，她并不孤僻，心里充满了阳光，只是没有人理她，她才逐渐把自己封闭了起来。不久前，她告诉我，想离开那个村子，换一个环境。我很想帮她。前些日子，西太把你介绍给了我。我想了很久，决定把这个机会让给她。”

谭什一切都明白了。

她又说：“她一直想把真相告诉你，又怕你接受不了，就没敢说。其实我知道，她是害怕失去你。”

“她在哪儿？”谭什追问。

“在她同事家里。”

“带我去找她。”

她定定地看着他，一字一字地问：“她没有嫁妆，没有学历，没有亲人，没有漂亮的长相，你确定要把她找回来？”

“确定。”谭什毫不迟疑地说。

“为什么？”

“她没有嫁妆，但是她不贪图物质；她没有学历，但是她知书达理；她没有亲人，但是她知道珍惜眼前人；她没有漂亮的长相，但是她有一颗单纯的心。有这些，就足够了。”

“走吧。”她笑了笑，站起了身。

乌云正在快速地飘走，雨小了很多，零星的雨点掉下来，打在积水上，溅起一个个水泡，转眼即逝。路过六号楼的时候，谭什往楼洞里看了一眼。

吴暮捕捉到了他的眼神，说：“我让他回去了。他没把真相告诉你，就是想从你那里弄点钱。对他来说，是不是他的女儿并不重要，只要能让那个女人开心就行。”

谭什没说什么。

那是一套很小的房子，温暖而干净。那个用鞋盒做的房子摆在茶几上，里面多了一个小孩子，用鸡蛋壳做的，胖乎乎的，很是喜人。她在厨房做菜，是剁椒鱼头。这一次，她没关门。

谭什走过去，闻了闻，说："味道不错。"

"你来干什么？"她背对着他，轻轻地问。

"吃你亲手做的剁椒鱼头。"

"还有其他事儿吗？"

"有。"

"什么事儿？"

"接你回家。"

她的身体微微抖了一下，没说话。

"那个鸡蛋壳小孩儿是男的还是女的？"谭什又问。

"你喜欢男孩还是女孩？"

"女孩。"

"我喜欢男孩。"

"那就再做一个。"

"今天不吃西红柿炒鸡蛋，没有鸡蛋壳。"

"不用鸡蛋壳做。"

"那用什么？"

"你说呢？"

她的身体又微微抖了一下。

隔壁老王

隔壁老王阴沉着脸，总惦记着你家里的女人。有一天，他换了一张面孔，取代了你在家里的位置。

1. 暖壶

周宥的儿子满月，隔壁老王送来一份贺礼，是一只暖壶。那只暖壶虽然是新的，款式却很老，看上去应该是20世纪七八十年代的物品。

开始，周宥并没在意，随手把它放在了角落里。等客人散去，他收拾东西的时候又一次看见了那只暖壶，越想越觉得不对头。

今天来了很多客人，送的大都是钱，只有老王送来了一只暖壶，显得很突兀。送暖壶应该是20世纪结婚时候的风俗，可现在是2015年5月3日，周宥给儿子摆满月酒，老王为什么要送来一只暖壶呢？

周宥盯着那只暖壶，冥思苦想。

它的外壳是塑料的，玻璃内胆，木头塞子，乍一看毫不起眼儿，仔细一想又觉得它饱含深意。它的颜色不对头！世上有那么多种颜色，老王为什么偏偏送给他一只绿色的暖壶？对于一个男人来说，绿色绝对不是一种喜庆的颜色，往往和绿帽子联系在一起。

周宥的心情一下子灰暗起来。

这两年，隔壁老王火了，各地都有关于他的传说，他成了大家茶余饭后必不可少的谈资。其实，大家嘴里的隔壁老王并不是一个人，而是泛指住在你家附近又惦记着你家女人的一群男人。不过，在周宥这里，这个模糊的称谓具体到了一个人，就是隔壁老王。

如果隔壁邻居不姓王，周宥可能不会胡思乱想；如果隔壁邻居年纪不大，是小王，周宥可能不会联想到绿帽子。可是，他偏偏姓王，而且上了年纪，他就是隔壁老王。传说一下子照进了现实，给了周宥当头一棒。

曲芬芳从卧室走出来，看了周宥一眼，说：“你不睡觉蹲在阳台上干什么？”

周宥没搭腔。

曲芬芳扭着屁股去了卫生间。怀孕之后，她从九十几斤长到了一百五十多斤，体积几乎增大了一倍。现在生完孩子了，丝毫没见瘦，只是身体瘪了一些。周宥想：这个相貌平平的女人会和别的男人偷情吗？

这种事似乎和相貌没什么关系。

周宥的心思从暖壶转到了曲芬芳身上。他和曲芬芳是经人介绍认识的，相处了三个月之后，他们睡在了一起。那是曲芬芳的第一次，见了红。那一夜之后，曲芬芳怀孕了，他们就结了婚。八个多月之后，曲芬芳早产生下了一个儿子。

今天之前，周宥从没怀疑过什么。现在想想，曲芬芳的职业让那一抹红色变得不太真实。曲芬芳是一名妇科医生，对女人的身体构造了如指掌，想改变点什么，应该十分容易。顺着这个思路，周宥继续往下想：儿子真是早产吗？不是足月产吗？如果是足月产，就说明有人先他一步在曲芬芳的身体里播下了种子，这个人应该就是隔壁老王。

周宥下意识地摸了摸脑袋，上面没有帽子。

曲芬芳从卫生间出来，看见周宥还蹲在阳台，拿起茶几上的一个苹果走了过来，一边啃一边问：“哪儿来的暖壶？你买的？”

“不是，是隔壁老王送来的。”周宥盯着她的眼睛。

曲芬芳没再问什么，一边啃着苹果，一边看着窗外的景色。他们住在三十三楼，能看见几公里之外的一条弯弯窄窄的河。

送暖壶这么奇怪的事，她为什么置若罔闻？周宥觉得她的态度很可疑，似乎是在回避什么。他试探着问：“暖壶怎么办？咱们家有饮水机，用不着。”

曲芬芳想了想，说：“我听人说饮水机里的水不卫生，以后就用暖壶里的水给儿子泡奶吧。”她的奶水不多，儿子需要喝奶粉。

周宥竟然没想出反驳的理由。

吃完苹果，曲芬芳拎着暖壶去了卧室。

周宥跟了进去。

卧室里有两张床，一大一小，小床有围栏，肉嘟嘟的儿子四仰八叉地躺在里面，睡得很香，口水都流了出来。曲芬芳把暖壶放在了两张床中间的空地上。

周宥眯起眼睛，盯着那只暖壶，慢慢地，暖壶上浮现出了隔壁老王的脸，他转动着眼珠子，看看左边的儿子，又看看右边的曲芬芳，眼神十分生动，似乎是在表达这样一个意思：这些都是我的。

周宥晃晃脑袋，赶走了幻觉。

“咱们结婚的时候，隔壁老王随礼了吗？”他问。

“我忘了。”曲芬芳翻看着一本育儿书，有些漫不经心地说。

“你仔细想想。”

“结婚的礼单还在床头柜里，你自己看。”

周宥找到了那份礼单，在上面没找到任何一个姓王的名字。他不知道隔壁老王叫什么。他心里的阴影面积更大了，狐疑地想：结婚的时候隔壁老王没随礼，现在为什么送来了一只暖壶？

离开卧室之前，他又瞥了一眼那只暖壶。

它静静地站在那里，没有表情。

它就像插在领土上的红旗一样，是来宣示主权的，周宥想。

周宥乘坐电梯下了楼，鬼鬼祟祟地躲在绿化带里，给三舅打电话。那只暖壶就是三舅交给他的，说是隔壁男人送的礼。当时周宥在招呼客人，他走出去准备找隔壁老王道谢，发现他已经乘坐电梯下去了。

电话通了。

“三舅，我问你件事儿。”

“你说。”

“那个人给你暖壶的时候，说什么了没有？”

“什么都没说，就是笑了笑。”

“你说下当时的情景。”

“是不是出什么事儿了？”三舅警觉地问。

“什么事儿都没有，我就是随便问问。”周宥故作轻松地说。

“当时，我站在门口抽烟。隔壁的门开了，他提着暖壶走了过来。我赶紧上去接过暖壶，请他进屋喝茶，他冲我笑了笑，什么都没说就坐电梯下去了。”

周宥沉默了两秒钟。

“没事儿吧？”三舅还是不放心。

“没事儿。”周宥笑了两声，“三舅，你快到家了吧？”三舅家在几十公里之外的一个村子里，喝完喜酒就坐车回去了。

“到村口了。”

“那你早点回家歇着吧，我挂了。”

“你好好照顾孩子。”三舅嘱咐了一句，挂断了电话。

周宥蹲在草地上，开始开掘记忆里那些关于隔壁老王和曲芬芳的点点滴滴。

他买的是二手房，没有再重新装修，直接就搬过来住了。偶尔在电梯里遇见隔壁老王，也只是相视一笑，说几句天气不错之类的客套话。曲芬芳上白班的时候，他们就一起出门，碰见隔壁老王，她总是低头不语。

以上记忆没问题。

继续往前挖。

刚搬过来的时候，不知道去哪儿给燃气卡充值，曲芬芳去隔壁询问，老王告诉她一个地址。当时，他们站在门口说了几句话，没进门。

以上记忆也没问题。

还得深挖。

当初买房子的时候，周宥看中了另一个小区的一套房子，那套房子更大，价格也不高。曲芬芳偏要买现在住的这套房子，她说顶楼视野好，没人打扰，清静。周宥无力地争辩了几句，就妥协了。

有问题了。

曲芬芳执意要买现在住的这套房子，是不是因为隔壁住着老王?

终于抓住狐狸的尾巴了，周宥觉得全身发热，迫切地想要干点什么。

隔壁老王拎着一个塑料袋回来了，里面装着一些从超市购买的食物。他似乎没有父母，没有妻子，没有儿女，没有朋友，一直是一个人孤独地出来进去。周宥认为这样的人最可怕，因为他没有牵挂，不管做什么事都没有顾虑。

隔壁老王看了周宥一眼，点了点头，过去了。周宥仔细品味他的眼神，觉得那里面饱含深意，有嘲笑，有蔑视，还有一丝同情。

周宥愤怒了。

隔壁老王毫无预兆地转过身，走了回来，从兜里摸出一个红包递给他，说:“这是我的一点心意，请你收下。”说完，他把红包塞到周宥手里，匆匆离开了。

这算什么?

贺礼？已经送过了，那只暖壶就是。

抚养费？红包里只有几张纸币，太少了。

精神赔偿金？貌似也不够。

周宥认定这里面有鬼。

2. 九百六十七

周宥回到家，母亲已经把晚饭做好了，都是酒席的剩菜。母亲原本在老家务农，周宥的儿子出生之后，她过来帮忙照看孩子，伺候曲芬芳坐月子。

“曲芬芳呢？”周宥问。

母亲瞥了一眼卧室，有些不满地说：“她说不喜欢吃剩菜，回屋睡觉了。”她的嗓门儿很高，生怕曲芬芳听不见似的。

母亲和曲芬芳的关系不是很好，原因不复杂：曲芬芳有洁癖，喜欢清静。母亲不太注重卫生，喜欢热闹，经常带一些老太太回家大声聊天，还热衷于跳广场舞。

母亲一边给周宥盛饭，一边说：“没有公主命却有一身公主病。”她不知跟谁学会了这句话，成天挂在嘴边。

和往常一样，周宥选择沉默，两边都不得罪。吃完饭，他拿起车钥匙，准备出门。

母亲说：“忙活一天了，早点歇着吧。”

周宥说：“我出去转转。”

母亲没再说什么，开始收拾桌子。

周宥有一辆小汽车，八万块钱买的。下班之后，他开着车在城市里转悠，挣点外快。他的车虽然是白色的，但是大家都叫它黑车。驶出小区之后，周宥直奔郊区。他不敢在市区拉活，怕出事。

天已经黑了，郊区人很少。

周宥把车停在一所大学的后门，等鱼上钩。他知道，总有一些不安分的学生偷偷溜出来，去往城市的各个角落。有一次，一男一女两个学生坐他的车去几十公里之外的一个水库。一路上，他们情不自禁，热情如火。到了目的地，男学生扔下五百块钱，拉着女学生就走了。鬼知道他们要干什么。

刮起了大风，呼呼地响。这个城市每到春天就会刮大风，夹杂着沙尘昼夜不停，吹得每个人都灰头土脸。

周宥又开始想绿帽子的事。这件事像蛇一样突然从一个幽暗的角落里蹿出来，紧紧缠绕住他，让他无处遁形，总有一种窒息的感觉。

周宥是这样想的：想要证明儿子是隔壁老王的，就得先证明曲芬芳和他有染；想要证明曲芬芳和他有染，就得先证明他们认识；想要证明他们认识，就得先找到他们交往的痕迹，包括但不限于通话记录、手机短信、网络聊天内容以及开房记录。问题是，周宥都不知道隔壁老王叫什么，在哪儿工作，怎么着手调查？

等了一个多小时，没看见一个人出来。

有点不正常。

周宥发动了汽车，决定去别的地方试试运气。

这里没有路灯，四周是深邃的黑暗。一只蝙蝠突然从车前飞过，差一点撞到挡风玻璃上。周宥看见它的嘴巴尖尖的，耳朵很大。

一个背着双肩包的年轻人孤独地行走在黑暗里。

周宥按了按喇叭。

他没回头，继续走。

周宥看了一眼后视镜，后面是无边的黑暗，那个人不见了。他打开收音机，听见一个男人向主持人哭诉妻子出轨了。他换了一个台，还是这事。他一下关了收音机，沮丧地想：这个世界怎么了？

转悠了两个多小时，没拉到一个客人。

车快没油了。

周宥下意识地摸了摸裤兜，走得匆忙忘了带钱包。他停下车，摸索着裤兜，希望能找到几张钱。幸好，隔壁老王送给他的红包还在裤兜里。他打开红包，数了一遍，觉得不对头，又仔细数了一遍，确定红包里有九百六十七块钱。

他诧异了。

他送出过红包，也收到过红包，里面的钱大都是整数，偶尔有零头，也都是一些很吉利的数字，六百六十六，八百八十八之类的，为了讨个彩头。可是，九百六十七算什么？

不管它算什么，肯定不吉利。

周宥越来越觉得隔壁老王就像一个只有谜面没有谜底的谜语，让人抓狂。他愣了半晌，开车去了加油站。

加油站很小，很冷清，亮着一盏昏黄的灯，看不到人。周宥按了按喇叭，过了一阵子，从一个黑暗的角落里慢吞吞地走出一个女人，一边走，她一边整理裤子。周宥立刻想到那个角落里还有一个男人，光着腚。

“加满。”周宥说。

她没说话。加油的过程中，她一直盯着自己的脚。她穿了一双男式棉拖鞋，明显偏大。加完油，她瞥了一眼电子屏幕，说：“二百五。”

这个数字比九百六十七还不吉利。

周宥从红包里取出二百五十块钱，递给她。借着灯光，她仔细地检查着每一张钱，每一个动作都要重复好几遍。周宥有些不快。

“你给换一张。”她把那张面额五十的钱递了过来。

“为什么？”周宥捏了捏那张钱，是真的。

“不为什么，你给换一张。”

“这又不是假钱。”

“你给换一张。”她很固执地说。

周宥给了她一百块钱。她仔细检查一番，找给他五十块钱，然后慢吞吞地返回了那个黑暗的角落。她走路一点声音都没有。

周宥拿出那张她不要的钱，仔细看了看，没发现异常，又看反面，发现反面写着两行字：你想知道吗？后面是一个手机号码。字是用红色圆珠笔写的，很工整。钱上写着字，这不稀奇，大都是无聊的恶作剧而已。可是，周宥不这么认为，他觉得这个隔壁老王设的一个套，动机不纯，目的不明。

风更大了，一个空纸盒飞快地从周宥面前跑了过去。

四周空荡荡的。

周宥拿出手机，按下了写在钱上的手机号码，横下心，打了过去。响了两声，接通了。奇怪的是，对方没说话。周宥听见了他（她）粗重的呼吸声。

“你好。”周宥说。

对方没说话。

周宥等了两秒钟，又说：“我看到了写在钱上的那句话。”

“你来不见天路七号。”他匆匆说了一句，挂断了电话。

时间太短，对方的语速太快，周宥不能确定他是不是隔壁老王。他开了好几年车，从没听说这个城市还有一条不见天路。回到车上，他用导航仪搜索，竟然找到了，在这个城市的另一端，很远。

周宥开着车过去了。

风越刮越大，车窗“噼里啪啦”地响，似乎有什么东西想进来，又似乎有什么东西想出去。不管是哪种情况，都很吓人。

周宥有些害怕，但是必须过去弄个明白。

害怕一阵子总比纠结一辈子要好。

一路上，周宥竟然没看见一个行人。虽然是晚上，虽然是郊区，虽然刮着大风，但也不能一个人都没有，这里面肯定有别的原因。

这个世界已经不正常了，周宥想。

跑了大半个小时，终于到了不见天路。那是一条简易的水泥路，双车道，到处都是坑，路边没有路灯，种了一些歪脖子树，不知道名字。

四周漆黑一片。

周宥下了车，用手电筒照着，慢慢地找。

不见天路两边是一排排的门面房，大部分都空着。卷帘门上贴着招租的广告，成天风吹日晒，白纸已经变成了黄纸。有些窗户上面爬满了蜘蛛，大如核桃。

一片荒凉。

周宥总感觉背后有一双充满敌意的眼睛在盯着他。他回过头，背后只有黑暗。电筒的亮光在无边的黑暗中显得那么渺小、那么孤独。

找了半天，周宥也没找到不见天路七号。

这条路压根儿就没有门牌。

难道是那个人耍他？周宥觉得应该不是。他换了一个思路想：那个人让他到不见天路七号，说明不见天路七号里面一定有人，只要在这些门面房周围找到有人住过的痕迹，也许就能找到那个人。

周宥又找了一遍。

在最西头那间门面房门口，他发现了一个垃圾桶，里面有一些生活垃圾，方便面袋子、矿泉水瓶子啥的。他用手电筒照了照，发现卷帘门上没有招租广告，再往上看，是一块黑底白字的招牌：不见天路七号。

原来，不见天路七号不是门牌号，而是一家店铺的名字。这么古怪的店铺名字，里面卖的是什么东西？还有，如此荒凉的地方，东西卖给谁？

周宥的心“扑腾扑腾”地乱跳起来，深吸了几口气，他敲响了卷帘门。

风毫无预兆地停了。

天地间鸦雀无声。

3. 索命的孩子

周宥听见里面响起“嚓嚓嚓嚓”的声音，似乎有人正走过来。那个人有一个不好的习惯，走路不抬脚。

卷帘门“吱吱呀呀”地叫着，慢慢地升起来。升到一半突然停了下来，里面那个人慢吞吞地说：“你进来。”

他为什么不把卷帘门完全升起来？他为什么不出来？周宥用手电筒往里照了照，只看见一双蓝色老旧的塑料拖鞋和一对大脚。那个人的脚很脏，脚指甲乌黑，应该是很长时间没洗过了。

周宥一咬牙，钻了进去。

那个人迅速转身，躲避着手电筒的亮光。周宥还是看清了他的脸。那是一张苍老的脸，眼睛很小闪着光，下巴上留着山羊胡子，比大多数男人的头发都要长。

不是隔壁老王。

周宥松了一口气，又有几分失落。他环顾四周，发现到处都是泡菜坛子，有大有小，上面没有图案，全部都是黑色的，显得死气沉沉。

那个人点亮了煤油灯，黄豆大的火苗无风自抖，似乎随时都会熄灭。

周宥觉得煤油灯和那只暖壶一样，都属于一个已经逝去的年代，它们不应该出现在生活中，应该静静地躺在博物馆，供人观瞻，供人追忆。

“怎么称呼你？”周宥试探着问。

“叫我老易，周易的易。”他说。

“我看到了写在钱上的那句话……”

“你想知道什么？”他打断了周宥。

周宥一怔，难道不管想知道什么他都能解答？他有些犹豫，不知道该不该把心里的疑问说出来。妻子出轨这种事，藏在心里还好一些，如果让外人知道，那痛苦就会放大，让人有一种生不如死的感觉。

老易一言不发，等着周宥的下文。

周宥横下心，说：“我妻子可能出轨了……”

“隔壁老王干的？”老易似笑非笑地问。

周宥抖了一下，一下子觉得老易深不可测。他立刻换了一种语气，恭恭敬敬地说：“我也怀疑是隔壁老王干的，可是没有证据。”

老易沉默了一阵子，说：“证据就在你家里。”

“在哪儿？”周宥追问。

老易却不说话了，从一个泡菜坛子里掏出一把花生，一个一个地往嘴里扔。

周宥想了想，问：“是不是那只暖壶？”

老易还是不说话。

周宥又想了想，脑子里一下就炸了，脱口而出：“是我儿子！”

老易终于开口了：“你说错了，他不是你儿子。”

“我应该怎么办？”周宥无助地看着老易。

老易吃着花生，不说话。

周宥一下就明白了，不能白问。他把身上所有的钱都掏了出来，有些不好意思地说："我今天就带了这些钱……"

"放那里面。"老易指了指他身边的一个泡菜坛子。

周宥把钱放了进去，手指无意间碰到了一个毛茸茸的东西，似乎是活物，他吓了一跳，赶紧抽出了手。

老易从角落里拿出两个小木凳，让周宥坐下，又拉下了卷帘门，不见天路七号与外面的世界一下子隔绝开来。凝滞的空气里充斥着一股诡异的气息。

"那孩子多大了？"老易问。

"刚满月。"

"哪天出生的？"

"4月3号。"

"几点钟生的？"

"夜里两点。"

老易闭上眼睛，手指毫无规律地动着，似乎是在掐算什么。他的脸色越来越难看。过了半晌，他突然睁开眼睛，眼神里闪着恐惧的光，低低地说："那是一个孽种。"

"什么意思？"周宥隐约觉得事情可能比他想象的还要糟糕。

"那天日值月破，大事不宜，夜里两点是丑时，丑时又是那一天的凶时。那个孩子在那一天的那个时辰来到这个世界，肯定是不怀好意。"

"他要干什么？"周宥有些蒙了。

老易东张西望，上看下看，似乎是在寻找什么东西。他的动作极其缓慢，就像一个正常人的动作放慢了十倍，让人发冷。过了一阵子，他盯着一个方向，时而侧耳倾听，时而嘴里念念有词，仿佛在跟什么人交谈。

周宥不敢出声，更不敢动。

过了半天，老易松了一口气，用手背擦了一下额头，心有余悸地说："打听清楚了。别的孩子到这个世界报恩，那个孩子到这个世界索命。"

"索谁的命？"其实，周宥已经知道答案了。

"当然是索你的命。"

周宥打了个冷战，就像一个听到判决书的死刑犯一样，一下子崩溃了。

老易的神情变得很严肃，仿佛是在自言自语地说："他会让你失去房子、失去车子、失去妻子、失去亲人、失去健康，直到失去一切。四十二岁那年，你病死在一间只有五平方米的出租房里，口袋里没有一分钱，身边只有一只流浪猫。"

周宥的脊梁骨一阵阵发冷。

老易仿佛耗尽了全身的力气，软绵绵地靠在泡菜坛子上，闭上了眼睛。

“我应该怎么办？”周宥颤颤地问。

“送他走。”老易慢吞吞地说。

周宥吓了一跳，小声地问：“你是说弄死他？”说实话，他下不去手，就算那是曲芬芳和隔壁老王的孩子。他是一个善良的人。

“不，不是弄死他，是把他送走。”

“送哪儿去？”

“你把他交给我，我帮你处理。”

周宥有些犹豫。从曲芬芳怀孕开始，他就对那个孩子充满了期待。他生出来之后，周宥每天给他喂奶、换尿布，看着他一点点长大，周宥和他已经有了感情，突然把他送走，周宥有些于心不忍。

老易又吃了几颗花生，慢吞吞地说：“五天之后，我也帮不了你了。”

“为什么？”

“五天之后，那个孩子三十五天，命运已经注定，再想破解就难了。”

沉默了一阵子，周宥说：“我再考虑考虑。”

老易没说什么。煤油灯里没油了，火苗挣扎了几下，灭了。老易无动于衷，静静地坐在黑暗里，无声无息。

周宥站起身，说：“我想好了就给你打电话。”

老易还是没说什么。

“我先回去了。”周宥走到门口，拉起卷帘门，走了出去。

外面还是漆黑一片。

周宥打开手电筒，慢慢地朝车走去。走出去十几米，他回过头，用手电筒照了照不见天路七号，看见老易直直地站在门口看着他，眼神很是悲凉，就像在看一个即将被推进火化炉的死人。

周宥的心一下掉进了冰窟。

回到家，已经是晚上十点半了。

母亲在厨房忙活。看见周宥回来，她走出来说：“曲芬芳还没吃饭，我给她煮了面，你也吃一点吧。”她是一个面冷心软的人，刀子嘴豆腐心。

周宥没胃口，说：“我不吃了。”说完，他去了卧室。

曲芬芳半躺在床上，睡着了。孩子还小，睡不踏实，每天晚上都要醒十几次，她也跟着醒十几次，睡眠严重不足，抽空就补一觉。

那个孩子躺在小床里，无声无息地睡觉。

周宥凑过去，端详他。

刚出生的时候，他只有五斤二两重，哭声像小猫一样乏力，很丑，头发稀少，身体上都是褶子。现在，他好看多了，长出了一些黄黄软软的头发，变得肉嘟嘟的，很是讨人喜欢，只是还看不出他长得像谁。

他一直没动。

周宥甚至怀疑他死了，伸手试了试，呼吸正常。他的嘴动了一下，似乎嘟囔了一句什么。他这么小，哭得还不太熟练，能说什么呢？

周宥弯下腰，想听一听他在嘟囔什么。

他突然睁开了眼睛。

周宥吓了一跳，打了个趔趄，坐到了大床上。

他哭了，撕心裂肺地哭。

曲芬芳立刻就醒了，过去抱起他，轻轻地拍打着他的后背，左一下右一下地摇晃着，嘴里还哼着摇篮曲，哄他。

他无动于衷，还是哭。

周宥站在旁边，手足无措地看着他。他躺在曲芬芳怀里，转动着眼珠子，不时扫周宥一眼。他虽然还在哭，但是有些心不在焉。也许，哭声只是为了掩饰什么。周宥觉得他的眼神像成年人一样。

母亲过来喊曲芬芳吃饭。

周宥说："你去吃饭吧，我抱他出去转转。"

母亲说："这么晚了，外面还刮着风，别出去了。"

周宥说："风已经停了，我就抱他去楼下转转，不走远了。"又对母亲说："妈，你早点睡吧，都忙活一天了。"

母亲出去了。

曲芬芳说："吃完饭我先睡一会儿。半个小时之后，你就带他回来。你明天还上班，别睡得太晚了。"说话间，她用一个小毯子包裹住孩子，只露出一个小小的脑袋。

周宥抱着他出去了。

他想和他单独谈谈。

走出家门，他立刻就不哭了，静静地看着周宥。不知道为什么，周宥不敢和他对视，用小毯子的一角遮住了他的眼睛，他没反抗。

小区里一个人都没有。几盏路灯幽幽地亮着，周围的灌木丛显得无比幽深，那里面有几双淡绿色的眼珠子，是野猫。

这个世界只剩下周宥和他了。他不知道怎么弄的，把小毯子掀开了，定定地看着周宥，他的眼珠子像野猫一样明亮。

周宥硬着头皮和他对视了一阵子，轻轻地叫了一声："周曲。"

他叫周曲，周宥起早贪黑用了半年时间才想出这个名字。

他没反应，眼睛都不眨一下。

"你妈妈是谁？"周宥套他的话。

他的眼珠子往上转了转，给出了正确答案——曲芬芳在楼上。

周宥的头发一下就爹了。老易说得没错，他和别的孩子不一样，小小的身躯里包藏着一颗心事重重的心。停了一会儿，周宥又问："你爸爸是谁？"

他半天没反应，似乎是在思考，过了大约两分钟，他的眼珠子又往上转了转——这个时间隔壁老王肯定在楼上睡觉。他太小了，还没学会撒谎，不知道谎言有时候可以掩饰自己，保护自己。

周宥的心一下子就硬了。

4. 送不走的噩梦

第二天，周宥请了一天假，带他去打防疫针，并且没让曲芬芳和母亲跟着。其实，距离他下一次打防疫针的日子还有七天。周宥不能等了，因为老易说过，再过五天他的命运就已注定，无法回天了。

周宥要去做一件事，一件决定命运的事——亲子鉴定。

打开车门，周宥把他放到后座，用小毯子把边缘垫高，防止他掉下去。他似乎察觉到了什么，咧开嘴，冲着周宥笑了一下。

这是他出生后第一次笑。

周宥觉得他的笑容里有讨好的成分，扭过头去，不理他。

他突然放了一个屁，很响，把他吓了一跳，哭了。

周宥很想笑，但是他憋住了，关上了车门。如果是在两天前，他一定会像发现新大陆一样把这件事告诉曲芬芳和母亲，分享他身上的趣事，可是现在周宥没那份心情，只想弄清楚孩子到底是谁的。

路过一家银行的时候，他进去取了些钱，又去旁边的眼镜店买了一副墨镜。做亲子鉴定不是一件光彩的事，他害怕遇见熟人。

周宥向市医院驶去。他查过了，只有市医院能做亲子鉴定。

一路上，他不时回头看。

周曲没睡觉，安静地躺在后座上，目不转睛地盯着车顶。他一副胸有成竹的样子，对即将发生的事毫不在乎。

周宥突然觉得他搞不过他。

到了市医院，周宥停好车，抱着他走了进去。一个穿制服的女孩迎上来，问周宥干什么。周宥吞吞吐吐地说明了来意。女孩一副见怪不怪的神情，带他办了手续，让他去七楼最西边的科室。

在这个过程中，周曲一直表现得很平静，蜷缩在小毯子里，无声无息。他太轻了，小猫一样，小小的脸还不如周宥的手掌大。想到等会儿就有一根针管扎进他的身体，抽他的血，周宥一阵莫名的心酸。他摸了摸脑袋，似乎摸到了一顶无形的帽子，于是他很快就战胜了这种情绪。

七楼最西边的那个科室门口有不少人，大都是男人带着孩子。有一个四十多岁的男人蹲在地上，阴沉着脸，身边有两个十几岁的男孩，长得都不像他。周宥想：看来，世上戴绿帽子的男人绝对不止他一个，有些男人的绿帽子更多、更大。这样一想，他心里的悲伤就减少了百分之一。

周宥排在第九号。

走廊里静悄悄的，没有人说话。

悲伤尽在无言中。

周宥慢慢地往前挪动，低头看了一眼周曲，发现他含着手指，竟然没心没肺地睡着了。他的心里冒出一个念头：这个孩子的神经比他的身体还粗。

前面只有一个人了。

周曲毫无预兆地睁开眼睛，放声大哭。他哭得是那么伤心，肯定不是饿了这么简单。周宥觉得他在想方设法逃避做亲子鉴定，他的身体现在还很弱小，心里虽然有三十六计，却无法付诸行动，只能用哭声来拖延时间。

周宥硬下心来，不理不睬。

他哭得脸都发紫了。

一个穿白大褂的医生听见哭声走了出来，竟然是隔壁老王。他看见周宥，神色立刻变得十分古怪，明显想转身回去，想了想，又停住了。

周宥无比震惊，做梦也没想到会在这里遇见他。

冤家路窄，此言极是。

周曲立刻就不哭了。他肯定知道，救兵来了。

周宥的心立刻沉到了无边的黑暗里。

“你怎么在这儿？”隔壁老王小心翼翼地问。

这是一句废话，周宥不予回答。

停了一下，隔壁老王又说："我在这儿上班。"

周宥还是不说话。

隔壁老王看了一眼周曲，意味深长地说："这孩子真可爱，长得和你一模一样，你不要胡思乱想……"他一边说，一边观察周宥的神情。

欲盖弥彰。

周宥在心里说："你当然希望我不胡思乱想，一门心思把你的孩子养大。等他长大了，我也被榨干了，他就回到你身边，我一个人孤独地死去……"

隔壁老王又说："做这种事儿，很伤夫妻感情，你一定要三思。你现在回头，我可以当作什么都没看见。"沉默了几秒钟，他又说，"当然了，如果你坚持要做，我可以帮你，毕竟这是我的职责。"

周宥决定放弃亲子鉴定。他认为，隔壁老王是这里的医生，肯定能修改数据。别人做亲子鉴定，相似度也许是99.99%，他做亲子鉴定，相似度肯定是100%，他连0.01%的狐狸尾巴都抓不住。

周宥抱着周曲离开了。走过拐角的一瞬间，他回头看了一眼。隔壁老王还站在那里，眼神里有些许无法掩饰的忧伤。

周宥开着车去找老易。

他要把周曲送走。

一路上，他一直在想把周曲送走之后如何面对曲芬芳和母亲。他想出了十三条借口，都不满意，不是太假就是太血腥。最后，他决定这么说：他去了一趟卫生间，忘了锁车门，孩子被人抱走了。

她们或许不信。

爱信不信，周宥硬硬地想。他豁出去了。

半个小时之后，到了不见天路七号。

周宥停下车，抱着周曲过去了。

周围还是那么荒凉，不见一个人，只有不见天路七号开着门。

他们进了门，老易立刻拉下了卷帘门。几缕阳光从门缝里挣扎着钻进来，屋子里不是太暗，至少不是漆黑一片。周宥看见那些泡菜坛子都不见了，屋子里空荡荡的，只有两个小木凳。

"泡菜坛子呢？"他随口问了一句。

"来了一个大客户，都买走了。"老易说。

什么人会买那么多大大小小的泡菜坛子？周宥没有继续问下去，低低地说："我把他带来了。"

老易看了周曲几眼。

周曲也看着他。

周宥敏锐地察觉到周曲的眼神里全是愤怒，那绝对不是一个婴儿的眼神。

“孩子留下，你走吧。”老易说。

“你打算怎么处理他？”周宥小心翼翼地问。

老易扫了他一眼，一字一字地说：“天机不可泄露。”

周宥就不敢再问了。

老易像抢一样从他怀里把周曲抱了过去，又说：“你走吧。记住，千万不要回头，要不然他还会缠着你，让你生不如死。”

周宥没走，弱弱地说：“我想再看他一眼。”

老易没说什么。

周宥凑过去，静静地看着他。他也静静地看着周宥。他的眼神已经变软了，很无助的样子，似乎知道事情已经无法挽回，干脆放弃了反抗。

周宥的眼泪一下子流了出来。

“夜长梦多，快走吧。”老易催促他。

周宥迈着沉重的步伐，离开了不见天路七号。他没有回头。

又起风了，呜呜地响，似乎是老天在哭泣。

周宥开着车，在城市里漫无目的地游荡。他不敢回家，害怕面对曲芬芳和母亲。转悠了大半天，太阳都快落山了。奇怪的是，他带着周曲出门一天了，曲芬芳竟然没打电话问一声，难道她察觉到了什么？

在一个偏僻的路口，因为注意力不集中，周宥的车追尾了，幸好撞得不严重。前面车上下来一个壮汉，恶狠狠地看着他。周宥把身上所有的钱都给了他，他把钱数了一遍，二话不说开车走了。周宥发动车，也准备离开，却打不着火了。鼓捣了半天，车还是不动，他的心情更加灰暗，干脆丢下车，徒步回家。

下午五点，周宥忐忑不安地回到了小区。

楼下停着一辆警车。

他的心一下悬了起来。徘徊了半天，他硬着头皮上楼了。房门竟然虚掩着，房间里的人似乎一直在等他。站在门口，他深吸了两口气，进去了。

母亲坐在沙发上看电视，没看见曲芬芳。

周宥努力让自己平静下来，低头找拖鞋，没找到，干脆只穿着袜子走到沙发前，坐下，等着母亲发问。

母亲一直盯着电视机，不问周曲去哪儿了。

周宥不敢主动开口，只好也跟着看电视。那是一部纪录片，讲述的是黑熊妈妈和黑熊宝宝的故事。母亲以前只看一些俗气的综艺节目，现在为什么看起了纪录片？周宥有些纳闷儿，又不敢开口问，怕母亲把话题扯到周曲身上。

天色慢慢暗了。

母亲站起身，去厨房张罗晚饭。她始终没看周宥一眼。周宥心里有鬼，也不敢吱声。他盯着卧室的门，想进去看看，又不知道如何面对曲芬芳。他不敢动，也不敢出声，坐在沙发上如坐针毡。

又过了一阵子，天黑了。

没开灯，客厅里几乎什么都看不见。

周宥站起身，打算去把灯打开。刚迈了一步，他突然听到卧室里传出孩子的哭声，很突兀、很凄冷，仿佛受了天大的委屈。

周曲回来了？

周宥的脑袋“嗡”地一下炸了，呆站在那里，一动不动。

紧接着，卧室里飘出了另一个声音，是曲芬芳在唱歌：“两个小娃娃呀，正在打电话呀，喂喂喂，你在哪里呀？我在幼儿园……”

她在哄周曲。

周宥惊呆了，大脑里一片空白。

母亲把晚饭做好了，有鲫鱼汤、芸豆炒肉、红烧豆腐和白斩鸡。她打开客厅和餐厅的灯，过去敲了敲卧室的门，小声地说：“吃饭了。”

卧室的门开了，曲芬芳打着哈欠走了出来。周曲没在她的怀里。

难道是听错了？周宥还没回过神儿来。

曲芬芳和母亲走到餐桌旁，坐下吃饭。她们始终没看周宥一眼，仿佛他不存在。周宥彻底蒙了，有些尴尬却不知道该怎么办，就干咳了一声。

没人理他。

曲芬芳看着卧室的方向，大声说：“你不出来吃饭干什么呢？”

她在跟谁说话？

“他又睡了，我给他换上尿布。”卧室里传出一个男人的声音。

是隔壁老王！

5. 他死了

周宥掐了一下自己，确定这不是梦。

隔壁老王一步三回头地走了出来，去洗了手，坐下来吃饭。他一边给曲芬芳夹菜，一边笑吟吟地说："王曲可真淘气，尿了我一身。"

王曲是谁？周宥稍加思索，明白了：王曲就是周曲，他的亲生父亲是隔壁老王，他当然不能姓周，肯定要改姓王。

完了，孩子是他的了。

曲芬芳说："他还小，长大以后肯定更淘气。"

母亲说："淘气的孩子聪明。"

隔壁老王说："明天我休班，咱们带他出去玩。"

曲芬芳说："行，吃完饭咱们早点睡。"

完了，妻子也是他的了。

周宥已经傻掉 99.99% 了。

母亲说："明天我和几个老姐妹去农贸市场转转，买只土鸡。"

隔壁老王说："妈，你和我们一起去玩吧。"

母亲说："我不爱和你们年轻人一起玩，不去了。"

完了，连母亲都是他的了。

周宥被激怒了，三步两步冲过去，冲着隔壁老王大声喊："这里是我家，你滚出去！"又对母亲说："妈，你怎么了？"他怀疑母亲的精神出了问题。

没有人理他。

隔壁老王环顾四周，有些疑惑地说："我怎么听见有人喊妈？是不是王曲喊的？"

曲芬芳笑着说："他才刚两个月，一个字都不会说。"

周宥想：曲芬芳说错了，就算他从周曲变成了王曲，也不可能平白无故长大了一个月，他才刚满月。

母亲说："最起码得半年之后他才会叫爸爸妈妈。"

这个世界到底怎么了？一个大活人站在面前，他们竟然看不见，就算是曲芬芳和隔壁老王假装看不见周宥，可是母亲不应该无视自己的儿子呀。

周宥觉得这比噩梦还可怕。

他们吃着喝着，谈笑风生。

周宥走到母亲身边，轻轻地拉了他一下，低低地叫了一声："妈。"

母亲抖了一下，脸色一下就变了，颤抖地说："周宥回来了，他喊我了！"

曲芬芳和隔壁老王的脸色也变了。过了半晌，曲芬芳伤感地说："妈，周宥都去世一个月了，不可能再回来了。你肯定是太想他了，出现了幻觉。"

我去世了？周宥如遭雷击般抖了几下。

他低下头，惊恐地发现他没有影子。

他像个魂儿一样游荡，终于发现了异常：他的东西都不见了。他的衣服、拖鞋、电脑、手机充电器、牙刷、毛巾、茶杯和茶叶，甚至包括他养的那条金鱼统统不见了，鱼缸里现在住着一只红耳龟。

周宥和这个家毫无关系了。他站在那里，身体一动不动，大脑一动不动，跟死了差不多。

他们吃完了饭，坐在沙发上看电视。

母亲的心情看上去很不好，一直低头不语。曲芬芳和隔壁老王已经从之前的阴影里走了出来，兴高采烈地说着一些发生在孩子身上的趣事。

自始至终，都没有人看周宥一眼。

周宥也觉得自己已经死了，他试着动了动手指，发现手指无比僵硬。他甚至闻到了一股刺鼻的臭味，那是他的身体正在腐烂，也许用不了多久，他就会变成一堆白骨。

周宥是一个敏感的人，生性多疑，而且缺乏主见，不管别人说什么，只要不太离谱，他就信。

我是怎么死的？周宥冥思苦想。好像有神灵在提醒他，他很快就想出了答案——在那起追尾事故中，他已经死了，他的魂儿在外面游荡了一个月，终于找到了回家的路……

周宥想：天上一天，地上一年，阴间的时间应该和天上差不多，他觉得时间不长，其实人间已经过去了一个月。

周宥决定去那个偏僻的路口看看。

他轻飘飘地走了出去。

路上太静了，两旁的灌木丛里黑咕隆咚的，似乎比阴曹地府还要深邃。偶尔有车驶过，白晃晃的车灯刺得他睁不开眼睛。他走在两个车道中间，竟然没有司机冲他按喇叭，就像看不见他一样。

他的脚步越来越轻了，脚底下一点感觉都没有。

终于，他看见那个路口了。

红灯一闪一闪的，似乎是在指引他。

走着走着，周宥的眼睛一下就瞪大了——他的车竟然还在那里。已经过去一个月了，为什么没有人把它拖走？他慢慢地走了过去，盯着它。车窗里黑乎乎的，什么都看不见。不知道为什么，他总感觉车里有人。

为什么会有这种感觉？他低下头想。不知道是哪根筋开了窍，他突然想明白了：车里那个人就是他！已经死了一个月身体正在腐烂的他！

那车外的他是什么？

周宥决定打开车门看看自己。深吸了几口气，他慢慢地伸出手，慢慢地拉开了车门。车里一个人都没有，不管是活人，还是死人。

他直起腰，茫然四顾。

红绿灯下，不知道什么时候出现了一个男人，笔直地站在那里，一动不动。

风吹起地上的纸灰，四散飘飞。周宥下意识地伸出手，想抓住它们——那些纸灰可能是母亲烧给他的钱。他想：儿子不是他的了，妻子不是他的了，家不是他的了，这些纸灰总该是他的吧……

那个人慢慢地转过了身，是隔壁老王。他盯着周宥，突然说话了："我到这里来，是想告诉你几件事儿。"

周宥紧张地听着。

"你根本就没死。"

"可是我没有影子。"周宥弱弱地说。

"那是因为你家里的灯太多了。不信，你往后看。"

周宥回过头，看见在路灯下，他的影子拖得很长。

隔壁老王又说："我们不是想吓你，只是想让你明白一个道理：不能胡思乱想，不能疑神疑鬼，更不能轻信他人。否则，你会失去一切。"

周宥还是一头雾水，不知道到底发生了什么事。

母亲慢慢地从一个角落里走了出来，走到周宥面前，抬手抽了他一个嘴巴，厉声说："畜生！看你干的好事儿！"

周宥隐约明白了什么。

隔壁老王说："你离开医院之后，我觉得不对劲，就叫上两个保安，一直跟着你。我看见你把周曲交给了别人。等你走后，我让一个保安继续跟着你，我和另一个保安控制住了那个人。他只说他叫老易，只字不提你为什么把周曲交给他。我让保安用了点手段，他只好说出了实话……"

"他说什么了？"周宥迫不及待地问。

"他骗了你，目的是想让你把孩子送给他，他好拿去卖钱。他开的那家店生意不好，入不敷出，早就不想干了，可是租金又退不出来，正为难的时候，你送上了门。他提前把东西转移走了，打算回老家把孩子卖掉，甚至连买家都找好了。"

老易是骗子？周宥疑惑地说："可是，可是他知道……"看着隔壁老王，下面那半截话他说不出口了。

"他是不是知道和你妻子有不正当关系的人是隔壁老王？"隔壁老王淡淡地问。

“是。”

“就是因为这句话你才开始相信他？”

“是。”

隔壁老王叹了口气，说：“一句玩笑话，没想到你也当了真。”

“玩笑话？”周宥如遭电击。

“没错，就是一句玩笑话。据老易讲，他随手在一张钱上写下了一句话，然后那张钱鬼使神差地到了你的手里。你给他打去了电话，他随口说让你去找他，没想到你真的去了。开始，他只是想和你开个玩笑。慢慢地，他察觉到你对他的话很信服，就临时起意打起了你儿子的主意。”

周宥的脑子里乱成了一锅粥。过了一会儿，他说：“那张钱是你给我的。”

“我给你的？”隔壁老王一怔，“我想起来了，那九百九十九块钱当中确实有一张五十的钱，就是那张钱上面写着字？”

“不是九百九十九块钱，是九百六十七块钱。”

隔壁老王想了一阵子，说：“肯定是那个店主搞的鬼，怪不得他给我换了零钱之后，又帮我把钱装进红包里封了起来，原来是怕我发现钱少了。”

周宥傻眼了。

“你为什么怀疑我和你妻子有不正当关系？”隔壁老王突然问。

周宥吞吞吐吐地说：“因为一只暖壶。”

“暖壶？什么暖壶？”隔壁老王明显吃了一惊。

“你送给我的那只暖壶，绿色的。”

“你是说那只老式的绿色暖壶？”隔壁老王似乎想起来了，“那天，你家里很热闹，有人说话声音很大，吵得我头疼，我就想找你们说一下。出门的时候，我拎上了那只暖壶，打算顺便下楼把它扔掉。刚走到你家门口，有个人就把暖壶接了过去，还请我进去喝茶。我知道他误会了，却不好说破。我越想越觉得不合适，你们家办喜事，我不能送只暖壶，就准备了一个红包，回来的时候给了你。”

原来如此。

周宥不知道是该笑，还是该哭。

隔壁老王又问：“难道就因为那只暖壶，你怀疑我和你妻子有不正当关系？为什么？你是怎么想的？”

周宥沉默不语。他一直觉得之前的推测合情合理，现在看来是那么的可笑。他左右开弓，用尽全身力气抽了自己两个大嘴巴，鲜血顿时流了出来。

隔壁老王叹口气，不再问了，转身慢慢地走了。

周宥僵僵地站在那里，不知所措。

母亲用手帕擦去他嘴角的血，恨恨地说："老婆孩子还在家里等着，你傻站在这里干什么？"

"曲芬芳会原谅我吗？"周宥忐忑不安地问。

母亲白了他一眼，慢慢地说："她要是不想原谅你，就不会演这出戏了。"

周宥撒腿就往家里跑。

他刻骨铭心地记住了隔壁老王的话：不能胡思乱想，不能疑神疑鬼，更不能轻信他人。否则，你会失去一切。

摸出来的祸事

一个特别的生日礼物，一段离奇的遭遇，一场要命的婚礼，这一切都是摸出来的。

1. 吊诡的身体

小狄十八岁生日那天，胡子和山炮决定送给他一个特别的生日礼物。

那个礼物不是东西，是一个人，一个年轻女人。

他们三个人都是小混混。当然了，这是别人的叫法，他们不认为自己是小混混，而是活在现代的古代好汉，该出手时就出手的那种好汉。

那个女人在一条步行街经营着一家美甲店，山炮的女朋友在她的店里做过美甲。山炮和她闲聊了几句，得知她吃住都在美甲店里，孤身一人。听完山炮的讲述，小狄说："她又不是你女朋友，你凭什么把她送给我？"

山炮说："她是所有人的女朋友。"

"给钱就能干。"胡子插了一句。

"咱们有多少钱了？"小狄问山炮。

山炮指着面前的一大堆单肩包、斜挎包、手提包、双肩包、帆布包、手拿包、复古包、钱包、链条包、铆钉包，意气风发地说："路易威登、香奈儿、古琦、爱马仕、梦特娇、圣大保罗、普拉达、寇兹、鳄鱼、耐克，还有回力、乔丹、阿迪王这样的大牌子，只要都卖出去，咱们就有钱了。"

"卖出去几个了？"

"一个都没卖出去。"山炮又对胡子说，"你把音量开大点。"

胡子低头鼓捣了一下音箱，声音更刺耳了："出卖我的爱，逼着我离开，最后知道真相的我眼泪掉下来，出卖我的爱，你背了良心债，就算付出再多感情也再买不回来……浙江温州最大皮革厂，江南皮革厂倒闭了！王八蛋老板黄鹤吃喝嫖赌，欠下了3.5个亿，带着他的小姨子跑了。我们没有办法，拿着名牌包抵工资。原价都是三百多、二百多、一百多的名牌包，通通只要二十块，通通只要二十块！黄鹤王八蛋，你不是人，我们辛辛苦苦给你干了大半年，你不发工资，你还我血汗钱，还我血汗钱……”

路人纷纷侧目。

小狄有些担心地问：“卖这么便宜，别人会不会认为这是赃物？”

山炮说：“又不是咱们偷的，你怕什么？”

胡子说：“偷包犯法，捡包又不犯法。”

火车站附近有很多小偷，他们偷了包，把值钱的东西拿出来，把包随手扔到附近的灌木丛里。有一次，胡子去灌木丛撒尿，发现了这个商机。他们把那些包收集起来，弄了一个音箱，在菜市场门口摆起了摊，以此为生。他们每隔两天去灌木丛进货一次，每次都有收获，逢年过节收获多一些，平时少一些。

一个拄着拐棍的老太太走过来，看了半天，指着一个挎包问：“多少钱？”

“香奈儿挎包，二十块钱。”山炮说。

“结实吗？”

“牛津大学最新研制的牛筋包，随便扯，随便拽，一百年用不坏。”

“能装几斤柴鸡蛋？”

山炮扭过头，不搭理她了。

“三块钱卖不？”老太太又问。

“不卖？小钱包三块钱行不？”

“赶紧走吧！”山炮冲她吼了一嗓子，“卖柴鸡蛋的老头要收摊了。”

她嘟囔了一句，走了。

忙活了一下午，他们只卖出去七个包，扣除买盒饭、买烟、买饮料、买瓜子、买扑克牌的费用，还剩五十三块钱。小狄数完钱，说：“这点钱肯定不够。”

山炮说：“那你自己干吧，我和胡子就不干了。”

“你们也打算？”小狄一愣。

“有福同享。”胡子说。

小狄说：“我自己也不够，我听说一次要一百多块钱。”

山炮想了想，说：“我们去和她讲讲价，求她打个折，实在不行的话，就让她脱了衣服你摸一摸。”

“光摸没意思。”小狄有些不乐意地说。

山炮踢了他一脚，说：“你懂个屁！摸她比你自摸舒服多了。”他有女朋友，是过来人，在某方面一直充当导师的角色。

小狄就不说话了。

收了摊，他们把东西送回出租屋，骑着一辆没挂牌的摩托车去找那个女人。山炮驾驶着摩托车，速度奇快，见缝插针，很快就到了那条步行街。

天已经黑了。

那条步行街没有路灯，没有行人，大部分商铺都闲置着，看上去十分萧条。美甲店在步行街的最深处，上下两层，招牌是暗红色的，店名很古怪，叫“十指黑”，玻璃门后面挂着布帘，有昏黄的灯光透出来。

山炮上去敲门。

玻璃门一下就拉开了，仿佛有人一直躲在门后，等人敲门。山炮下意识地后退了一步。一个穿白裙子的女人走了出来，她低着头，长长的头发遮住了大半张脸，表情不详。她一直不说话，只是静静地站在那里，木头桩子一样。

山炮回头看了一眼小狄和胡子，说：“我们要消费。”

“做大保健。”胡子补充了一句。

她沉默了两秒钟，低低地说：“进来吧。”她的声音有些虚，没什么质感。

店面不大，不到二十平方米，装修风格很另类，暗红色的墙纸，所有的摆设都是黑色的，对着门的墙上镶嵌着无数个长长的指甲，每一个指甲都不一样，那些图案或阴暗或恐怖或忧郁或伤感，反正都不吉利。

“那些指甲是真的吗？”小狄小声地问胡子。

“假的，哪有人长这么长的指甲，人又不是动物，没有爪子。”

“我看她不像鸡。”

“哪里不像？”

“穿得太多，话太少。”

胡子打量了几眼，坏坏地说：“可能是内骚型的。”

她可能是听见了，慢慢地抬起头，看了胡子一眼。她长得不丑，文文静静的，就是脸色太白，不是一般的白，是那种没有血色病态的白。

山炮坐到她身边，跷起二郎腿，开门见山地问：“多少钱？”

小狄的心突然狂跳起来。

她的反应有些迟钝，想了一阵子才说：“我给你们倒茶。”说完，她走到饮水机前面，撅着屁股倒水。她虽然有点瘦，屁股却很大。

胡子咽了一口口水，低声说：“等会儿，你多摸摸她的屁股。”

“行。”小狄硬硬地说。

她倒了一杯水，坐回去，自己喝上了，没给他们。

“你叫什么？”山炮问。

"小三儿。"她喝了几口水，想了一下才说。

山炮乐了："这名字好，跟你的职业很搭。"

她没说话。

山炮把手放在她的膝盖上，说："今天是我兄弟的生日，我想让你陪陪他，你开个价。"他的手不老实，一点点地往上摸，很快就到了大腿。

她没反抗，扭头看着胡子。

"是我过生日。"小狄赶紧说。

她又扭头看着小狄，半天才说："五十四块钱。"这个数字很古怪，有点不伦不类，更古怪的是，他们只有五十三块钱，差一块钱，这是什么意思？

"便宜点行吗？"胡子问。

"不行。"

"五十三块钱也不行吗？"

"不行。"她的态度很坚决。

山炮说："不用真刀真枪地干，摸一摸多少钱？"

"十八块钱一位。"她立刻说。

还是差一块钱。

胡子忽然从小狄的口袋里把钱掏出来，塞到她手里，说："这是五十四块钱，你数数。"

她数了三遍，轻轻地说："正好。"

从这一刻开始，小狄意识到她有点不正常。

山炮环顾四周，问："在哪儿摸？"

她抬起头，幽幽地说："楼上。"说完，她起身上楼了。

山炮走到门口，把门插上，又关了灯，屋子里顿时黑了。他摸着黑坐到沙发上，说："干这种事儿得小心点。小狄，你先上。"

"我觉得她有点不正常。"小狄犹犹豫豫地说。

山炮满不在乎地说："她有胸有屁股，哪里不正常了？"

胡子说："没事儿，她就是有点缺心眼儿。"

小狄犹豫了一下，还是上去了。

楼梯是铁艺的，有些单薄，踩在上面有种摇摇欲坠的感觉。很黑，小狄小心翼翼地走。刚走到头，有什么东西蹭了一下他的脚脖子，毛茸茸的，一闪而过，肯定是活物，他"唰"地起了一身鸡皮疙瘩，不敢动了。

它叫了一声，是只猫。

它一定是一只不吉利的黑猫，小狄猜想。他静静地站了一会儿，让眼睛适应了黑暗，看见房门紧闭着。她肯定就在里面，或许已经脱光了衣服。他又兴奋又紧张，走过去轻轻地敲了敲门。

没人应声。

小狄轻轻地推了一下，门“吱呀”一声，开了。

他探头往里看了一眼，差一点魂飞魄散——她飘飘忽忽地站在门口，没有脑袋，没有胳膊，没有脚，悬在半空中左一下右一下的晃荡。他打了个趔趄，这才看清楚，那是她脱下来的裙子，挂在衣架上飘动着。

屋子里没有一丝光，显得深不可测。最深处，隐隐约约有一抹白，直直地躺在那里，应该就是她。

小狄绕过挂在衣架上的裙子，轻手轻脚地走了过去。

她一直没动。

“我来了。”小狄站在了床边。

她还是没动，也不说话。

沉默了一会儿，小狄有些不好意思地说：“我开始摸了。”

“摸吧。”她的声音仿佛来自地下。

小狄慢慢地伸出手，摸向了她的身体。他首先摸到了一只脚丫子，很小巧，硬撅撅的，没有温度。他继续往上摸。她的小腿很光滑，细腻而瘦弱，也许还不如山炮的胳膊粗。小狄闭上眼睛，细细地品味来自指尖的快感。

她始终没动。

小狄察觉到她穿了一条牛仔短裤，想给她脱下来，又不好意思动手，犹豫了一阵子，还是放弃了，继续往上摸。

她上身没穿衣服。

小狄终于摸到了一团无比柔软、无比细腻的物体，它太丰满了，一只手都把握不住。他忍不住抖了一下，几近昏厥。他的骨头已经酥软，再也不舍得放手了，脑袋凑过去，想看得更清楚一些。

眼前是黑的。

四周静极了，只有他粗重的喘息声。

她无声无息。

他闻到了一股怪异的气味，忽然觉得不对头——那绝对不是人身上的气味。那是什么气味？他一时想不明白，想把灯打开，看个仔细。他直起身，在床头附近乱摸，摸到了一个开关，按下去——啪嗒。

灯没亮。

这个声音刺激到了她，她似乎动了一下，用一种极其悲伤的语调说：“灯坏了呀……”她的声音在死寂的夜里显得格外瘆人。

小狄打了个冷战。

山炮突然推开门进来了，大声说：“该我摸了。”

小狄就下去了，坐在沙发上，耷拉着脑袋，大口喘粗气。

“你干她了？”胡子问。

“没干。”小狄有气无力地说。

“那你怎么累成这样？”

小狄不知道该说什么，就没开口。

胡子意味深长地笑了笑，不再问了。过了大约半个小时，山炮才下来，胡子急匆匆地上去了。山炮打开灯，倒了一杯水，一口气喝下去，心满意足地笑了。

“你干她了？”小狄问。

山炮不说话，只是笑。

肯定干了，小狄想。

又过了一阵子，胡子下来了，他们就离开了美甲店，返回出租屋。他们租住在一个城中村，那里鱼龙混杂，小巷纵横，高高低低的平房比人的头发都多。躺在床上，小狄还在想那股怪异的气味。

“感觉如何？”山炮问。

“什么？”小狄还没回过神儿来。

山炮凑到他面前，问：“她的胸大不大？”

“像小西瓜一样大。”小狄实事求是地说。

“不对，像馒头一样大。”山炮不同意他的观点。

胡子加入了讨论，他说：“你们说得都不对，她的胸像烧饼一样，扁扁的。”停了一下他又补充了一句：“松松垮垮的，手感一点都不好，跟绝经期妇女似的。”

山炮说：“你肯定是记错了，她不可能老那么快。”

“绝对没错，就像烧饼一样，扁扁的。”

“不对，像馒头一样，又大又圆，就是弹性不太好，稍微有点松弛。”

“像烧饼。”

“你说像什么？”山炮问小狄。

“像小西瓜。”小狄还是坚持自己的观点。

“不对头。”胡子忽然意识到了什么，脸色变了一下，他说：“如果我们都没有记错，那就说明她的身体一直在变化，就像……”很显然，他一时还没找到合适的词汇来形容她身体的变化。

“像漏气的气球一样。”小狄灵光一闪。

山炮脱口而出：“她是充气的？”

2. 附骨之疽

事情就这样不明不白地过去了。

这一天是七夕节，山炮骑着摩托车去找女朋友约会了，小狄和胡子无事可做，他们商议一番，决定步行去火车站，再进点货。

阴天，下着蒙蒙细雨。

小狄心不在焉地走在马路上，脑子里一直在想那个女人的身体为什么会发生变化，肯定不是因为漏气，因为她绝对不是充气娃娃——有会对话、会倒水、会讲价、会上楼梯、会脱衣服的充气娃娃吗？

答案是否定的。

他们走的是一条偏僻的小巷。小狄发现前面有几个女人，都穿着白裙子，身材有点瘦，屁股却很大，是她？都是她？小狄的心一下子悬了起来，觉得这几个女人有些诡异，他加快了脚步，想追上她们，看一看她们的脸。

这条小巷很窄，只是两个大院之间的缝隙，最多可以容纳两个人并排走。小狄的脚步声在寂静的小巷里显得很刺耳：“嘭！嘭！嘭！嘭！嘭……”

一般来说，在这样一条偏僻的小巷里，女人听到背后有急促的脚步声，一定会回头看一眼，可是她们始终没有回头，该怎么走还怎么走。

小狄追上了走在最后面的那个女人，看了她几眼，心里的疙瘩反而更大了——她戴了一个很大的口罩，遮住了大半张脸。

前面那几个女人同样如此。

小狄呆住了。

胡子追了上来，喘着粗气问：“你跑什么？”

小狄说：“那几个女人有些古怪，我觉得她们是小三儿。”

胡子笑着说：“你说得没错，她们就是小三儿。我见过她们，她们都在火车站附近的一家洗浴城上班，最大的愿望就是给有钱人当小三儿。”

“我是说她们像美甲店的那个小三儿，咱们摸过她。”

“你看走眼了。”

是这样吗？小狄认为那些女人都戴着面具，谁也不知道摘下面具之后她们是什么样子。也许，她们的五官都一模一样，就像一个人被复制了好几个……

那几个女人拐个弯，不见了。

他们很快也走出了小巷，到了一条马路上。

不该走这条小巷，小狄想。正在胡思乱想，他感觉有人往后拽了他一把，又听到了一阵尖利的刹车声。他一下子回过神儿来，发现一辆越野车停在身边，距离他不到十厘米，顿时吓出了一身冷汗。

司机探出脑袋，定定地看着小狄。他三十岁左右，脸色不是很好，眼神阴冷，让人不敢直视。过了几秒钟，他缩回脑袋，开车走了。

“你怎么不看路？”胡子埋怨小狄。

小狄怔忡了半天，说：“我感觉他要撞死我。”

“是你自己找死，怪不得别人。”胡子没好气地说，“再说了，他和你无冤无仇，为什么要撞死你？”

小狄张了张嘴，却没说什么。

他有一种不祥的预感。

到了火车站，他们熟门熟路地钻进了那片灌木林，里面还是那么脏，遍地都是饮料瓶、泡沫饭盒、塑料袋、烟头、旧衣服、破皮鞋，当然了，还有各式各样的包。他们忙活了一阵子，收集了一大堆。

“这里面还有一个失足妇女上岗证。”胡子翻看着一个很精致的女包。

小狄凑过去看了一眼，问：“这不是艺校毕业证吗？”

胡子说：“艺校毕业证就是失足妇女上岗证。”

小狄想了想，觉得有道理。

回到出租屋，胡子开始给那些包美容，先去污再上油，动作很娴熟。那套工具是他们从一个擦皮鞋的人手里抢过来的，没花一分钱。

小狄躺在床上玩手机，正玩着，收到一条陌生人发来的短信：你在哪儿？我肚子疼得厉害。我必须要见你。

肯定是发错了，小狄想。他心血来潮，随手回了一条短信：我在家，你来。没过一分钟，对方回复了：你等着。

小狄把手机扔到一边，自言自语地说：“等着就等着。”

“你说什么？”胡子头也不抬地问。

“没什么。”

“你那里还有多少钱？”

小狄把钱掏出来，数了数，说：“山炮拿走三百，就剩七十了。”在这个小团伙中，山炮是老大，胡子是狗头军师，小狄是保管。

“你去买两份盒饭，给我加个鸡腿，再买两瓶啤酒，要冰镇的。”

“山炮说了，吃盒饭可以，但是不能要荤菜，更不能喝啤酒。”

胡子骂了一句脏话，没再说什么。

小狄下了床，出去买盒饭。刚走到胡同口，他看见一个穿白裙子的女人耷拉着脑袋，慢吞吞地走了过来，从身形上看，很像是小三儿。小狄吓了一跳，一闪身，躲到了一个垃圾箱后面。

她从垃圾箱旁边走了过去，是小三儿。她拐个弯，不见了。

她怎么找到这里来了？小狄吃惊不已。胡思乱想之际，手机又响了，还是那个陌生号码发来的短信：我在你家门口了，你出来。小狄细细一想，头皮一阵发麻——发短信的人就是刚走过去的小三儿！

小狄不敢见她，感觉她身上似乎有一股鬼气。他蹿了出去，像一只受惊的兔子，跑到一家快餐店，要了一份盒饭，加了俩鸡腿，给自己压惊。吃完饭，他给胡子买了一份只有俩素菜的盒饭，提溜着往回走。

胡同里静悄悄的，只有一个灰白头发的老太太挎着篮子去买菜，不见小三儿。这条胡同弯弯曲曲，拐几个弯才能到他的出租屋。他不放心，给胡子打电话。

“你怎么还不回来？”胡子问。

小狄环顾四周，小声地问：“刚才有人找我吗？”

“没有。”

“真没有？”

“真没有。你快回来吧，我都快饿死了。”

小狄松了一口气，心想：也许那根本就不是小三儿，只是一个身形和她有些相似的女人；那几条短信也不是发给他的，是对方发错了。小狄没有把手机号码告诉小三儿，她不可能给他发短信。他吹起了口哨，懒洋洋地往回走。

手机又响了，还是那个陌生号码发来的短信：你在哪儿？我肚子疼得厉害。我必须要见你。

小狄有些烦了，索性拨过去。

响了很久，对方始终不接。

小狄连续拨打了三次，对方都没接。他只好回了一条短信：你发错了，我不认识你。

对方很快就回复了：你摸过我。

是小三儿！小狄的脑袋一下就大了，不知道她怎么会有他的手机号码。想了一会儿，他又给她打电话，但是她一直不接，没办法，他只能给她发短信：你要干什么？

她回复：我肚子疼得厉害。我必须要见你。

小狄：你肚子疼关我屁事！

她：是你摸的。

小狄：他们也摸了。

她：是你摸的。

这有点胡搅蛮缠的意思了，小狄不再回短信。

是你摸的。

是你摸的。

是你摸的。

她一遍遍地发送这条短信，无休无止。

小狄甚至想把手机摔得粉碎，让那些烦人的短信无处容身。他把手机举起来，想了想，没舍得摔，又揣回了裤兜。他不敢再往前走了，害怕拐个弯就看见耷拉着脑袋的小三儿蹲在大门口等他，徘徊了一阵子，他又给胡子打电话，开口就问："有人找我吗？"

胡子不耐烦地说："没有！"

"你到大门口看看有没有人。"

等了一会儿，胡子说："没有！你怎么回事儿？"

小狄挂断电话，往回走。走到拐角处，他伸长脖子，探出半个脑袋往大门口看。还好，大门口没有人。他长出一口气，回去了。刚躺倒床上，手机又收到一条短信：我在你家大门口，你出来。

还是她。

身边有个伴，小狄的胆子大了很多，他拎着凳子蹿到大门口，快速地左看右看。胡同里冷冷清清的，不见一个人。

她的言行举止虽然有些古怪，但是给小狄留下的印象还算老实，现在他明显地感觉到她不正常，精神肯定有问题。她要干什么？要钱？小狄可以说身无分文、身无长物。要和他结婚？萍水相逢，互不了解，他只是摸了她几下，而且还付了钱，她没理由再要求别的。那她想干什么？小狄百思不得其解。

我在你家大门口，你出来。她不依不饶。

小狄干脆关了机，想起那半个小时的经历，他悔青了肠子。他坐起身，问胡子："今天你有没有收到陌生人的短信？"

"没有。"胡子低头吃着盒饭。

很明显，她只骚扰小狄一个人。

小狄下了床，关上屋门，小声地说："那个小三儿老是给我发短信，说她肚子疼，要见我，我都快烦死了。"

"哪个小三儿？"胡子显然还没明白过来。

"那天晚上，咱们摸过她。"

胡子笑了笑，说："她肯定看上你了。"

"我觉得她有点不正常。"

"对，她有点傻。"

"不是傻，是精神不正常。"

胡子不置可否。

外面有人敲门："咣！咣！咣！咣！咣！"动静挺大，显得外面的人理直气壮。那是一扇老旧的木门，上面没有猫眼，要想知道外面是谁，必须得打开门。

胡子一下子停下了所有动作，示意小狄别动。

小狄连呼吸都屏住了。

外面那人还在执着地敲门："咣！咣！咣！咣！咣……"

小狄轻手轻脚地走到门后，立刻闻到了一股怪异的气味，似曾相识。他仔细一想，头皮一阵发麻——是小三儿身上的气味！她找来了！这个城中村大得无边无际，她竟然找来了，还找到了这间不到十平方米的小屋子。现在，她和小狄只隔着一层门板。

小狄悄悄地后退了几步，想离她远点。他觉得，他弄不过她。

五分钟过去了，她还在敲门："咣！咣！咣！咣！咣……"

"干什么的？还让不让人睡觉了？"隔壁屋子里的人出来大声地问。那是一个屠夫，膀大腰圆，一脸横肉，很凶，小混混都不敢惹他。

她没说话。

静默了大约一分钟。

"您忙着，您忙着。"屠夫突然变得客气起来，退回去关上门，再没动静了。

他看见什么了？

小狄更害怕了，神经都快绷断了。他有一种直觉：她是冲他来的，而且不怀好意。

又过了大约五分钟，敲门声终于消失了。

外面一片寂静。

小狄和胡子都没动，害怕那是一个陷阱。他们又等了半个多钟头，这才敢把门打开，发现外面一个人都没有，她已经走了。

“咱们是不是摊上事儿了？”胡子心有余悸地问。

“是我摊上事儿了。”小狄沮丧地说。

胡子没说什么。

小狄说：“你陪我出去一趟吧？”

“去哪儿？”

“去那家美甲店。”

“干什么？”胡子警惕地问。

“去那附近打听打听小三儿的情况。”

胡子想了想，答应了。

他们乘坐公交车到了那条步行街，很远就看见美甲店门口围着几个人，似乎正在吵架。他们凑过去，不动声色地看。几个人围着一个年轻女人，七嘴八舌地指责她，让她还钱。小狄看了一阵子，明白了：年轻女人的妹妹把其中一人的儿子给砍成了重伤，他们想让年轻女人出医药费。

小狄把胡子拉到一边，指着被围在中间的年轻女人，低声说：“小三儿长得和她很像，肯定就是她妹妹。”

“看看再说。”胡子说。

那几个人没要到钱，扔下几句狠话，走了。年轻女人在门口坐下来，漫不经心地嗑着瓜子，看样子完全没把刚才发生的事放在心上。

小狄和胡子对视一眼，走了过去。

“小三儿在吗？”小狄小心翼翼地问，还不时探头往美甲店里看一眼，害怕穿着白裙子的小三儿耷拉着脑袋突然走出来。

她扫了他一眼，淡淡地问：“找她干什么？”

“我们是她的朋友，过来看看她。”胡子撒了一个谎。

“你们是她的朋友？”她突然笑了，“我从没听说过疯子还有朋友。”

“小三儿是疯子？”小狄惊呆了。

她收住笑，冷冷地说：“不用拐弯抹角，有事儿说事儿。”

小狄犹豫了一下，吞吞吐吐地说：“小三儿老是给我发短信，说要见我。我不知道她要干什么，你知道吗？”

她盯着小狄看了半天，突然问：“你是不是对她做什么了？”

小狄低下头，没说话。他不擅撒谎。

沉默了一会儿，她冷冷地说：“你有大麻烦了。”

“怎么了？”小狄一惊。

“刚才的事儿，你肯定也看见了。那小子趁我不在，调戏小三儿，事儿后扔下一点钱就走了。小三儿不知道用什么方法找到了他，砍掉了他的两只手，差一点要了他的命。”

小狄仿佛一下子掉进了冰窟里。

胡子问：“小三儿去哪儿了？”

“不知道。”

“她真是疯子？”

“当然，她有疯子证。”

“疯子还有证？”胡子吃惊不已。

“就是残疾人证。”她慢吞吞地说。

“你得好好看着她，别让她出去伤人了。”

“她有暴力倾向，我不敢管她，随她去吧。”说完，她掀起裙子，指着大腿上一条十几厘米长的伤疤，说：“前两年，我说了她几句，她抄起菜刀把我砍成这样，从那以后我就不敢再招惹她了。”

胡子倒吸了一口凉气，又问：“她是怎么疯的？”

“失恋。”她淡淡地说。

小狄鼓起勇气问：“我应该怎么办？”

她盯着他的眼睛，一字一字地说：“自作孽，不可活。”

小狄打了个冷战。

胡子说：“我兄弟就摸了她几下，她不至于要我兄弟的命吧？”

她打了个哈欠，半天才说：“她是疯子，认准的事儿别人改变不了。”

沉默了一阵子，胡子突然问：“她的病，能治好吗？”

她一边嗑瓜子一边说：“医生说能治好，就是需要一大笔钱。”

“多少钱？”小狄问。

“十万。”

小狄又沉默了。他没那么多钱，一百块都没有。

胡子拍了拍他的肩膀，说：“没事儿，惹不起咱就躲，我不信她能找到你。”

她冷冷地哼了一声，慢吞吞地说：“你最好是躲远点，如果让她找到你，你就完蛋了。如果你没死，也不要找我要医疗费，我没钱。”说完，她起身走进了美甲店，“咣当”一声关上了门。

小狄又打了个冷战。

3. 无处可逃

晚上十点，山炮带着一身酒气回来了。

胡子把情况讲了一遍。

山炮皱着眉头说："没想到她竟然是一个疯子，这下麻烦了。"

小狄问："她为什么光找我，不找你们？"

胡子说："肯定是因为你长得像她以前的男朋友。"

"我该怎么办？"小狄带着哭腔问。

山炮在屋子里走了几步，说："都说软的怕硬的，硬的怕不要命的，你们知道不要命的怕什么吗？"

"不知道。"胡子说。

"不要命的怕精神病的。"山炮叹了一口气，"咱们应该算是不要命的，小三儿就是精神病的，咱们整不过她。"

小狄都快要哭了。

山炮说："你先出去避避风头，等过些日子她忘了这事儿，你再回来。"

"没有钱买车票。"小狄说。

"拥有一辆摩托车，你就拥有了这个世界。"

"我吃什么？"

"我这里还有一百多块钱，你先拿着，等我和胡子挣到钱，再联系你。"

"我住哪儿？"

"现在还不冷，随便找个地方就能睡一觉。"

小狄的脸色更难看了。

胡子说："风餐露宿也不是办法，要不你去我奶奶家住几天。她九十多岁了，眼睛看不见，一个人住在郊区，房子挺大。"

"小三儿找去怎么办？"小狄有些担心。

胡子大咧咧地说："我都快忘了我奶奶住哪儿了，她不可能找去。"

"就这么办。"山炮拍板了。

胡子说："事不宜迟，现在就出发，我送你去。"

"行。"山炮说。

小狄觉得他们是害怕受到牵连，巴不得早一点把他送走。他的心情更加灰暗了，简单收拾了几件衣服，跟着胡子出发了。

两个小时之后，他们到了。

周围很黑，小狄只能看见四周全是高高低低的瓦房，眼前的院落在摩托车灯光的照射下，显得格外破旧，木门已经腐朽，上面还有很宽的裂缝，墙头上有几棵仙人掌，干巴巴的，缺乏生气。

胡子把摩托车停好，上去一脚就把木门踹开了，回头说："进来吧。"

小狄跟着他走进了堂屋。没有电，胡子摸索着点上了蜡烛。小狄看见角落里有一张老旧的木床，上面躺着一个头发灰白的老太太，面朝里，一动不动。

胡子说："那是我奶奶，眼睛看不见，耳朵也不好使，跟她说话得大声喊。"说话间，他翻箱倒柜，找出一碗棒子面粥、一小碟泡菜和几个干巴巴的烧饼，让小狄吃。

小狄看了一眼，顿时没了胃口，就没吃。

胡子自己吃上了。

小狄有些无聊，打量着四周。

屋子里仅有的几件家具都很老旧，看上去比躺在床上的那个老太太还要老，没有一件电器，窗户上没有玻璃，糊着报纸，角落里满是蜘蛛网，上面趴着几个比核桃还大的蜘蛛。

还不如拘留所条件好，小狄沮丧地想。

那个老太太冷不丁地坐了起来，动作很麻利。她先是抽了抽鼻子，目光四下寻找，最后定格在小狄身上。她的眼珠子全是白色的，没有瞳孔。

小狄吓得没敢动。

"奶奶！"胡子大声地喊。

她应该是听见了，皱着眉头回忆了一阵子，想起是胡子的声音，这才答应了一声。她的声音比她的长相还要苍老。

胡子走到床边，大声说："我有个朋友，要在这里住几天。"

"住吧。"说完，她又躺下了。

胡子吃完饭，去把西偏房收拾了一下，对小狄说："你早点睡吧，我回去了，有事儿给我打电话。"说完，他不等小狄说什么，匆匆走了。

小狄愣了一阵子，去西偏房睡觉。西偏房也没有电，陈设比堂屋还要简单，除了一张床，只有三个土陶大缸，用塑料布扎着口，不知道里面是什么东西。小狄吹灭蜡烛，摸索着躺下来，睡觉。

四周静得吓人，听不到一丝声音。

这算什么事？小狄长出一口气，睡着了。

天亮了，下着雨，空气中有一股泥土的腥味。

小狄醒了，费了好大劲才想起这是什么地方。他躺了一阵子，觉得有些饿，就下了床，走出西偏房，看见那个老太太端端正正地坐在堂屋门口，面无表情。他跑过去，站在她身边大声地问："吃什么？"

她没反应。

小狄扯开嗓子又问了一遍。

她总算是听见了，指了指门后的一口大锅。小狄过去拿起锅盖，看见里面有几个煮熟的地瓜和土豆，还有半个咸鸭蛋，蛋黄乌黑，散发着一股异味，让人没有食欲。

"有肉吗？"小狄大声地问。

她突然咧开嘴笑了，似乎觉得这个问题很可笑。

吃着地瓜和土豆，小狄沮丧地想：还不如拘留所的伙食好。凑合着填饱肚子，他玩儿了一会儿手机，看见雨变小了，就打算出去转转，顺便买点肉吃。

街道上冷冷清清的，看不到一个人。

小狄在一家杂货店买了几个鸡爪子，一边啃一边溜达。拐角处有稀稀拉拉的鞭炮声，还有吹唢呐的声音，似乎有人家正在办喜事。小狄决定去混点吃喝。以前，他和山炮、胡子经常干这样的事，不随礼，只吃席。山炮还总结出一条经验：只要脸皮厚，走到哪里都吃肉。

拐个弯，小狄看见一户人家的大门口散落着一些鞭炮碎屑，大门上贴着对联，在雨水的冲刷下，红色的对联慢慢变成了白色，显得有些丧气。院子里搭起了一个简易棚子，两个人正在烧菜，一口大锅"咕嘟咕嘟"往外冒热气，香味四溢。

小狄发现客人很少，只有一桌。他想：人少了容易被认出来，这顿饭看样是吃不上了。正想着，一个中年女人走出来，慢吞吞地说："你怎么才来？进来吧。"说话间，她拉起小狄就往里走。

她似乎认错人了。

小狄将错就错，跟着她进去了。

桌子边已经围坐了几个人，正在喝茶。他们都上了年纪，动作迟缓，面无表情，看上去一点都不喜庆。小狄被安排在了上座，他右手边的座位空着。中年女人给他倒上茶之后，就坐下来不说话了。小狄左看右看，没找到新郎和新娘。

菜很快就上齐了，还算丰盛，有鸡有鱼，量很大。

两个七八岁的小孩出现在大门口，抻长了脖子看热闹。中年女人抓起一把糖果，快步走了出去，弯下腰说了几句话，那两个小孩没拿糖果就跑了。

中年女人回来坐下，还是不说话。

小狄瞥了她一眼，觉得她的面相有点凶。

"新郎和新娘呢？"他问。

同桌的几个人相互看了一眼，都不说话。最后，中年女人开口了："新娘子在化妆，等会儿就过来。"

她没说新郎在哪儿。

小狄想：难道新郎就在这间屋子里？他数了数，屋子里除了他，还有三个男人，年纪都不小了，四五十岁左右，他们胸前都戴着红花，其中一个人穿着西装，另外两个人穿得很随便。小狄认为穿西装的男人就是新郎。他又想：年纪这么大的人结婚，肯定是二婚，所以婚礼不隆重。顺着这个思路他继续想：新娘的年纪肯定也不小了，吃完饭就走，不闹洞房了，没意思。

菜慢慢变凉了，还没人动筷子，似乎在等什么人。

小狄等得有些不耐烦，就先吃上了。

竟然没有人管他。

过了大约十几分钟，大门外走进来一个蒙着红盖头的女人，她穿了一身大红的旗袍，松松垮垮的，有点像睡衣，胸前戴着一朵大红花。她的头发很长，披散在胸前，有点乱。她走得很慢，每迈一步都要斟酌半天。

她肯定就是新娘，小狄想。他发现新娘的身材还不错，该瘦的地方瘦，该大的地方大，看上去应该是一个年轻女人。他扭头看了几眼面容沧桑、气质猥琐的新郎，心里顿时有一种鲜花插在牛粪上的感觉。

新娘在小狄身边坐下了，双手放在膝盖上，一动不动。小狄注意到她的指甲很长，上面描着图案，很抽象，看不出是什么。

一个穿马甲的年轻人来了，他耷拉着脸，扛着一个破旧的相机，给他们拍了几张照片，什么都没说就走了。

没拜天地，也没人说点什么，婚礼仪式似乎就这样结束了。

开始吃饭。

新娘始终没有掀起红盖头，也不吃饭，只是静静地坐在那里。对面的新郎也不管她，只顾自己吃喝，一边吃一边吧嗒嘴，吃相很不雅。

小狄很快就吃饱了，喝着茶，打量四周。

这间屋子不大，家具都是旧的，长条桌上放着一个大肚子电视机，看样子有年头了，旁边有一台脏兮兮的冰箱，款式很老，只有两扇门，角落里有一个庞然大物，用白布盖着，从轮廓上看像一口棺材。

这不像是在办喜事，像是在办丧事，小狄想。

中年女人给每个人都倒上一大杯酒，然后她举起酒杯，硬硬地说："干了！"说完，她一仰脖子，把酒都喝了。

小狄估摸着杯子里大约有三两白酒，他有些发怵。他的酒量很小，一瓶啤酒下肚，脸就红了。他左右看了看，发现除了新娘之外其他人都把酒喝了，觉得不喝没面子，就硬着头皮把酒喝完了。

小狄很快就醉了，失去意识的一刹那，他看见新娘子慢慢地掀起了红盖头，露出了红红的嘴唇，像血一样。

小狄醒来的时候，发现他躺在一张软软的床上。床头柜上放着一个手电筒，刺眼的白光照着他的眼睛。屋子里没开灯，手电筒后面漆黑一片。小狄不知道这是什么地方，只能确定不是胡子奶奶家。过了一会儿，他尝试着坐起来，却发现身体没有一丝力气，只好打消了这个念头。

角落里突然有人咳嗽了一声，是个女人。

小狄一惊，艰难地转了转脑袋，想看看是谁藏在那里。可惜，在手电筒强光的刺激下，他什么都看不见。

"你是谁？"他无力地问。

一只苍白的手慢慢地伸了过来，把一杯茶放在了手电筒旁边。那只手上的指甲很长，上面描着图案，很抽象，看不出是什么。是新娘。

"你怎么在这儿？"小狄疑惑地问。此时此刻，新娘应该在洞房里，不该出现在一个陌生男人的床边。

她没说话。

小狄觉得口渴，却没有力气去端茶杯，只能无助地看着。茶杯是玻璃的，可以看见茶叶直挺挺地悬浮在杯子中间，十分古怪。

沉默令人尴尬。

"你叫什么？"小狄没话找话。

她用鼻子哼了一声。

直到此时，小狄才意识到她似乎不怀好意，他的心一下子沉到了谷底，觉得今天晚上凶多吉少了。

"我没打算干别的，只是想蹭顿饭。"他弱弱地解释着。

她躲在黑暗里，似乎是在咬牙切齿。

小狄的身体一阵阵发冷，他努力掩饰着内心的惊恐，故作平静地说："我出门太急，忘了带红包，明天给你。"

她“嘻嘻”地笑了两声，终于开口了：“你是新郎，不用送红包。”

是小三儿的声音！小狄魂飞魄散。如果仅仅是遇到小三儿，他还不至于吓成这样，让他感到惊悚的是，小三儿竟然说他是新郎！这么说，他和小三儿已经是夫妻了，下一步，她要干什么？

小三儿一直在“嘻嘻”地笑，令人毛骨悚然。

“你笑什么？”小狄壮起胆子问。

“我觉得你不正常。”她边笑边说。

一个疯子竟然说一个正常人不正常，这确实很可笑，可是小狄却笑不出来，怯怯地问：“我怎么不正常了？”

她不回答，笑了两声突然停住了，屋子里一下子变得十分寂静。小狄努力地瞪大眼睛，想看清楚她到底在干什么，可惜失败了。她一直躲在黑暗中，深藏不露。

“你想干什么？”小狄提心吊胆地问。

她沉默了半天，终于说：“别打扰我，我在生孩子。”

她竟然在生孩子！小狄的脑袋一下就大了。很快，他又觉得不对头，前些天见到她的时候，她的肚子还是扁扁的，这会儿怎么就要生孩子了呢？

“你真的在生孩子？”他又问。

她呻吟了几声，似乎正在承受某种痛苦。

小狄完全傻掉了。

她一直在呻吟，动静越来越大，有几次，她似乎是实在忍不住了，高声叫了出来。过了大约半个小时，所有的声音戛然而止，一片死寂。

“你怎么了？”小狄颤颤地问。这一刻，他忽然明白了一个道理：没有一丝声音比任何声音都恐怖。

她无声无息。

手电筒的光一点点地变暗，它快要死了。

她忽然长出了一口气，似乎刚从某种状态中苏醒过来，一阵窸窸窣窣的声音响过之后，她一惊一乍地说：“生出来了！是个儿子！”

她说的话小狄一个字都不信。

“他太瘦了。”她幽幽地说。

小狄感觉到身体里有了一丝力气，试着动了动手指，还不太自如。他想：只要恢复力气，马上就离开这个鬼地方，逃到天涯海角，再也不回来了。

她高一声低一声地吟唱着一首曲子，像是摇篮曲。过了一会儿，她轻轻地说：“你想不想看看你儿子？”

“我儿子？”小狄惊诧无比。

“对，也是我儿子。”

“我只是摸了你几下……”

“你摸完我，我就怀孕了。”她打断了他。她捂着嘴笑了几声，很认真地说：“你真会摸呀。”

小狄觉得她不可理喻，无法交流，就不说话了。

手电筒终于灭了。

“啪嗒”一声，灯亮了。

4. 儿子不是人

小狄看见小三儿耷拉着脑袋，静静地站在门后，怀里抱着一个用小毯子包裹着的物体，从形状上看，应该是个小孩儿。

她真的生孩子了？

小狄目瞪口呆。

她慢慢地抬起头，脸色无比苍白，嘴唇咬破了，有血迹渗出。她还穿着那件大红色的旗袍，依旧是松松垮垮的，缺乏生气。她呆站了一会儿，先是往左走了两步，到了墙根儿，差一点碰到脑袋，又掉头往右走，又到了墙根儿。她茫然四顾，终于认清了小狄所在的方向，摇摇晃晃地走了过来。

她的行为举止和她的思维一样混乱。

“给你儿子。”她把那个物体慢慢地送了过来。

小狄想坐起来，看看那到底是什么东西，尝试了几次，没成功。她有些不耐烦了，一只手托着包裹，一只手抓起小狄的衣领，一使劲，把他拉了起来。她的力气奇大，明显超过了正常人。

小狄看了一眼包裹里的物体，差一点吐出来——那是一具小狗的尸体，眼珠子往外鼓着，脖子上血肉模糊，只有一点皮肉连接着脑袋和身体，像是被什么东西咬死的。他看了一眼小三儿嘴唇上的血迹，身体剧烈地抖动起来。

“你快看儿子呀。”她轻轻地说。

小狄没动。当然了，他想动也动不了。

她一下子生气了，阴沉着脸，眼睛红红的，眼神里满是愤怒，牙齿咬得“咯吱咯吱”地响，似乎随时都会扑上去咬断对方的脖子。

小狄的眼睛越瞪越大，身体慢慢地往右边倾斜，终于直挺挺地倒了下去，“咣当”一声巨响，他的脑袋磕到了床头柜上，把手电筒碰掉了。他的嘴角毫无规律地抽动着，蹬了几下左腿，终于不动了。

他吓晕了。

以前，他从没演过戏，这一次却演得很逼真，整套动作连贯而流畅，毫无破绽。他死死地闭着眼睛，听见她号啕大哭，那哭声撕心裂肺，极其悲惨，她一边哭一边断断续续地喊着：“儿子呀，你爸爸死了呀。”

她哭了很长时间。

小狄一动不动。他能明显地感觉到，身体里的力气恢复得差不多了，随时都能一跃而起，夺门而逃。

又过了半天，她突然止住哭声，“噔噔噔噔”地跑了出去，似乎是去做一件十分重要的事情，肯定不是尿急那么简单。

小狄抓住机会跳下床，冲出屋子，用最快的速度穿过院子，撒腿就跑。脚下是一条简易公路，很窄，没有路灯，也看不到一个行人一辆车。他摸了摸口袋，还好，手机还在，他掏出来看了一眼，现在是凌晨四点。他给山炮打电话，响了半天，终于接通了。

“怎么了？”山炮的声音里带着明显的睡意。

“她找到我了！”小狄惊魂未定。

“谁？”

“小三儿！”

山炮沉默了几秒钟，问：“你在哪儿？”

“我刚逃出来，在外面，不知道是什么地方。”

“你先找个地方藏起来，等弄清楚在哪里，再给我打电话，我和胡子去找你。”

“知道了。”

小狄挂断电话，继续跑。只要不停地跑，就能离她越来越远，他想。也不知道跑了多久，他的力气快要耗尽了，终于看见前面有一辆没熄火的小货车，就爬了上去，蜷缩在车斗里，瑟瑟地抖。

司机从路边的绿化带里钻出来，提好裤子，上了车，开走了。

车斗里全是西瓜，个头挺大。

小狄早就渴了，砸开一个西瓜，大口大口地吃。在一个十字路口，趁司机等红灯的工夫，他跳下车撒丫子跑了。

天色慢慢地变亮了。

小狄这才知道身处何方，就给山炮打了一个电话，山炮说马上就到。打完电话，小狄四下看了看，找了一片绿化带，猫在里面，焦急地等着山炮。不到二十分钟，山炮和胡子骑着摩托车赶过来了。看见他们，小狄的眼泪都要流出来了，他蹿出绿化带，跳上摩托车，催促山炮赶紧走。

在半路，胡子下车买了一些早点。

时间还很早，街道上冷冷清清的，只有一个环卫工人在扫地。小狄不时回头看一眼，生怕小三儿抱着那条死狗跟在后面。他成了惊弓之鸟。

回到出租屋，小狄重重地把门反锁上。

兄弟真好。

出租屋真好。

小狄一边大口吃着肉火烧，喝着豆浆，一边讲述着自己的遭遇。正说着，他的手机响了，是小三儿发来的短信：你在哪儿？儿子病了，你快回来。

这个疯子阴魂不散。

小狄把短信给山炮和胡子看。

山炮低着头说："都怪我，我不该带你去找她。以前，我真不知道她是疯子，要是知道，肯定不会去招惹她。"

小狄没说什么，只是叹了口气。

山炮想了想，说："我去找她姐姐谈谈，让她劝小三儿放过你。"

小狄说："她姐姐管不了她。"

胡子说："反正也没别的办法，试试呗。我也去。"

山炮站起身，对小狄说："吃完饭，你先睡一会儿吧。有消息我就给你打电话。"

小狄有些担心地问："小三儿再找来怎么办？"

山炮说："没事儿，我们很快就回来。"

小狄张了张嘴，没说什么。

山炮和胡子走了。

小狄多了个心眼，没在屋子里睡觉，抱着凉席和毯子上了屋顶，找了一块干净的地方，躺了下来。刚躺下没多久，他又站起身，把梯子抽了上来，这样其他人就上不来了。他打了个哈欠，又躺下了。

太阳已经升起来了，热乎乎的。

折腾了一夜，小狄十分困倦，眼皮越来越沉，却不敢睡，害怕小三儿再找到这里。突然，他的眼皮一下弹开了，看见一个用小毯子包裹着的物体慢慢地升了上来，从形状上看，应该是个小孩儿。

他儿子来看他了。

小狄吓得浑身发软，一动不动。

那个物体始终悬浮在屋檐附近，不上，也不下。很快，一群绿头苍蝇闻到了血腥味，从四面八方疯狂地扑了过来，围着它打转，不时俯冲下去啃两口。

小狄一阵干呕。

这时候，他已经站在了崩溃的边缘，再也承受不起哪怕是一丝的惊吓了。

一只苍白的手慢慢地伸了上来，五指张开，迫切地想要抓住什么。那只手上的指甲很长，上面描着图案，很抽象，看不出是什么。

她又来了。

下面没有梯子，她是怎么上来的？飘上来的？她怎么会知道他在屋顶上？

小狄已经不认为这个疯子是人了。

下面有动静，似乎是夫妻俩在吵架。那只手和那个包裹“嗖”地一下消失了。很明显，它们只针对小狄，不会惊扰到其他人。

小狄躺在那里纹丝不动，像一具尸体一样。

太阳照常升起，风照常吹，刮得树叶“哗哗”地响。

小狄的双眼微微睁着，似睡非睡。确切地说，他处在清醒与昏迷中间，意识若有若无，只比死人多一口气。

如果能钻到他的脑子里，可以看到里面浮现出这样一组画面：

他和小三儿背靠背躺在床上，中间是那条死狗。月光从窗户钻进来，照到了那条死狗身上。它抽了抽鼻子，猛地坐了起来。也许是因为用力太猛，它的身体虽然坐起来了，但是脑袋还留在床上……

它上幼儿园了，别的小朋友这样唱歌：“两只老虎，两只老虎，跑得快，跑得快……”它这样唱：“汪汪汪汪，汪汪汪汪，汪汪汪，汪汪汪……”

它的爪子拿不住铅笔，一生气，把自己的爪子给吃了。

它长大了，找了一个女朋友，是只藏獒，一身黑色的长毛，硬撅撅的，双眼血红，舌头有一尺多长，往外耷拉着……

小狄抖了一下，猛地醒过来。

手机还在响，是山炮打来的电话。

“怎么样了？”小狄接通了。

“见到小三儿了。”山炮的声音有些虚，“她抱着一条死狗回来了，说是带着孩子回娘家。她让胡子抱那条死狗，胡子不敢抱，她就咬了胡子一口，咬掉了一块肉。我和胡子先去借点钱，打狂犬疫苗，今天晚上就不回去了。”

“那我怎么办？”小狄带着哭腔问。

山炮想了想，说："你在家等着，我让我表姐过去陪你。"他的表姐在农贸市场卖狗肉，体重二百多斤，面相比藏獒还凶。

挂断电话，小狄没下去，留在屋顶等表姐。等到太阳落山，他的手机又响了，他接通了，传出一个女人十分沙哑的声音："是小狄吗？我是山炮的表姐，刚收摊儿，这就去找你。你吃饭了吗？"

"还没吃。"

"那我在路上给你买点。"

"行，我等你。"

小狄见过山炮表姐几次，知道那个女人胆子很大，不但敢杀狗，还敢杀牛。他估摸着不出一个小时表姐就能赶过来，心情放松了一些，放下梯子下去了。老实说，他对表姐没抱多少希望，也不相信她能击败那个疯子，他只想身边有个伴，壮壮胆子。

有敲门声："当，当，当。"

"这么快。"小狄一边说一边打开了屋门。

小三儿耷拉着脑袋站在门外。她依旧穿着那身大红的旗袍，怀里抱着那条死狗，已经开始腐烂了，散发出阵阵恶臭。

小狄一下子傻住了。

她慢慢地抬起头，冷冰冰地看着他。

小狄和这个疯子对视了足足有一分钟，这才结结巴巴地说："你，你怎么来了？"此时此刻，他是多么希望有人出现，哪怕是房东找上门催讨房租也行。可惜，周围偏偏一个人都没有。

小三儿盯着他的眼睛，终于开口了："儿子想你了。"她的声音忽然变得十分沙哑，仿佛换了一个人。

小狄的脑袋一下就炸了，刚才给他打电话的女人不是胡子的表姐，是她！可是，她怎么知道胡子表姐要过来？她怎么能模仿胡子表姐的声音？难道她认识胡子表姐？

她做的每件事都令人不可思议。

"你想干什么？"小狄问。

"我想让你回家。"她幽幽地说。

小狄觉得她的柔弱外表下，包藏着一副蛇蝎心肠，吃人不吐骨头。

"我不认识你。"他说。

她没说什么，绕过他走进了屋子，坐到床边，左一下右一下地摇晃着那条死狗，动作令人发冷。擦身而过的时候，小狄感觉到她的身体轻飘飘的，像魂儿一样。

“我不认识你。”小狄重复了一遍。

她仿佛没听见一样，嘴里不停地念叨着什么，像是摇篮曲，又像是恶毒的诅咒。

“我不认识你。”他又重复了一遍。

她还是无动于衷。

面对这样一个油盐不进的疯子，小狄束手无策，他偷偷地给山炮发了一条短信：小三儿又来了，你们快回来。很快，山炮就回信了：等着，我多喊几个人回去把她赶走，她要是不走就弄死她！

小狄看了她一眼，心有些软了，低声说：“你快走。”他知道，山炮认识几个狠人，都坐过牢，砍人不眨眼。

她忽然笑了一下，说了一句没头没尾的话：“车胎爆了。”

这是什么意思？

小狄索性不管她了，走到大门口，蹲下来，等着山炮他们回来。等了老半天，不见人，他又给山炮打电话。

“到哪儿了？”小狄问。

“别提了，出车祸了。”山炮有气无力地说，“我朋友开车，速度很快，不知道怎么回事儿，车胎爆了，车翻了，我们都受了伤，幸好没什么大碍。”

小狄顿时吓得魂儿都没了，他回头看了一眼小三儿，心想：这个疯子身上有一股邪恶的力量，能让人惨遭横祸。他死死地盯着她的嘴唇，生怕她再说出什么不吉利的话，直接把他给说死。

还好，她只是安安静静地坐在床边，不发出一点声音。过了一会儿，她毫无预兆地站了起来，僵僵地往外走。

“你干什么？”小狄吓了一跳。

她没有停下来，淡淡地说：“我该回去了。”

“你还来找我吗？”小狄试探着问。

她站在他面前，低着头说：“我在家等你三天。”

这句话饱含深意。

小狄顿时紧张起来，小心翼翼地问：“三天以后你要干什么？”

她叹了口气，轻轻地说：“三天之后，如果还见不到你，我就成寡妇了。”说完，她悄无声息地走了，留下一句莫名其妙的话和一阵腐烂的臭味。

小狄愣了半天，终于想明白了：他和小三儿已经举行了婚礼；如果他三天之内不回去，他就得死；小三儿理所当然就成了寡妇。

这下要命了。

5. 无计可施

下半夜，山炮和胡子回来了。山炮的脑袋上缠着纱布，还有血迹渗出，胡子胳膊上缠着纱布，咧着嘴，走路一瘸一拐，看样子伤得都不轻。

小狄把一天的经历详细地说了一遍。

听完，山炮的脸都白了，颤颤地说："那个疯女人真邪门儿。听她姐姐说，她成天神出鬼没，只要被她盯上，不管你跑到哪儿，就算是天涯海角，她也能找到你。"

小狄的脸也白了。

山炮又喃喃地说："她是疯子，有证的疯子，就算是杀了人，也不用坐牢。我早就说过，不要命的怕精神病的，咱们整不过她。"

胡子没说什么，只是坐到了旁边。

小狄知道，他不想离自己太近，怕沾上晦气，受牵连。

没有人说话，气氛异常沉闷。

"我该怎么办？"小狄忍不住打破了沉默。

山炮低头不语。

胡子吞吞吐吐地说："要不你就去找她吧。"

"我不想和一个疯子、一条死狗在一起。"小狄眼巴巴地看着山炮，"你帮我想个办法，让我干什么都行，只要能摆脱她。"

山炮沉默了半天，终于开口了："这事儿都怪我，我陪你去，把这事儿给了了。"

"你要干什么？"小狄嗅到了一丝危险的气息。

山炮有些悲壮地说："大不了一命换一命，一了百了。"

"你不要命了？"小狄被感动了。

"我犯了错，不能让兄弟承担后果。"

"可是……"

"别说了！"山炮站了起来，"你跟我去一趟，先和她谈谈，实在不行你就回来，我自己留下。事儿后我去自首，你和胡子有空的时候记得去看看我。"

"你真打算弄死她？"胡子问。

山炮阴沉着脸，一言不发。

胡子想了想，也站了起来，慢慢地说："都是兄弟，这事儿算我一个。"

小狄的眼泪一下流出来了。

他们抄起家伙，出发了。

月黑风高，完美的杀人夜，老天爷都在帮他们。一路上，没有人说话，表情严肃，脸上都有一种壮士一去兮不复还的悲壮。到了胡子奶奶家门口，山炮停下摩托车，问小狄："你还记得她家在哪儿吗？"

小狄环顾四周，说："记不清楚了，咱们找找吧。"

他们舍弃摩托车，徒步寻找。这里的房屋结构都差不多，再加上黑灯瞎火不好辨认，找了半天也没找到。

山炮停下来，说："你给她打电话，问下她在哪儿。"

小狄就打了一个电话。

身后突然响起了手机铃声，动静挺大，把他们吓了一跳。很快，一扇大门缓缓地打开了，走出一个女人，轻轻地说："我等你们很久了。"

是小三儿。

这么巧？小狄捕捉到一个恐怖的细节：她说的是等你们很久了，而不是等你很久了，说明她早就知道山炮和胡子会来。小狄心里刚冒出的一点豪气顿时消失得无影无踪，觉得今天晚上凶多吉少了。

"我们找你有事儿。"山炮先开口了。

"请进。"她静静地说。

家里只有她一个人，还有那条死狗，用小毯子包裹着，放在床的正中间。让人感到恐怖的是，小毯子旁边放着一个玻璃奶瓶，里面有一些浅黄色的液体。

她看了一眼那个奶瓶，有些不好意思地说："我不下奶，儿子只能喝奶粉。"她又看着小狄说："明天你出去买些猪蹄和鲫鱼，我要催奶。"

小狄身上的鸡皮疙瘩一下就起来了，不知道该说什么，僵僵地站着。

小三儿见他满脸惊恐，又说："你不用害怕，不要你花钱，我有钱。"说完，从兜里摸出几张皱巴巴的纸片递给了他。

小狄接过来，发现是几张报纸，裁剪成长方形、三角形、圆形、正方形、椭圆形，上面用蜡笔写着字：三元、九点九元、十八元、九十九元、一亿元。小狄诧异了。他一直呆愣着，终于不自然地笑了笑，敷衍地说："你真有钱。"

"都是我自己发行的。"她有几分得意地说。

山炮清了清嗓子，说："你别缠着我兄弟了。"

"我给你们泡茶。"说完，她笑了笑，转身去了另一间屋子。两间屋子中间用布帘挡着，黑色的布帘。

小狄凑到山炮身边，小声地说：“她不答应怎么办？”

山炮直勾勾地看着角落里用白布盖着的那个物体，喃喃地说：“那应该是一口棺材，个头还挺大，看上去不便宜。”

胡子说：“它马上就要派上用场了。”

小狄觉得他说的这句话很不吉利。

小三儿掀开门帘，出来了，左手提着一个土陶茶壶，右手拿着几个玻璃茶杯，很土气的那种，上面印着花花草草。她倒上茶，笑嘻嘻地说：“你们喝吧。”她的笑容来得很突然，消失得也很快，让人目不暇接。

没有人喝。小狄瞥了一眼茶杯，还是上次那种茶叶，直挺挺地悬浮在杯子中间，十分古怪。

“你别缠着我兄弟了。”山炮又说。

她左顾右盼，看了半天也不知道谁是山炮的兄弟，就迷茫地盯着山炮。

山炮指着小狄，说：“他是我兄弟。”

她笑嘻嘻地说：“你真笨，才知道他是你兄弟。”

小狄原本以为谈判是一件很严肃的事，现在他才意识到，他错了，不论你对一个疯子说什么，都是对牛弹琴，对方根本不接招。

胡子明显有些不耐烦了，冲着山炮做了一个抹脖子的动作。

“你干什么？”她立刻转过身，警觉地问。

小狄吃了一惊——刚才，她背对着胡子，为什么还能察觉到胡子的动作？

她的眼神一下变得冰冷，一步步逼近胡子，生硬地问：“你干什么？”

胡子一步步后退，终于退到了墙角，停住了。

“你干什么！”她歇斯底里地吼着，身体几乎贴到了胡子身上。

“我什么都没干。”胡子说。尽管他脸上的表情没什么变化，但是颤抖的声音出卖了他，说明他内心是不安的，甚至是惊恐的。

小三儿的双手似乎有什么动作，不过，由于她背对着小狄和山炮，所以他们不知道她在干什么。胡子面对着她，看见了，脸色顿时就白了，大声地说：“你要干……”话还没说完，他就软绵绵地倒了下去。

小三儿转过身，手里什么都没有。她莞尔一笑，说：“手脏了，我去洗一下。”说完，她径直走出屋子，到院子里洗手。

山炮蹿到胡子身边，试了试他的鼻息。

“胡子怎么了？”小狄怯怯地问。

山炮的脸色也变白了，半天没说话。

小狄立刻意识到胡子凶多吉少了，至少也是昏迷。太突然了。她究竟是用什么方法让胡子瞬间丧失意识？诅咒？病毒？巫术？气功？

小三儿背对着他们，蹲在地上洗漱，动静挺大，似乎要洗到海枯石烂。

屋子里只剩下两个提心吊胆的男人，互相看着对方给自己壮胆。小狄觉得口干舌燥，就不停地喝茶。山炮来回踱步，在角落里用白布盖着的那个物体前面，停住了，端详了一阵子，伸手把白布撩开了。

果然是一口棺材，暗红色的，显得极其阴森。棺材上面，放着一块灵牌，山炮看了一眼，吓得打了个冷战，伸手把灵牌倒扣了过来。小狄觉得不对头，过去拿起灵牌看了看，发现灵牌上写着字：小狄之灵位。

"她打算弄死我！"小狄吃惊地说。

山炮看着他，缓缓地说："你放心，我肯定不会让她得逞。"

小狄觉得他说这句话的时候一点底气都没有。

院子里的流水声戛然而止，四周一下子变得十分安静。

山炮急促地说："来不及细说了！等会儿她进来，我就和她玩命。你什么都不用管，快跑，跑得越远越好，明白了吗？"

"我留下帮你……"

"不用！"

小三儿慢慢地走了进来，"咣当"一声，把门反锁上了。

小狄和山炮都瞪大了眼睛——她的脸色抹了一层厚厚的粉，看上去比纸还白，嘴小小的，嘴唇血红，极为诡异。她一步步地走过来，停在他们面前，歪着脑袋看着他们，冷不丁地笑了出来。

"快跑！"山炮大吼一声，一跃而起，冲着她扑了过去。

小狄打了个哆嗦，意识忽然丧失，站在原地没动。接下来，事情发生了惊人的变化：面对呼啸而至的山炮，她抬起右手，伸出食指轻轻地点了一下，山炮顿时坠落在地，身体抽搐了两下，不动了。他被击落了。

小狄又打了个哆嗦，全身都软了。

她一步步地逼近小狄，翘起兰花指，指着他的鼻子，用一种类似黄梅戏的腔调说："该你了呀。"

小狄的眼睛越瞪越大，终于"扑通"一声跪倒在地，身体里的力气瞬间消失得无影无踪，失去了反抗的能力。

"夫君，这是为何？"她戏腔戏调地问。

小狄完全吓傻了，脑子里一片空白。

屋门突然被撞开了，她的姐姐和两个穿白大褂的人闯了进来，迅速控制住她，把她带走了。走到门口，她的姐姐停住了，背对着小狄，说：“我不管你们的事儿，我能做的只是把她送到精神病医院，再出什么事儿，我就无能为力了。”说完，她叹了口气，走了。

这件事戏剧性地收场了。

过了半天，小狄终于回过神儿来，踉跄着过去查看山炮和胡子的情况。还好，他们都还活着。小狄呼喊了半天，他们慢慢地苏醒了。

“小三儿呢？”山炮无力地转动着脑袋。

“她姐姐把她带走了，说是送到精神病医院去。”

山炮紧绷的神经一下子松弛了，长出了一口气。

胡子说：“总算是结束了。”

“你们怎么一下子就昏迷了？”小狄问。

胡子晃了晃脑袋，回忆了一会儿才说：“我感觉像是被电击了一样。”

山炮说：“不对，是一下子被冻僵了。”

小狄心里的疙瘩更大了，觉得小三儿身上有一股邪恶的力量，能伤人于无形，让人不寒而栗。

他们互相搀扶着，离开了。还没到出租屋，小狄的手机又响了，他把它拿出来，再一次看到了那条阴森森的短信：你在哪儿？我肚子疼得厉害。我必须要见你。小狄的手剧烈地抖动起来。过了一会儿，他回复了一条短信：你在哪儿？

等了好半天，她回复了：我在你家大门口，你出来。

完了，甩不掉她了。

“停车！”小狄大喊一声。

山炮吓了一跳，猛踩刹车，把摩托车停住了。他回过头看着小狄，问：“怎么了？”

小狄把手机递给了他。

看完短信，山炮蹲到旁边，抱着脑袋一言不发。

小狄站在路边，怔怔地看着返回出租屋的路。那个租来的所谓的家还在远方，由于光线暗淡，显得遥远而不真实。偶尔朝来时的路看一眼，他觉得那是一个无比深邃的土坑，只要掉下去，绝对没有爬上来的可能。

小狄眯起眼睛，隐隐约约看见小三儿正从黑暗里慢慢地走过来，她耷拉着脑袋，还穿着那件大红色的旗袍，松松垮垮的，像睡衣一样。那条死狗趴在她的怀里，眼珠子往外鼓着，散发出一阵阵令人作呕的臭味……

小狄晃了晃脑袋，驱赶走了幻象。

“你没事儿吧？”胡子走了过来。

小狄咧了咧嘴，冲着他笑了笑，比哭还难看。

胡子拍了拍他的肩膀，说：“没事儿，她就是吓唬你，不用怕。”

“我甩不掉她了。”小狄像一条沙滩上的鱼，嘴巴绝望地一张一合，半天才说，“只有一个办法，那就是我出钱把她的病给治好。”

“可是，你没有那么多钱。”胡子沮丧地说。

“我有肾。”小狄咬牙切齿地说，“要是不够，我还有眼角膜，还有肝，还有手，还有胳膊，还有血，还有心脏，统统拿去换钱！”

胡子吃了一惊：“你要干什么？”

山炮也过来了，说：“你别干傻事儿。”

“我已经决定了。”小狄淡淡地说，“只有把她的病治好，我才能彻底甩掉她，否则，她会一生一世缠着我。”

山炮和胡子都没说话。

小狄看着山炮，说：“你帮我联系一下。”

山炮问：“你真的决定这么做？”

小狄没说话。

山炮沉默了几秒钟，缓缓地吐出两个字：“好吧。”

他们静站了一会儿，回去了。

又过了几天。

山炮躺在床上玩手机。

胡子推门进来，说：“钱拿到了，小狄也回老家了。”

山炮瞥了一眼旁边那张空床，问：“他没起疑心吧？”

“没有。”

“那就好。”

“终于有钱了，可以换手机了。”胡子兴高采烈地说，“明天就开始发售，我现在就去排队。我听说三天前就有人在那儿等着，我怕去晚了就卖没了。”

“行。”

胡子急匆匆地走了。

山炮拨通了一个号码，很快，手机里传出了小三儿的声音：“什么事儿？”她的语气很平静，语调很正常，完全不像是一个疯子。

“怎么才分了这么点钱？”山炮问。

“第一次干这种事儿，置办了一些道具，还请了几个群众演员，最后就剩下这些钱了。”

“我女朋友也想换手机，钱不够。”

“那你就再物色一个下手的目标。”

山炮想了一会儿，忽然问：“你觉得胡子怎么样？”

小三儿沉默了两秒钟，说：“他熟悉咱们的套路，我怕骗不了他。”

“那就换一种他不熟悉的套路。”

小三儿想了想，说：“行，你安排吧。”

山炮挂断电话，看着胡子的床，心想：再过几天，它也空了。

6. 尾声

一年以后。

小狄找了一份送快递的工作，每天早出晚归，很认真，很敬业。

他已经彻底告别了以前那种荒唐的日子。

除了少一个肾，他一切都很正常。

有一天，他听一个朋友的朋友说起一件事：山炮在监狱里生病了，是尿毒症。还有，在另一所监狱里的小三儿也出问题了，成天肚子疼。

听完之后，小狄只说了四个字：恶有恶报。

此言极是。

毛氏红烧肉

这个故事讲的是：几个辣椒引发的血案。

1. 不睡觉的人

冯合是东北那疙瘩的，长得五大三粗，跟黑瞎子似的。

他是一名厨师，在一家不大不小的饭店上班，专做东北菜。他和乌井合租了一套房子，两室一厅，一进门就是他的卧室，乌井的卧室在里面，中间隔着客厅，卫生间和乌井的卧室对门。

乌井也是一名厨师，在饭店里负责做川菜。他是四川人，个子不高，很瘦，戴一副黑框眼镜，眼珠子在镜片后面闪着光。他常年不笑。

这两天，冯合感觉乌井越来越不对头。

事出有因。

五天前，立秋，饭店里客人很多。

有客人点了一道毛氏红烧肉。那是一道湘菜，本来应该由湘菜厨师做，可是那天他请病假了，厨师长就把毛氏红烧肉的任务派给了冯合。

虽说不是一个菜系的，但是厨艺是相通的。冯合有板有眼地做好了毛氏红烧肉，准备让服务员端上去。

旁边的乌井瞥了一眼，嘀咕了一句："辣椒放少了。"

虽然他的声音很小，但是冯合还是听见了，他一瞪眼，嚷道："你说啥？"他一向很自负，容不得别人指手画脚。

"辣椒放少了。"乌井小声地说。

冯合的火气一下就上来了，指着他的鼻子说："别以为别人都和你一样，炒两根青菜也得放上半盘子辣椒，客人的口味没那么重。"

乌井定定地看着他，极其认真地说："你不能吃辣，不代表客人不能吃辣。

毛氏红烧肉的特点就是油而不腻，辣香适口……”

“你瞅啥？”冯合瞪起了眼。

其他人都后退了一步。他们知道，当一个东北人说出了这句话，就表明他心里已经想揍人了。

乌井自顾自地说：“你们东北菜太乱，什么东西都往锅里放，火候也太过了，炒菜跟熬粥似的，菜名也土，还叫什么杀猪菜……”

听见有人侮辱自己的事业，冯合再也忍不住了，冲上去一巴掌扇到了乌井的脸上，急赤白脸地说：“哪儿这么多屁话！”

都说文人相轻，其实厨师也是如此：川菜厨师看不上鲁菜厨师，鲁菜厨师瞧不起粤菜厨师，粤菜厨师对淮扬菜不屑一顾，私家菜厨师目空一切……

这一巴掌力道很大，直接把乌井的眼镜打飞了。他没有去捡，僵僵地站在那里，脸一点点地变白了，眼神迷茫而无助。

周围鸦雀无声。

最后是厨师长出面把他们分开了，又让冯合拿出一千块钱给乌井配眼镜，把这件事给了了。

本来，冯合以为这件事就算是过去了。不过，现在他觉得，他似乎是摊上事了，而且还是一件很恐怖的事。

这要从前天晚上说起。

下班之后，冯合和几个同事去大排档吃烤串喝啤酒。当然了，他没叫上乌井。回到家，已经是半夜了。他去卫生间撒尿，看见乌井的卧室门没关严实，一丝惨白的光射出来，深更半夜看上去，有些恐怖。

开始，冯合没当回事，撒完尿就回去睡觉了。

凌晨三点，他又被尿憋醒了。

他喝了八瓶啤酒。

乌井的卧室里还亮着灯。

这时候，冯合的酒意已经完全褪去，他觉得有些不对头：乌井是一直没睡，还是已经醒了？不管是哪种情况，都不正常。他轻轻地推开门，探进去半个脑袋，看见乌井趴在桌子前，不知道在写什么。

他悚然一惊。他知道，乌井虽然戴着眼镜，却没什么文化，他的近视眼是天生的。冯合和他在一起住了两年，从没见过他拿过笔看过书。现在，他怎么开始写东西了？冯合觉得这就像一个从没用过电脑的九十岁老太太，半夜从床上爬起来，木木地坐到电脑桌前，僵僵地敲击着键盘……

这种恐怖无比深邃。

乌井似乎察觉到了什么，慢慢地转过了头。台灯的光只能照到他的半边脸，另一半脸藏在黑暗里，看上去有些怪异。

“你怎么还不睡？”冯合问。

“我睡不着。”乌井的语调有些悲伤。

“你在写什么？”

“你想看吗？”

“想。”冯合走了两步，发现乌井的脸色不太友善，停下来，讪讪地说，“我不看了，回去睡觉。”说话间，他慢慢地退了出去。

乌井定定地看着他，没说什么。

躺在床上，冯合又想起刚才的一幕，心里结了一个古怪的疙瘩：深更半夜，乌井到底在写什么？还有，他的神情暴露了内心的阴暗，他肯定在搞什么鬼。

这件事就这样不明不白地过去了。

第二天晚上，冯合又和同事去大排档吃烤串喝啤酒。上次是他请客，这次是别人请他。花别人的钱不心疼，他足足喝了十二瓶啤酒。

半夜，他又让尿憋醒了。

这一次来得晚了一些，是凌晨四点。

乌井的卧室门又没关严实，里面亮着灯。

冯合站在门口半天，也没敢推开门看一眼。他害怕又看见乌井穿得整整齐齐，趴在桌子前，低头写着什么……

这个举动让他感到异常恐怖。

从卫生间出来，冯合惊恐地发现乌井卧室的门已经关上了。他身上的鸡皮疙瘩一下就起来了，这说明乌井对他的动向了如指掌。

冯合踮起脚，鬼鬼祟祟地回了卧室。他感觉背后有一双眼睛一直在盯着他。那双眼睛躲在镜片后面，闪着冷冷的光。

上了床，他用被子蒙住了脑袋，思前想后。在他的脑子里，乌井的面孔慢慢地变了，变成了一个陌生人：个子很高，很敦实，脸上都是疙瘩肉，眼珠子瞪得很大……

也许，那是放大了1.5倍的乌井。

也许，那才是真实的乌井。

冯合猛地坐了起来——他想起了一个可怕的细节：乌井似乎从不睡觉！

这并不是凭空猜测，有根据：睡觉之前，他都要到卫生间去洗漱，每次都能看见乌井在卧室里活动，有时候鼓捣手机，有时候整理衣服，有时候什么都不做，只是端端正正地坐在床边。等他睡醒之后，再去卫生间洗漱，还能看见乌井在卧室里活动，有时候鼓捣手机，有时候整理衣服，有时候什么都不做，只是端端正正地坐在床边……

冯合甚至怀疑他睡觉的时候，乌井一直在做这些事。

这太可怕了。

冯合的心顿时悬空了，再也睡不着了。

墙上有一个挂钟，是房东留下的，黑色，圆形，像一只巨大的眼珠子。它的质量不太好，动静挺大："咔嗒，咔嗒，咔嗒，咔嗒，咔嗒，咔嗒，咔嗒……"

在这里住了两年，冯合第一次发现它这么吵。

他以前睡觉很死。

天一点点地亮了。

冯合一直竖着耳朵，听外面的动静。他迫切地希望听到乌井的鼾声，那就说明他是一个正常的人，只是睡得晚起得早而已。

可是，外面偏偏没有一丝声音。一定是乌井还没睡醒，冯合对自己说。他下了床，轻轻地拉开房门，打算去卫生间。他早就憋坏了。

客厅里没有人。

冯合强迫自己不往乌井卧室的方向看，却控制不住自己的眼睛，就快速地扫了一眼。

乌井穿得整整齐齐，端坐在床边，纹丝不动。

冯合抖了一下，下意识地说："还没睡？"

这句话一出口，他立刻后悔了，又说："早醒了？"

已经晚了。

乌井的脸色一下子变得很难看，仿佛被人戳穿了一个藏在心底的巨大秘密。

冯合躲进了卫生间，掏出家伙撒尿，却尿不出来。都吓回去了。

乌井悄无声息地走出卧室，木木地喊了一声："冯合……"

冯合一下子尿了出来。又吓出来了。

"什么事儿？"他故作平静地问。

"你说，毛氏红烧肉是不是应该多放辣椒？"乌井的语气有些怪异，肯定不怀好意。

冯合小心地说："你说是就是。"

乌井轻轻地叹口气，说："你还是觉得应该少放辣椒。"

"不，我不是那个意思。"冯合连忙解释。

"你骗不了我。"乌井往前走了两步，几乎是贴着他的耳朵说，"我会让你改变想法的。"说完，他返回了卧室，端坐在床边，纹丝不动。

他到底要干什么？

冯合又惊又怕。

2. 噩梦

在这之前，冯合一直以为他是一个胆子很大的人。

他敢走夜路，敢一个人看恐怖电影，敢打架，敢杀鸡，敢偷看女服务员换衣服，敢闯红灯，敢从二楼跳下去，敢一口气喝下一瓶最烈的白酒……

直到今天他才发现，他的胆子很小，一个瘦弱的川菜厨师就可以把他吓得六神无主。

他很沮丧。

下午两点，客人们都走了，厨师们闲了下来。有人去包房睡午觉，有人去找女服务员套近乎，有人去外面打牌，厨房里只剩下冯合和乌井两个人。

冯合想和乌井谈谈。

乌井坐在木凳上，雕刻萝卜。他不太合群，总是一个人躲在角落里，干一些不太正常的事。比如说，雕刻萝卜就不是他的本职工作。他不知道从哪儿弄来一把手术刀，泛着寒光，看上去无比锋利。

冯合凑过去，小心地叫了声："乌井。"

乌井抬起头看了他一眼，没说什么。

"你干什么呢？"冯合没话找话。

乌井还是不说话。

冯合看见他的脚底下有几个雕刻完的萝卜，有胳膊有腿，应该是人，不过没有脑袋，看着有些吓人。他心里的阴影面积更大了，试探着问："你在雕刻什么？"

"萝卜。"乌井终于开口了。

"你跟谁学的？"

"老杨。"

老杨也是这个饭店的厨师，专门负责雕刻萝卜。那也是个怪人，眼里似乎只有萝卜，很少和人打交道。

"你学这个干什么？"

"学着玩儿。"

冯合小心翼翼地拿起一个雕刻完的萝卜，左右看了看，问："这是人吧？"

"对。"

"怎么没有脑袋？"

乌井突然叹了口气。

"怎么了？"冯合一怔。

"我还没学会雕刻脑袋。"乌井的语气有些沮丧。

冯合没接话茬儿，切入了正题："前几天的事儿，是我不对。"

"什么事儿？"乌井立刻问。事情才过去几天，他不可能忘了，明显是在掩饰什么。

冯合只能硬着头皮说："我不该打你……"

乌井看着他，静静地说："没什么，我都忘了。"

他肯定没忘，还刻在了心上，冯合想。本来，他想说一说上次的事，道个歉，缓和一下关系，现在他却不知道该怎么说了。对方不接招，他也没办法。他不时瞥一眼乌井的手，那双手十分白净、细长，像女人的手。他想了想，又问："你配眼镜花了多少钱？"

"三百二十块。"

冯合讨好地说："那就好，我怕赔你的钱不够配眼镜。"他的言外之意是，我已经赔钱给你了，你就别再继续纠缠了。

乌井看了他一眼，从兜里掏出几张钱递给他，说："这是剩下的钱。"很显然，他误会冯合的意思了。

"不，不，我不是这意思。"冯合急忙说。

"那你是什么意思？"说话间，乌井把钱塞到他手里，走了。他攥着手术刀的手，青筋已经绽出。那手术刀泛着寒光，无比锋利。

完了，仇恨更深了。

冯合的心一下就凉了。

晚上下班之后，冯合在饭店门口等乌井。他有一辆摩托车，二手的，每天都骑着它上下班。乌井没有交通工具，平时上下班都是步行，需要走半个小时。冯合打算带乌井回家，希望能平息他心里的怨恨。

乌井低着头出来了，提着一个灰色的帆布包。他每天都提着那个包，里面有时候装着几根萝卜，有时候装着一个南瓜，没事的时候他就拿出来练习雕刻。

"乌井。"冯合喊了一声。

乌井抬头看了一眼，站住了，离他三米远。

"坐我的摩托车回去吧。"

"不用了，我去别的地方。"

"去哪儿？我送你去。"

"不用了。"乌井的态度很坚决。说完，他就走了。

冯合愣了一阵子，骑着摩托车回了家。

夜一点点地流淌着，很静，跟平时一模一样。冯合躺在床上，心神不宁，总感觉今天晚上要发生点什么事，肯定不会平安过去。

厨房里有动静："咕嘟，咕嘟，咕嘟，咕嘟，咕嘟……"

冯合又闻到了一股肉香味，抽抽鼻子，分辨出是红烧肉的味道。他有些诧异，因为他和乌井平时都在饭店吃饭，从不在家做饭，厨房里只有一个烧水的壶，怎么做红烧肉？

他下了床，走出卧室，按了一下开关。

客厅里的灯没亮，可能是停电了。

冯合看见厨房里的煤气灶开着，冒出蓝幽幽的火，上面有一口铁锅，正在"咕嘟咕嘟"地冒热气。他愣了几秒钟，走了过去。

走进厨房，肉香味更浓了。

冯合慢慢地拿起了锅盖儿，一股热气扑面而来，他后退了一步，一下子撞到了一个人身上。他抖了一下，猛地回过头，看见乌井僵僵地站在背后。

"香吗？"乌井轻轻地问。

冯合的身体挡住了煤气灶发出的光。他虽然看不见乌井的脸，不过能感觉到他的表情有几分得意。

他没敢说话。

乌井一点点地逼近他，用一种极其幽怨的语调问："你说，毛氏红烧肉是不是应该多放辣椒？"

冯合一下子吓醒了。

是个噩梦。

这个噩梦是如此真实，他的鼻子似乎还能闻到梦里那股浓烈的肉香味。他抽了抽鼻子，竟然真的闻到了一股肉香味，他身上的鸡皮疙瘩一下就起来了——这不是梦，真有人在厨房里做红烧肉！

是乌井？

他到底在搞什么鬼？

冯合深吸了几口气，下了床，走出卧室，按了一下开关。和梦中不一样的是，客厅里的灯亮了。

乌井端坐在沙发上，眼睛里闪着光。

“你干什么？”冯合吓得打了个哆嗦。

乌井指了指茶几，平静地说：“我做了一份红烧肉。”

冯合看了一眼茶几上的那份红烧肉，又看了一眼厨房，警惕地问：“厨房里是什么？”

“我又做了一份红烧肉。”

“你做两份红烧肉干什么？”

乌井低下头，看着茶几上的红烧肉，说：“这份红烧肉辣椒少，那份红烧肉辣椒多。我想让你尝一下，哪份红烧肉更好吃、更正宗。”停了一下，他又说，“那份红烧肉还没做好，你先去睡吧，做好了我喊你。”

冯合目瞪口呆。这时候，他隐隐约约察觉到乌井的精神似乎有问题，想问问他是不是有病，却不敢开口，怕激怒了他。

厨房里那口锅还在“咕嘟咕嘟”地冒热气。

肉香味更浓了。

冯合退回了卧室，反锁上门，没脱鞋就上了床。他不知道乌井在干什么，也许正在往锅里放辣椒，一个，两个，三个……九十八个，九十九个，一百个……

有人敲门：“咚，咚，咚。”

冯合假装睡着了，不开门。

敲门声没有再响起。

外面死寂无声。

乌井在干什么？这个问题像蚊子一样围绕着冯合，挥之不去。最后，他实在是忍不住了，悄悄地下了床，轻手轻脚地走到门口，拉开房门，往外看。

乌井端端正正地坐着，双手放在膝盖上，面前的茶几上摆着两份红烧肉，一份红烧肉辣椒多，一份红烧肉辣椒少。

冯合的身上顿时一冷。

乌井站起身，有几分急迫地说：“快吃吧，要凉了。”

冯合逃命一般窜回了卧室，反锁上门，跳到了床上。浅黄色的门板，把乌井那张没有笑容的脸挡在了外面。冯合闭上眼睛，仿佛看见乌井端着那两份红烧肉，面无表情地站在门外……

他到底要干什么？

冯合想不明白。

他一夜没睡。

外面始终静悄悄的。

天一点点地亮了，冯合的胆子也一点点地大起来，他走出卧室，看见客厅里空无一人，那两份红烧肉还在茶几上摆着，早已凉了，上面结了一层白色的油脂。

他一阵恶心。

他又去了厨房。

厨房里有一个旧冰箱，十年前的东西，也是房东留下的，一直闲着。现在，它通上了电，复活了。冯合拉开冰箱门，看见里面有一大堆五花肉，至少三十斤。冰箱旁边有一个大编织袋，里面全是红辣椒。灶台上摆着一桶色拉油，还有盐、味精、大蒜、八角和桂皮等调料，还有一口锅。

很显然，乌井还要继续做红烧肉。

冯合愣了半天，想到一个问题：乌井去哪儿了？他去门口看了看，发现乌井的鞋和包都不见了，说明他已经出去了。乌井只有一双鞋，那是一双样式很土的皮鞋，他已经穿了很多年了，似乎不太合脚，走路“咣当咣当”地响。

冯合的心里突然冒出一个念头：去乌井房间看看。卧室的门都没有钥匙，平时也不上锁。他们也没什么值钱的东西。

他来到乌井的门前，装模作样地敲了敲门：“咚，咚。”

没人开门。

他轻轻地推开门，看见里面空无一人。所有的东西摆放得都很整齐，就像乌井的人一样严谨，古板，缺乏生气。桌子上有一个黑色的日记本。

冯合找的就是它。他回头看了看，没有人，几步蹿了过去，拿起日记本，翻动着。他想知道乌井深更半夜不睡觉到底在写什么。

他看到了两条标题，一条是《从食客的审美认知能力与厨师的社会责任感探究浅谈毛氏红烧肉的成长与发展》，另一条是《干辣椒切段切丝对毛氏红烧肉口感的影响以及糖色的加工工艺研究》。

只有标题，没有内容。

无比深奥。

冯合惊呆了。

3. 夜半红烧肉

冯合不想和乌井住在一起了。

房子是饭店给租的，免费让厨师住。他去找厨师长，要求换房。厨师长正在和一个女服务员聊天，有些不耐烦地问："为什么换房？"

"我不想和乌井一起住了。"冯合说。

"为什么？"

"他不睡觉。"

厨师长愣了一下，又问："吵着你了？"

"没有。"

"那就不用换了。"

冯合想了想，又说："他光让我吃红烧肉。"

"这不是好事儿吗？"

"问题是，他做两份红烧肉，一份辣椒少，一份辣椒多。"

厨师长定定地看着他，半天才说："有这样的好事儿你为什么还要换房？"

旁边的女服务员插了一句："要是有人天天给我做红烧肉，我就嫁给他。"

"他还写论文。"冯合有些急了。

"什么论文？"厨师长一怔。

冯合把抄录下来的论文题目给他看。

厨师长看完，惊讶地问："内容呢？"

"只有标题，没有内容。"

厨师长说："因为你们手艺好，饭店照顾你们，才给你们租房子住。你要是换房，就只能住集体宿舍，六个人一间。再说了，乌井安安静静地写论文，又不打扰你，还给你吃红烧肉，多好的室友，别换了。"

完了，这还说不清了。

"他变态！"冯合终于说出了心里话。

厨师长明显吓了一跳，定定地看着他，一言不发。

冯合走近一步，小声说："真的，我有证据……"

厨师长还是定定地看着他，眼神有些古怪。

冯合忽然想到厨师长看的不是他，而是在看他的身后。他猛然间意识到了什么，慢慢地转过身，看见乌井站在十几米远的地方，面目阴沉地盯着他。

冯合如遭电击般抖了两下。

乌井转身走了。他还穿着那双不太合脚的皮鞋，走路"咣当咣当"地响。

仇恨更深了。

这天晚上，冯合决定找乌井面对面谈一次，把事情说开了，要不然他会疯掉。他来到乌井的门前，轻轻地敲了两下。

"请进。"乌井的声音无比清醒，很显然还没睡觉。

冯合推门进去了。

没开灯，房间里很黑。

“你怎么不开灯？”

乌井没说话。

“我能开灯吗？”

乌井犹豫了一下才说：“你开吧。”

冯合把灯打开，看见乌井穿得整整齐齐坐在桌子前，手里拿着一支钢笔，那个黑色的日记本摊开着。他定定地看着冯合，眼珠子在镜片后面闪着光。

“干什么呢？”冯合故作平静地问。

“没干什么。”乌井把日记本合上了。

“我想和你聊聊。”

“聊吧。”

冯合深吸了一口气，说：“前几天发生的那件事儿，是我不对，我不该动手打你。”

乌井的表情没什么变化，他说：“那个客人既然点了毛氏红烧肉，就说明他是能吃辣的。你不能自作主张少放辣椒，那样做不尊重客人，也不尊重那道菜。”

“你如果心里还不痛快，可以打我，多打几下都行。”

“我不想打你。我只是想让你明白一件事儿，毛氏红烧肉必须要多放辣椒，要不然就不地道了。”

“我已经明白了，毛氏红烧肉必须多放辣椒。”

“不，你还不明白。”乌井固执地说。

冯合已经有些愤怒了，他强忍住怒火问：“我怎么样才算是明白了？”

乌井思索了片刻，说：“我要写两篇论文给你看，等你看完，就明白毛氏红烧肉是怎么回事儿了。”

“你写完了吗？”冯合明知故问。

“还没有。”

“什么时候能写完？”

“不知道。”乌井的语气有些沮丧。

冯合认为凭他的能力，永远都写不完那两篇论文，想出那两条题目，已经够难为他的了。也就是说，他会永远地纠缠下去。冯合干巴巴地笑了笑，说：“我觉得，不明白毛氏红烧肉是怎么回事儿，也没什么关系，毕竟，我是一个东北菜厨师。”

“不，你必须明白。”

“为什么？”

“因为你是一个厨师。”

这有点胡搅蛮缠的意思了。

冯合不想再聊下去了，盯着他看了一会儿，转身就走。

乌井在背后说：“麻烦你帮我关上灯。”

冯合一拳打在开关上，灯灭了。

乌井消失在了黑暗里。

两天过去了，乌井依然我行我素。下了班，他一定要做两份毛氏红烧肉，一份辣椒少，一份辣椒多。炖肉的时候，他有时候站在阳台上发呆，有时候坐在沙发上发呆，嘴里不停地嘟囔着什么，表情十分诡异。

冯合觉得他越来越陌生，越来越恐怖。他跟厨师长说好了，等一个同事搬走之后，他就到集体宿舍去住。不过，还得等两天。

下了班回到家，冯合立刻反锁上卧室的门，不出去，有尿也憋着。离开家之前，他回瞥一眼茶几，那上面一定放着两份毛氏红烧肉，一份辣椒少，一份辣椒多，都已经凉了，上面结了一层白色的油脂。

这天晚上，没有月亮，刮起了大风。

客人很少，饭店早早关了门。冯合不想回家，就约同事去吃烤串喝啤酒，他请客。可是，同事们都说有事，没人去。他只好骑着摩托车，漫无目的地转悠。

他很困，有几次差一点睡着了，摩托车也差一点撞到人。他已经好几天没睡好觉了。这样下去肯定不行，早晚得出事。他停下摩托车，想了想，决定今天晚上不回家了，找个小旅馆好好睡上一觉。

他很快就找到了。

那是一个家庭旅店，很简陋，几间平房，应该是几十年前的老房子。房顶上有几盆桂花，已经枯死了，枝丫张牙舞爪，在黑暗中显得十分荒凉。

店主是一对老夫妻，看上去比房子还老。他们正在吃晚饭，一张四方桌，一盘青菜，两碗清粥，一壶老酒，一碟油炸花生米。

这是他们的客厅，也是卧室，也是登记室。其他的屋子都没开灯，里面可能没有客人，也可能是客人们都睡下了。

冯合走过去，敲了敲窗户，说：“住店。”

老头看了他一眼，眼神很警惕。也许是因为冯合的身材太高大了，也许是因为他的神情太落魄了。

“身份证。”老头说。

冯合从钱包里取出身份证，递给他。

老头看一眼身份证，又看一眼冯合，来回十几遍，这才给他登了记，说：“住宿费五十，押金五十，一共一百。”

冯合给了他一百块钱。

他从抽屉里拿出一个黄铜圈，上面挂着一些钥匙，说：“我带你去房间。”

冯合跟着他走。

院子里很黑、很静。

老头指着一个角落说：“厕所在那里，不分男女，进去之前先喊一声。”

“今天晚上还有别的客人吗？”冯合问。

老头停下来，回头看了他一眼，说：“只有你一个人。”

冯合的心莫名地紧了一下。

老头离开之后，他立刻反锁上了房门。房间里有一张木床、一张木桌，上面有一台老式的电视机，还有一个挂衣架、拖鞋、脸盆、暖壶和垃圾桶。

冯合关了灯，脱鞋上床，倒头就睡。

木床也很老旧了，稍微动一下就“吱吱呀呀”地响，那声音很刺耳。冯合不动了，用被子蒙住脑袋。被窝里有一股臭烘烘的气味。

他太困了，很快就睡着了。

大风吹走了乌云，月亮冒了出来，白白的月光照下来，简陋的旅店显得更加荒凉，死寂无声。

竟然一夜无事。

天刚亮，冯合就醒了，这次不是被尿憋醒的，也不是被吓醒的，是自然醒。他第一次发现，睡觉睡到自然醒，是一件无比幸福的事。幸福来之不易，他决定多躺一会儿。

门外有脚步声：“咣当，咣当，咣当。”接着，有人敲门。

“谁？”冯合警惕地问。

“是我。”门外传来那个老头的声音。

“什么事儿？”

“我就是想问问你早饭吃什么。”

冯合一愣：“还管早饭？”

老头没搭腔。

“随便吃什么都行。”冯合说。

“毛氏红烧肉行不行？”老头突然大声问。

冯合抖了一下，有几秒钟没说话。

老头似乎有些不耐烦了，又问："毛氏红烧肉行不行？"

"行。"冯合挤出一个字。他想：也许只是巧合，跟乌井没有一点关系。

老头"咣当咣当"地走了。

他的鞋似乎也不太合脚。

过了一会儿，肉香味飘了过来，还是那么熟悉，还是那么恐怖。冯合的好心情消失殆尽，哭丧着脸下了床，去厕所撒尿。他一边走一边想：这个世界到底怎么了，为什么到处都是毛氏红烧肉？

没有答案。

回到房间没多久，老头又来敲门，喊他去吃早饭。冯合跟着他去了登记室，一眼就看见桌子上摆着两份毛氏红烧肉，一份辣椒少，一份辣椒多，他顿时僵住了。

"这是谁做的？"冯合呆呆地问。

老头说："你朋友送来的。有点凉了，我给热了热。"

乌井找来了。

"他去哪儿了？"

"说是去上班了。"

"他还说什么了？"

老头想了一下，说："他想让你尝一尝，哪份毛氏红烧肉更好吃、更正宗。"

冯合一口都没吃，掉头就走。他无论如何都想不明白：这个城市虽然不大，但也有几十万人，乌井是怎么从茫茫人海中找到他的？

这一次，冯合没有感到恐惧，而是愤怒了——同样的恐怖事情经历过多次之后，就会产生免疫力。回到饭店，冯合到处找乌井，没找到，问了问同事，得知他请了两个小时假，去书店买书了。

这天是周末，饭店里客人很多。冯合的二姨夫一家也来了，还带来一个客人，他不认识。二姨夫说那是他的战友，湖南人。

冯合的心里"咯噔"一下。

那个湖南人点了一道毛氏红烧肉。

湘菜厨师还没回来。

厨师长又把这道菜派给了冯合。

冯合看了一眼乌井。

乌井正在做一道鱼香肉丝。川菜标准中对厨师的刀功要求十分苛刻，光是切丝，就分为头粗丝、二粗丝、细丝和银针丝四种。鱼香肉丝需要的原材料，是切成二粗丝的猪肉和青笋，具体数字是长10厘米、宽0.3厘米、高0.3厘米。

乌井严格按照标准操作，一丝不苟，不差分毫。

“让乌井做吧，我做不好。”冯合看着乌井说。

厨师长说：“他手头有活，你做。”

冯合就开始做毛氏红烧肉。他能感觉到，乌井正在观察他。处理完五花肉，他往锅里倒入一些底油，放进豆豉、八角和桂皮煸炒，下一步该放辣椒了。他扭头看了乌井一眼，发现乌井正定定地看着他。

冯合只放了一个辣椒。

“辣椒放少了。”乌井立刻说。

冯合没理他。

“辣椒放少了。”乌井走了过来。

冯合的呼吸变粗了，还是没理他。

乌井又说：“毛氏红烧肉的特点就是油而不腻，辣香适口……”

“我二姨夫一家都不爱吃辣椒。”冯合不耐烦地打断了他。

“那也不行。毛氏红烧肉的特点就是油而不腻，辣香适口，辣椒放少了肯定不行。”乌井抓起一把辣椒扔到了锅里，又说：“你得多放辣椒……”

“我让你多放辣椒！”冯合终于忍无可忍了，一铁勺抡了过去。

乌井“扑通”一声倒在了地上。

冯合猛地扑过去，用铁勺一下下地砸他，边砸边说：“我让你多放辣椒！我让你多放辣椒！我让你多放辣椒！我让你多放辣椒……”

乌井一声没吭。他的行为举止异常古怪，冯合解释不了，同事解释不了，警察也解释不了。问他，他也不说。

冯合因致人轻伤被判刑六个月。

在里面，他认识了一个心理专家，学到了一个新名词：偏执型人格障碍。

心理专家说：“乌井的大脑被某一个念头所占据，不断加以合理化，并付诸行动，从而使自己完全陷入一种极其狭隘的想法以及行动中去。”

冯合认为他只说对了一半，另一半原因藏在乌井大脑的最深处，那里无比黑暗，无比荒凉，无人触及。

也许，乌井自己也不知道。

那里是恐怖的根源。

红嫁衣

阅读这个故事之前，需要先做逻辑推理能力测试：

甲说他不是鬼，乙说丁是鬼，丙说乙是鬼，丁说乙诬陷他，他们中间只有一个人说的是真话，请问谁是鬼？

答案藏在故事里。

1. 七年前的呼救声

那艘船出现之前，停电了。

扎两目村一片漆黑。

其实，没停电之前也是一片漆黑。

夜深了，都睡下了。

只有王响响还睁着眼。他正在临摹一幅油画，雷诺兹的《伊丽莎白·德尔美夫人和她的孩子》。他是一名画家，没什么名气，自己的画卖不动，靠临摹一些名画为生。他在网上卖画，别人让他画什么他就画什么。

停电的那一刹那，王响响的手抖了一下。

伯爵夫人的脸一下就花了。这幅画明天要寄出去，可是还有很多细节没有画。他很着急，决定去配电室看看是不是跳闸了。

配电室在村子西头。那里是一片盐碱地，长满了芦苇，里面有大大小小的水鸟，还有一些怪异生物，十分荒凉。除了电工，很少有人到那里去。

王响响有配电室的钥匙，电工给他的。

四周很黑，刮着冷飕飕的风，有一股咸腥味。十几米之外，有一对绿幽幽的眼珠子，可能是野狗，也可能是野猫。它一直跟在后面，不远离，不靠近。

王响响四下看了看，看到了那条小路，高一脚低一脚地走过去。

配电室距离他的家有一里地。

他一边走，一边想那幅画。很少有人喜欢雷诺兹的画，论名气，他比凡·高、莫奈、毕加索差远了。也许，那名顾客是一个真正懂油画的人，王响响想。

一些会飞的东西在黑暗中扑棱着翅膀。它们总是一副表情，不喜不悲。王响响走出一段路，回头看了一眼，那一对绿幽幽的眼珠子还在身后。

天地间，只有他一个人直立行走。

配电室是一间平房，旁边竖着一根很高的电线杆，一个黑影蹲在上面，扯着脖子“嘎嘎”地怪叫，不知道是什么鸟。

门锁着。

王响响用钥匙开了门，拿出手机照了照，发现电闸没有异常。停电的原因一下子变得深邃起来。他有些失落，悻悻地往回走。他早已习惯了白天睡觉，晚上画画。没有电，什么都做不了，黑夜一下子被拉长了。

老天又黑了一些，似乎是在掩饰什么。

大海在几百米之外，海水无聊地拍打着岩石。

他忽然想去海边转转，不是为了寻找灵感，只为打发时间。

海边有风，潮乎乎的。脚下有什么东西一闪而过，可能是一只螃蟹。岩石上拴着一条破船，是木棉家的。她的丈夫前几年死了，没人打鱼，那条船就闲了下来。

王响响坐在船头，定定地看着大海。

那一对绿幽幽的眼珠子在十几米之外，定定地看着他，不远离，不靠近。

一年前，他的父母去世了，他已经习惯了一个人的生活。饿了就吃，困了就睡，不饿不困的时候就画画，挺好。

如果有一个女朋友，那就更好了。

王响响还穿开裆裤的时候，他的父母给他定了一门娃娃亲。那门亲事有开玩笑的成分。女孩是他的邻居，叫水纹。她比王响响大一岁，是市里一家报社的记者，最近也在村子里，不知道在忙什么。

前天，王响响去买东西，在路上遇见了她，随便聊了几句。临分手的时候，他开玩笑地说起了那门亲事。她没说行，也没说不行，只是笑。

王响响兴奋了三天。

三天之后，还是一个人，一间屋子，冷冷清清。

这些天，王响响一直觉得有点怪，不是水纹有点怪，而是这个世界有点怪。其实，也不是什么大事，只是一些鸡毛蒜皮的小事。他总结了一下，五件小事有些怪异，按时间排序如下：

五个月前，他收到一个包裹，来自千里之外，寄件人一栏空白。打开，里面是一件红嫁衣。那不是他买的东西，可是发货单上却写着他的地址和名字。现在，那件来历不明的红嫁衣还在柜子里。

三个月前，他去县城买油画材料。等车的时候，一个衣衫褴褛的老女人靠过来，定定地看着他。他以为她想要钱，就给了她一个硬币。她没接，沙哑地说了一句："你身上有一股邪气。"说完，她叹了口气，轻飘飘地走了。

一个月前，他去镇上寄一幅画。有一个戴口罩的女人也要寄东西，正趴在柜台上填单子。他也填了一张，和那个女人一起递进去。邮递员看了他一眼，又看了她一眼，狐疑地问："你们寄给同一个人？"

半个月前，他正在吃晚饭，一个穿迷彩服的中年男人走进了院子，木木地问："有柴鸡蛋卖吗？"他的脸很黑，皮肤粗糙，有岩石一样的质感。扎两目是渔村，从没有人养过鸡，他竟然上门收柴鸡蛋，这很可疑。

一周之前，他躺在床上，闻到了一股腐臭味。他找遍了每一个角落，最后在床底下发现一只死鱿鱼。他从没买过鱿鱼。它是从哪儿来的？

怪事离他越来越近，已经从千里之外到了床底下。

白天，睡不着的时候，王响响躺在床上，仔细梳理这些怪事，没发现它们有一丝一毫的关联，这让他更加困惑。

这到底是怎么了？

或者说，到底要发生什么事？

王响响的性格像他的画风一样，细腻而沉稳，心里容不得一丝不正常地方。他不怕鬼，不怕僵尸，不怕血腥，只怕生活中一些反常的细节。

比如说，睡觉之前，你把两只鞋子整整齐齐地摆在床前，醒来后却发现它们一前一后，像是有人穿着它们走了两步，而那个人不是你。

再比如说，你梦到一个面目阴沉的男人，一直不远不近地跟着你。他穿一身很旧的黄布衣服，戴一顶棉帽子。第二天，你出差去外地，走在路上无意间一回头，看见身后有一个面目阴沉的男人，他穿一身很旧的黄布衣服，戴一顶棉帽子。

恐怖藏在细节里。

恐怖藏在巧合中。

开始，王响响害怕那只死鱿鱼。再后来，恐怖开始慢慢地往外延伸，一直到了千里之外——是谁给他寄来了红嫁衣？他觉得，看不见的恐怖才最恐怖。

这些天，他一直在想这些事。

他隐隐约约看到了一张模模糊糊的脸，像是女人，又像是男人。那张脸上有一对巨大的眼珠子，悬在半空，定定地看着他。

风毫无预兆地停了。

海面变得十分平静，一块块岩石在暗黑中张牙舞爪。海天之间，一片死寂，只有海浪拍打岩石的声音："哗啦，哗啦，哗啦，哗啦……"

王响响忽然看到了一艘船。

它仿佛是凭空冒出来的，静静地浮在海面上，一点点地飘向岸边。它的速度很慢，就像一个垂死的老人。

王响响直直地看着它，不知所措。

它终于飘到了岸边，搁浅了。

王响响慢慢地走了过去。

借着浅浅的夜光，他看见它大约有半米长，是一艘木船，两头尖，中间有一个船舱。船舱用布帘子挡着，不知道里面有什么。它是一个模型，很逼真。深更半夜，它为什么会出现在这里？

王响响四下看了看，附近没有人，就弯腰把它抱了起来。它很重，大约三十斤，可能是因为长时间浸泡在水里，它的底部有一层黏糊糊的东西，应该是水藻。

等了一阵子，没有人来找它。

王响响就把它抱回了家。

走在路上，他又开始想那些怪事。

他还不知道，这一切怪事都和他怀里的那艘船有某种黑暗的联系。

还没走到大门口，他就看见屋子里亮着灯。

来电了。

王响响觉得怪事又多了一件：电闸没跳，电工没来，为什么来电了？进了屋，他把那艘船轻轻地放到地上，开始画画。今天晚上，他必须把这幅画画完。他很投入，忘记了周围的一切。

夜一点点流逝。

月亮不知道从哪儿冒了出来，惨白的月光照到那艘船上，发出乌黑的光。它看上去有年头了，木头已经开始腐朽。窗户开着，风吹进来，吹起了船舱上的布帘子，里面有一个女人，穿一身红嫁衣，面无表情地盯着王响响的后背。她的脸很白。

王响响在画画。

他的心里一直不踏实。过了一阵子，也许是有神灵在提醒他，他回头看了一眼。

船舱上的布帘子已经落下了。

他扭过头，继续画画。

又有风吹进来，他忍不住打了个喷嚏。

背后也有人打了个喷嚏，应该是个女人。

王响响猛地转过头，背后空无一人。他确定自己没听错，也不是回声。可是，这间屋子里除了他，没有一个活物，是什么东西在背后打喷嚏？

他的心里一下就空了。

“王绳……”一个女人的声音突然响了起来。那声音很飘忽、很遥远、很阴暗、很空洞，完全不像是人类发出的声音。

王响响身上的鸡皮疙瘩一下就起来了——他认识王绳，还知道王绳七年前就已经死了。

深更半夜，是谁在喊王绳？

他僵僵地坐着，等待下文。

过了大约两分钟，那个女人又说话了：“救我……”这一回，她的声音更飘忽、更遥远、更阴暗、更空洞……

王响响打了个哆嗦，一下想起她是谁了。

她叫水波，是水纹的姐姐，七年前嫁给了王绳。王绳在镇上开了一家照相馆。那一年春天，他划着船，带着水波下了海，打算去一个小岛拍照片。他们走了之后，再也没有回来，仿佛从人间蒸发了。

村子里的人划着船，在海上找了他们七天，还把小岛翻了个遍，一无所获。

那一年，王响响还在外地上学，回来之后才听说这件事。

现在，他却听到了来自七年前的呼救声。

他盯着那艘船，越来越觉得它有些诡怪。他站起身，慢慢地走向它，蹲了下来。他屏住了呼吸，害怕船舱上的布帘子突然掀开，一只惨白的手伸了出来，一个女人木木地说：“救我……”

这不可能，它太小了，里面不可能藏着一个人。

王响响慢慢地掀起了布帘子。

他又打了个哆嗦。

他和她对视了一阵子，伸手把她拿了出来。她是一个木偶人，穿一身红嫁衣，脸白白的，脸上只有眼睛和嘴巴，没有眉毛和鼻子，显得十分怪异。

王响响觉得她穿的红嫁衣有些眼熟。仔细一想，头发一下就奓了——五个月前，他收到一个包裹，里面有一件红嫁衣，和她穿的红嫁衣一模一样，只是大小有区别。

这是怎么回事？

他怔忡了半天，轻轻地把她放了回去，放下了布帘子。他退回到凳子上，再也没有心情画画了。他扭过头看着那艘船，忽然感到它是一个不祥之物。更恐怖的是，它的肚子里还藏着一个更加阴森的木偶人，会说话。

恐怖一下子加倍了。

王响响没关灯，躺在了床上。回想起今天晚上发生的事，他觉得有点怪：以前，停电都是因为电闸跳了，这一次电闸没跳却停了电，十分反常。还有，那艘船早不出现，晚不出现，偏偏被他遇上了，这肯定不是什么好兆头。

他觉得，有人在背后操控着一切——停电只是一个幌子，那个人的目的就是把他引到海边，把那艘船抱回来。他甚至认为，如果停电之后他没去海边，那个人肯定还有后招。

他的心一点点沉了下去。

外面，一片死寂。

那一对绿幽幽的眼珠子还在大门外，不远离，不靠近。

这一夜无比漫长。

2. 夜宴

在扎两目村，天一黑，外面就没有人了，曲曲折折的石板路上空荡荡的。一栋栋红砖黑瓦的房子矗立在黑暗中，缺乏生气。

一个人提着一盏红灯笼，慢慢地走。

红灯笼摇摇晃晃，他的影子映在石板路上，忽长忽短。突然，他停了下来，猛地转过头，警惕地打量四周，还抽了抽鼻子。

背后什么都没有。

他继续走。

终于，他走到了海边，停住了。他站在一块岩石上，定定地看着大海，嘴里不停地念叨着什么。他的声音很小，听不真切，似乎是一首歌谣，又似乎是某种神秘的咒语。

红灯笼还在摇摇晃晃。

从远处看，像是某种生物的眼珠子。

突然，他停了下来，盯着一块岩石，警惕地问："谁？"

一个黑影闪了出来，从身形上看，是一个女人。

“叔，是我。”她轻轻地说。

“水纹？”

“是。”

“你在这里干什么？”

“叔，你在这里干什么？”水纹的语气有些冷。海风吹起了她的长发，在黑暗中乱蓬蓬地飘飞，透着几分诡异。

他沉默了一会儿，用一种十分悲凉的语调说：“我来看看王绳。”

“我来看看我姐姐。”她轻轻地说。

他叹了口气，说：“他们都回不来了。”

“我觉得，他们还能回来。”

“都过去七年了。”

停了一下，水纹慢慢地说：“我问过黄婶，她说今天晚上是一个特别的日子。”

“什么意思？”

“今天是阴历七月十五，鬼节，他们可能会回来。”

“你别听那个疯女人胡说八道。”

水纹看着黑乎乎的大海，自言自语地说：“也许，他们会用另外一种方式回来。”

他走了几步，举起红灯笼，照向她。她穿了一身大红的衣服，在黑暗中显得无比妖艳，几缕长长的头发遮在脸上，五官不清，脸色十分苍白。

“你怎么穿一身大红衣服？”他似乎吃了一惊。

“不行吗？”她的声音有些飘忽。

他没说话。

水纹借着红灯笼的光，也看着他。

那是一张苍老的脸，五官挤在一起，显得很拘束，皱纹比头发还多。其实，他才五十几岁。他常年不笑，表情阴郁。他叫王铁钉，是王绳的父亲。

他们静静地站着，不言不语。

十几米之外，有一对绿幽幽的眼珠子定定地看着他们，不远离，不靠近。这一幕和王响响看到的一模一样。

过了半晌，王铁钉说：“回去吧。”

“行。”水纹说。

他们朝不同的方向走了。

那盏红灯笼在黑暗中摇晃了一阵子，不见了。

此时，也就是他们走后大约半个小时，扎两目村停电了。王响响走出了家门，打算去配电室看看。

下午，王响响去镇上的邮局把那幅油画寄了出去。出了门，他碰见了邮递员，就是给他送红嫁衣的那个人，叫红旗，姓什么不知道。他把红旗拉到一边，说："我有件事儿问你。"

"你说。"红旗抱着一个大茶杯，里面的茶叶比水还多。

"五个月前，你给我送过一个包裹，你还记得吗？"

"记不清楚了。我每天都送很多包裹。"

"你帮我查一下，是谁给我寄的包裹，行吗？"

"怎么了？"红旗左右看了看，低声问："包裹里是什么东西？"

"一件衣服。"

"那你就穿着，不用管是谁寄的。"

"你帮我查一下，改天我请你喝酒。"王响响知道，红旗很爱喝酒，每天都喝。

"行。不过，时间太久了，不一定能查得到。"说完，红旗进了邮局。过了一会儿，他出来了，意味深长地看着王响响，半天没说话。

"怎么了？"王响响的心跳加快了。

红旗慢吞吞地说："他死了。"

"谁死了？"王响响吓了一跳。

"那个收件员。"

"怎么死的？"

红旗转过头，看着大海的方向，一字一顿地说："掉海里淹死了。"

王响响抖了一下。

线索就此断了。千里之外的那个人，把自己包裹得严严实实，没露出一点尾巴。

他去市场买东西，打算晚上请客。

有个老头，摆了个摊儿，给人算命。市场里有那么多人，他视若不见，只是盯着王响响。他的眼神有点怪，缺乏善意。还有一个小孩子，在妈妈的怀里一直哭，看见王响响，一下子就不哭了，仿佛看到了什么极其可怕的东西。

这个世界已经不正常了，王响响沮丧地想。他买了一些熟食，还有肉和青菜，心事重重地回了家。

晚上，王响响家很热闹。他请了四个人吃饭：水纹、王铁钉、黄婶和毛尖尖，都与那起失踪事件有关。他还请了木棉过来帮厨。木棉是他的邻居，丈夫死了，又没有孩子，一个人过日子。

毛尖尖大咧咧地坐下，大声问："大画家，怎么想起请我们吃饭？"他有一艘大渔船，是扎两目村最有钱的人。几年前，他追求过水波，没追上。

王响响笑了笑，给他倒茶，没说话。

黄婶低着头在屋子里转了三圈，坐到了一个黑乎乎的角落里。她的年纪大了，精神不太正常，成天说王绳和水波迟早有一天会回来。

水纹在屋子里站了一会儿，去厨房帮木棉做饭。

王铁钉蹲在门口，抬头看着天，不知道在想什么。

毛尖尖翻看着王响响的画，说："大画家，送我一幅画吧。"

"行，你随便挑。"

"这些我都不要。我有一张照片，你帮我画出来，行不行？"

"我看看。"

毛尖尖走过来，拿出手机，找到一张照片，让王响响看。

王响响看了一眼，打了个激灵。那是水波的照片，她穿一身红嫁衣，侧身对着镜头，正在上船。照片上还有一只手，一只关节突出的男人的手，五指张开，似乎想抓住什么，不知道是谁的手。

从构图的角度讲，那只手太大、太突兀，明显喧宾夺主了。看上去，那不是水波的照片，而是那只手的照片。

王响响问："这是谁的手？"

"王绳的手。"

"这张照片是你拍的？"

"是。"毛尖尖的神情变得有些落寞，又说，"你应该也知道，我喜欢水波。可是，她喜欢的人是王绳。那天，我正准备出海，看见她和王绳上船，就随手拍下了这张照片。没想到，这成了她的遗照。"

王铁钉突然扭过头，瞥了毛尖尖一眼，那眼神很冷。

"水波还活着！"黄婶冷不丁地喊了一嗓子。

"她在哪儿？"毛尖尖下意识地问。

黄婶伸出左手小拇指，指了指厨房，说："做饭去了。"她的手像鸡爪子一样干瘪。

毛尖尖不理她了。

王响响又看了一眼那张照片，顿时觉得它有一股死亡的气息。他想了想，说："行，我帮你画出来。"

"多少钱？"

“乡里乡亲的，不要钱。”

“那不行，我不能让你白忙活。”毛尖尖从随身带的包里拿出一沓钱，放在了茶几上，差不多有一万块。

“用不了那么多。”

“对了，你为什么请我们吃饭？”毛尖尖岔开了话题。

王响响的眼睛里闪过一丝恐慌，说：“先吃饭，吃完饭再说。”

过了一阵子，水纹和木棉做好了饭菜，摆在桌子上，招呼大家吃饭。饭菜很丰盛，有荤有素有汤，还有两瓶很贵的白酒，是毛尖尖带来的。

他们都坐下了，一边吃，一边聊村子里发生的事。王铁钉一声不吭，只是埋头喝酒。黄婶也不说话，专心吃肉。吃喝了一阵子，王响响切入了正题：“昨天晚上，我在海边捡到了一个东西。”

“什么东西？”毛尖尖问。

王响响起身，去里屋把那艘船抱出来，轻轻地放到了桌子旁边的地上。

屋子里顿时鸦雀无声。

“咣当”一声，王铁钉的酒杯掉在了地上。

“这是王绳划的那艘船！”他愣愣地说。

“这是我姐姐坐的那艘船！”水纹几乎是异口同声地说。

“只是小了点。”毛尖尖补充了一句。

黄婶直直地盯着那艘船，表情十分惊恐。

木棉没什么反应，一副事不关己高高挂起的表情。其实，她和那艘船是有关系的。七年前，她的丈夫帮忙寻找王绳和水波，回来后生了一场怪病，不吃不喝，没白没黑地尖叫，很快就死了。据说，他死的时候表情十分惊恐，眼睛睁得很大，似乎是看到了什么极其可怕的东西。

王响响仔细观察着每一个人。他怀疑那艘船是他们其中一个人搞的鬼——别人和王绳、水波失踪事件没有一丝一毫的关系，犯不着装神弄鬼吓唬他。问题是，他也是一个局外人，为什么会被卷入其中？

“船舱里还有一个人。”王响响说。

“谁？”毛尖尖一怔。

王响响弯下腰，把那个木偶人拿了出来，放到桌子上。

“是我姐姐！”水纹一声惊呼。

王响响看着木偶人，心有余悸地说：“它还会说话。”

毛尖尖明显吃了一惊：“它说什么了？”

停了一下，王响响模仿着它的语调，一字一字地说：“王绳，救我。”他的声音有一股灵异之气，在沉寂的屋子里飘飞，十分瘆人。

王铁钉的脸色一变，猛地站起身，一言不发地走了。

沉默了一会儿，毛尖尖说："木偶人不会说话，你肯定是在吓唬我们。"

"它会说话！"黄婶冷不丁地插了一句。

她伸出左手小拇指，指着桌子上的木偶人，怪腔怪调地说："它就是水纹呀。"

她弄错了，那个木偶人是水波，不是水纹。水纹的脸色一点点地变白，慢慢地站起身，慢慢地走了。毛尖尖一直看着她的背影，表情十分复杂。

木棉说："这东西不吉利，收起来吧。"

王响响扫了他们一眼，把木偶人放回船舱，又把那艘船抱回了里屋。他坐回去，不动声色地问："你们说，那艘船是哪儿来的？"

没有人说话，似乎谁先开口谁就和那艘船扯上了关系。

王响响心里的疙瘩更大了。

"吃饱了！"黄婶突然喊了一嗓子。她总是这样一惊一乍，挺吓人。

其他人都看着她。

黄婶用袖子抹抹嘴，走了。走到门口，她又停了下来，背对着他们说："天黑了，别出去乱走。睡觉了，关好门。有人喊你们，别应声。"说完，她又站了一会儿，佝偻着身子走了。

沉默了半天。

毛尖尖干咳两声，说："很晚了，散了吧。"

"你把照片发给我，我给你画出来。"王响响说。

"行。"

"只画水波，还是把那只手也画上？"

毛尖尖想了想，说："都画上吧。"

"行。"

毛尖尖站起身，匆匆走了，似乎有什么急事。

屋子里只剩王响响和木棉两个人。

外面又起风了，大门"咣当咣当"地响，关上，打开，关上，打开，似乎有什么东西在进进出出。

王响响说："今天真是麻烦你了。"

"我也要回去了。"木棉坐着没动。

"你慢走。"

"外面很黑。"

王响响明白了，站起身说：“我送送你。”

其实，他们两家相距只有二十米。出了大门口，木棉停下了。她的家在东边，门口有一棵老柳树，树干上长满了怪模怪样的疙瘩，枝丫弯弯曲曲，缺乏生气。十几米之外，有一对绿幽幽的眼珠子定定地看着他们，不远离，不靠近。

“那是什么？”木棉有些胆怯地问。

王响响说：“可能是野狗。”

“它咬人吗？”

“它又不是疯狗，不咬人。”

“它为什么一直不走？”

“我也不知道。”

木棉站在黑乎乎的墙根儿下，低声说：“其实，我之前就见过那艘船。”

“在哪儿见过？”王响响一怔。

她左右看了看，说：“昨天半夜，我起床去厕所，听见外面有脚步声，就透过门缝往外看。”她停了一下，用极低的声音说：“我看见王铁钉抱着那艘船，去了海边。他还提着一盏红灯笼，特瘆人。”说完，她转过身，一步步走向了黑暗中。她的脚步很轻，似乎是害怕惊动了什么。

是王铁钉搞的鬼？

王响响站在大门口，半天都在想她的话。

3. 身边有个鬼

手机响了。

王响响拿起来，看见是毛尖尖发过来的照片，下面还有一句莫名其妙的话：刚才你身边有个鬼。

这是什么意思？

王响响有些害怕，和那句话有一半关系，还因为那张照片——它变成了黑白的，上面的红嫁衣却保持原样，比血还红，显得十分突兀。

他给毛尖尖打电话，打算问明白。

毛尖尖关机了。

也许，是他喜欢这种风格，王响响想。他盯着照片看了一阵子，构思好画面，坐到画架前，开始勾画底稿。对于大多数人来讲，夜深人静是一天的结束。

他不一样，那是他一天的开始。

桌子还没收拾，一片狼藉。

那艘船老老实实地待在里屋，一声不吭。

王响响的心里一直不踏实，在想那句莫名其妙的话：刚才你身边有个鬼。谁是那个鬼？刚才，木棉坐在他的右边，王铁钉坐在他的左边。再想想木棉说过的话，王响响终于把怀疑的目光对准了王铁钉。

王铁钉是个鬼？或者说，是王铁钉在搞鬼？那么，他的动机是什么？他的儿子死了，准确地说，是生不见人死不见尸。可是，那只是一起意外事故，怪不得别人，他没理由装神弄鬼吓唬别人。

难道那不是一起意外事故？王响响的脑子里冷不丁地冒出一个可怕的念头。很快，他又否定了这种想法。王绳和水波是在海上出的事，那里除了海风和海水，什么都没有，谁会害他们？谁又能害他们？

事情越来越深邃了。

想不明白的事暂且放到一边，王响响又开始思考另一个问题：他为什么会卷入其中？他和那起意外事故没有一点关系。前面说过了，当时他还在外地上学。

这个问题更深邃。

还有一个疑问：那个木偶人为什么会说话？

这个问题也许能弄明白。毕竟，那个木偶人就在他手上。他站起身，去里屋抱出那艘船，放在地上，又找来钳子和螺丝刀，打算拆了它。他把那个木偶人拿出来，用螺丝刀敲了敲，发现它的肚子是空的。

这里面一定有鬼，他想。

王响响和它对视着。

它的脸很白，眼珠子很黑，嘴巴很红，一点都不喜庆。

王响响拿起钳子，要动手了。

它似乎预感到了什么，突然唱起了歌：

妈妈看好我的我的红嫁衣
不要让我太早太早死去
妈妈看好我的我的红嫁衣
不要让我太早太早死去
夜深你飘落的发
夜深你闭上了眼
……

它的声音很空洞、很飘忽，曲调十分怪异，阴暗而虚无，听了让人汗毛直竖，极不舒服。

王响响呆呆地看着它，脑子里一片空白，吓蒙了。

歌声戛然而止。

他的手一抖，它掉在了地上，滚了几下，仰面躺着不动了，斜着眼睛看他。他慢慢回过神儿，捡起它，脱下红嫁衣，发现它的背后有个盖子，打开，里面是一部很小巧的手机。木偶人不会唱歌，不会说话，不会咳嗽，手机会。

王响响拿着手机查看了一阵子，发现了其中的奥秘：是闹钟在响。手机里一共设置了二十多个闹钟，按时间排序如下：

8月29日零点十分，闹钟铃声是一声喷嚏。

8月29日零点十一分，闹钟铃声是一个女人说的一句话，只有两个字：王绳。

8月29日零点十三分，闹钟铃声是一个女人说的一句话，只有两个字：救我。

8月30日零点三十七分，闹钟铃声是一首歌，歌名是《红嫁衣》。

8月30日三点十一分，闹钟铃声是一声女人凄厉的尖叫。

8月31日三点二十六分，闹钟铃声是一个男人粗重的喘息声。

9月1日零点四十九分，闹钟铃声是一阵磨牙声。

……

如果王响响没有发现木偶人的秘密，恐怖还会继续。他继续查看手机，发现里面除了闹钟，什么都没有。他甚至认为，就算是把手机拿去检测，在上面也找不到任何指纹。

他没有心情画画了，躺在床上，思前想后。

首先，他排除了恶作剧的可能——有这么复杂这么诡异的恶作剧吗？而且，还搭上了一部手机。那是一部名牌手机，看上去是新买的。如果只是想吓人一跳，犯不着如此破费，如此大费周章。

他认为，一定是在某件事上他得罪了某个人，所以才会遭遇这一切。问题是，他不知道那是什么事、什么人。

手机突然响了。

王响响吓得打了个激灵。

还好，是他的手机。

“什么事儿？”他接了起来，是水纹的电话。

水纹沉默了两秒钟，说：“你能出来一趟吗？我有事儿跟你说。”

"没问题。在哪儿？"

"村子北头，祠堂门口。"

王响响迟疑了一下，问："你怎么去那里了？"

"这里没有人。"

"什么事儿电话里不能说吗？"

"电话里说不清楚。"

"行，你等我一下。"

挂断电话，王响响穿上一件衣服，匆匆往外走。出门之前，他回头看了一眼那个木偶人。它趴在地上，后背有一个窟窿，表情不详。他不再理它，关上灯，出去了。黑暗中，那个木偶人一动不动地趴着，始终没再搞鬼。

王响响一个人走在路上。

距离祠堂还有二里路。

他不知道水纹找他干什么。不过，他能确定一点，肯定与爱情无关——没有一个正常人会去阴森恐怖的祠堂门口谈情说爱。

他一边走，一边回头看。这一次，那一对绿幽幽的眼珠子没跟着他。也许，它去别的地方谈情说爱了。野狗也有爱情。

很远的地方，有一只鸟在叫，叫声极其难听。

王响响缩了缩脖子，感到有点冷。

脚下的这条路是去年村子里的人凑钱修的，笔直而平坦。路两边种了柳树，长势不太好，有些已经干枯了，死气沉沉的。

前面是一片坟地，埋着扎两目村所有死去的人。王响响的父母也在那里。坟地周围有很多高大的松树，密密匝匝，看上去无比幽深。

王响响越走越害怕了。他吹起了口哨，掩饰着内心的恐惧，强迫自己不去想坟地，不去想那些阴冷的怪事。

这一招不管用。

他就小跑了起来。

终于，他看到了幽幽的黄光，那是祠堂门口的灯。他加快速度，跑过去，发现祠堂门口空无一人，只有高高的红砖墙，墙根下荒草齐腰深，阴森，怪异。

王响响掏出手机，给水纹打电话。

"你在哪儿？"他问。

"你在哪儿？"水纹问。

"我在祠堂门口。"

"刚才等不到你，我就往回走了。你等我一会儿，我再回去。"

“我也去找你，咱们半路见。”

“行。”

王响响又往回走。他毫无缘由地想起了一道小学生经常做的数学题：一条马路长1000米，甲、乙二人同时出发相向而行，甲每分钟走100米，乙每分钟走80米，他们几分钟后能相遇？

王响响很快就算出来了：5分钟多一点。

也就是说，5分钟以后，就能看见水纹了。

老天似乎偏要和他作对，怪事又出现了：他走了10分钟，都走到路的尽头了，还是没看见水纹。

这是怎么回事？

他又给水纹打电话，急促地问：“你在哪儿？”

“我又走到祠堂门口了，你在哪儿？”水纹的语气也有几分焦急。

王响响身上的鸡皮疙瘩一下就起来了——今天晚上外面不是很黑，这条路又很窄，他们擦肩而过，却没有发现对方……

“我从祠堂门口走到村子里了。”他呆呆地说。

水纹不说话了，肯定是意识到了什么。沉默了半天，她轻飘飘地说：“算了，回去吧。”

“那件事儿你不说了？”王响响问。

她又沉默了一会儿，说：“昨天晚上，我在海边看见了王铁钉。”停了一下，她又说，“你捡到的那艘船，可能和他有关。”

她挂断了电话。

又是王铁钉。

王响响心事重重地往家走。他一边走，一边回头看，后面什么都没有。其实，他也不知道自己为什么要回头看，要看什么，那只是下意识的动作。

还好，一路无事。

站在大门口，王响响掏出钥匙准备开门。

墙根下的阴影里突然冒出一个人，距离他不到两米，僵僵地站在那里，表情不详。

“谁？”王响响吓了一跳。

“我。”是王铁钉。

“你干什么？”

“我找你有事儿。”

王响响忽然意识到，他一定是察觉到了什么，找上门来了。他陡然感觉到了危险，虚虚地问：“什么事儿？”

“那艘船的事儿。”

“什么事儿？”

“是不是有人说我什么坏话了？”王铁钉冷冷地问。

王响响心里一紧，支支吾吾地说：“没，没有。”

王铁钉叹口气说：“我知道，肯定有人以为是我在搞鬼。”

“为什么？”王响响试探着问。

王铁钉突然往前走了两步，四处看了看，然后神秘地说：“他们的话，你千万别信。”

“为什么？”

“我怀疑是他们中的某个人在搞鬼。”

搞鬼的人说其他人在搞鬼，这下更复杂了。王响响想了想，问：“是谁？”

“水纹。”

“水纹？”

“昨天晚上，我在海边看见她了。她穿一身大红衣服，表情很古怪。”

“你是说，我捡到的那艘船是水纹搞的鬼？”

“对。”

“她为什么要这么做？”

王铁钉压低了声音说：“水纹可能已经不是水纹了。”

“什么意思？”王响响愣了一下。

“她可能是水波。”王铁钉一字一字地说。

王响响的心里一冷，惊恐地想：怪不得他和水纹擦肩而过都没看见她，原来她已经不是她了。他又问：“为什么是我捡到那艘船？我和那艘船一点关系都没有。”

“不，你和它有关系。”王铁钉很确定地说。

“什么关系？”

“你很快就知道了。”

“我现在就想知道。”

“记住，除了我，你不要相信任何人的话。”王铁钉岔开了话题。

“为什么？”

王铁钉没回答，转身走了。

王响响的脑子里乱极了，不知道该相信谁的话。最后，他决定谁的话也不信。他进了家，首先打开了灯。那个木偶人还趴在地上，姿势没变。不知道为什么，他总怀疑刚才木偶人一直在屋子里来回踱步，亮灯前的一瞬间，它迅速趴下了。

王响响拿起木偶人，连同那部手机一起塞进船舱，又抱起那艘船，去了海边。他打算扔掉它。眼不见为净。

大海在几百米之外，黑着脸，等着他。

4. 另一件怪事

王响响遇到的事太诡怪，三句两句说不清，先放到一边。

说另一件怪事。

这件怪事和这个故事似乎有点关系，又似乎没有关系。不过，我还是决定把它写出来，因为它是毛尖尖的真实经历。

一年前，毛尖尖去县城看演唱会。

他们的县城很小，一年到头也来不了几个明星。这一次不一样，一下来了六个，都是有头有脸的角色。其中，有一个女明星的嗓门儿挺高，毛尖尖很喜欢听她的歌。他提前半个月就买了票。

看完演唱会，夜已经深了。

他开着车，往家赶。

县城距离扎两目村有四十公里。出了县城，路两边就没有路灯了，路上很黑，很冷清。毛尖尖心情愉快地开着车，一直在想那个女明星的一举一动，一笑一颦。

过了一阵子，他发现竟然走错路了。他有些蒙：这条路他至少走过一百次，从没出过错，为什么这一次就走错了？

也许，是因为走神儿了，他想。

他放慢了车速，观察四周。

这里应该是一个村子，没有灯光，黑咕隆咚的。周围有一些低矮的房子，都很破旧。路很窄，两旁是高大的白杨树，树干上的疤痕像一只只眼睛一样，冷冷地盯着他。

虽然是夏天，毛尖尖却感到一股寒意。

又驶出一段路，他看见路边出现了一个公交车站牌。一根木桩，上端钉着一块木头牌子。它很老了，油漆大都已经脱落，上面有一个数字：14。毛尖尖觉得这个数字有些丧气，不吉利。

驶过公交车站牌，毛尖尖下意识地看了一眼后视镜。站牌下出现了两个人，一男一女，都耷拉着脑袋。远处，一辆车正驶过来，车灯很刺眼。他猛踩刹车，车子停住了。他感觉那两个人很眼熟。

那辆车在站牌旁边停下来，没熄火。车窗里伸出一只苍白而干瘦的手，一下一下地招着，跟招魂儿似的。那一男一女上了车。那辆车抖了两下，开动了。

毛尖尖紧张地等待着。

很快，那辆车驶了过来，是一辆面包车，灰色的，五成新。

它一闪而过。

毛尖尖还是看见了一张侧脸，一张苍白的侧脸。时间太短，他没看清她的五官。那应该是一个女人，穿一身大红衣服，坐在副驾驶座上。

毛尖尖想了想，又感觉那张侧脸有些眼熟。他努力地想了半天，也没想起她是谁。他觉得，今天晚上有点邪门，老是看见似曾相识的人。

他猛踩油门，跑了。

一路上，他不时看一眼后视镜，生怕再看到一个似曾相识的人。

终于，他找到了回家的路。

一路平安。

毛尖尖回到家，已经是夜里两点了。他的房子是新建的，四层楼，只住着他一个人，显得很空旷。他很累了，躺在空荡荡的大床上，似睡非睡。忽然，他听见有人喊他的乳名，是个女人。

他一下就醒了，竖起耳朵听。

那声音又消失了。

他以为听错了，又闭上眼睛睡觉。就在他马上要睡着的时候，那个声音又响了起来。这一次，他听清楚了，声音在大门外。他下了床，走到大门口，小声地说："谁？"

大门外的人不搭腔。

他犹豫了一下，拉开了门。

大门外站着两个人，一男一女，都耷拉着脑袋。他们慢慢地抬起了头，是王响响的父母。他们的脸上都有伤，鲜血从额头流下来，一直流到了嘴角……

他一下就醒了。

他快三十岁了，第一次梦到王响响的父母，不知道是为什么。他再也睡不着了，仰面躺着，大脑快速转动，寻找原因。想着想着，他的头皮一阵发麻——站牌下那一男一女，就是王响响的父母！

他觉得这不是一个好兆头。

果然，第二天下午，他就听说了王响响父母的死讯。他们乘坐的那辆面包车，被一辆侧翻的大货车压成了铁饼，他们也成了肉饼。还死了一个人，是司机。那个脸色苍白的女人不在车上。

毛尖尖打听了很久，没人知道她是谁。不过，他打听到了事情的来龙去脉：王响响的父母去一个亲戚家串门，离开的时候太晚了，亲戚打电话叫了一辆黑车，送他们回家，路上出了车祸。

后来，大货车司机赔给王响响一笔钱。

毛尖尖不关心那是多大一笔钱，脑子里被王响响父母的死塞满了。他感觉很内疚。那天晚上，他如果上去和他们说两句话，哪怕是几秒钟，他们乘坐的面包车就不会被大货车压成铁饼。

几秒钟，就能决定生死。

王响响的父母肯定也这么认为，否则，他们不会钻进他的梦里，喊他的乳名。他们已经变成了一种没有实质的东西，无处不在，无所不能。

从那之后，毛尖尖的心一直悬着。

这件怪事说完了。

你可能已经看出了什么，千万别害怕。我还要告诉你，你看到的并不一定是真相，那可能是一个错误的指示牌，负责把你引入歧途。

好了，继续说王响响。

王响响觉得扎两目村上空笼罩着一片诡怪之气，他自己时刻处在某种危险当中，随时都有可能出事。他决定把这一切弄个水落石出。不为别人，只为自救。

他认为，一切怪事都和七年前那起失踪事件有关。

问题是，他对那件事一知半解。

他决定出去打听打听。

阴天，整个世界都是暗的，毫无生气。

王响响抬头望天上。乌云很矮，很近，似乎随时都会化成雨掉下来。可是，它老是板着脸，表情始终没有变化，让人感到很压抑。

他在村子里慢慢地走。他穿过四条胡同，走过二十多户人家，竟然没看到一个人。平时很热闹的小超市今天没开门，小广场上也是空荡荡的。

这个世界怎么了？

他又去了海边。

有个人蹲在滩涂上，可能是在挖蛤蜊。从背影上看，是王铁钉。

王响响想了想，决定过去找他聊聊。

海边的风很硬，有一股腥味。

一只水鸟飞了起来，在他的头顶上叫个不停，似乎是在阻止他。

“挖蛤蜊呢？”王响响问。

他回过头看了一眼，说：“对，挖蛤蜊。”他拿着一个自制的铁耙子，一下下地扒拉着，偶有收获。他的身边有一个小塑料桶，里面有一些蛤蜊，大约两三斤。

王响响发现，不管是说话，还是挖蛤蜊，王铁钉的眼神都很警惕，仿佛周围有什么东西在看着他。

“我想问你件事儿。”他开门见山。

“什么事儿？”王铁钉站了起来。

“昨天晚上，你说的话我没听懂。”

“哪句话？”

“你说我和那艘船有关系。”

“对。”

“有什么关系？”

王铁钉看着他，半天没说话。

“有人说，那艘船是你的。”王响响豁出去了。

王铁钉像木头一样毫无反应。过了一会儿，他平静地说：“他们的话，你千万别信。”

“为什么？”

“我怀疑是他们中的某个人在搞鬼。”

“是谁？”

“水纹。”

这些话他们昨天晚上已经说过了，王响响不想再纠缠下去。他又切回到刚才的问题：“你说，我和那艘船有什么关系？”

“你不知道？”王铁钉一步步走近他，眼神慢慢地变冷了。

“不，不知道。”王响响有些慌乱，后退了两步。

王铁钉定定地看着某个方向，表情有些犹豫。过了半天，他终于开口了，声音很轻：“你要是和那艘船没关系，你父母就不会死了。”

王响响一下就蒙了。

王铁钉拎起小塑料桶，走了。

一阵风吹过来，王响响感到有点冷。他站在原地，一直看着王铁钉慢慢走远。他的脑子里很乱，一直在想那句话：你要是和那艘船没关系，你父母就不会死了。难道父母是因他而死？难道那不是一次意外事故，而是一场精心设计的谋杀？

那太可怕了。

有人喊他。

王响响回过头，看见水纹正走过来。

“你怎么在这儿？”水纹问。

“找我有事儿？”王响响的精神不太好，还在想那句话。

水纹看着王铁钉已经远去的背影，轻轻地问：“刚才，他和你说什么了？”

“谁？”王响响还没回过神。

“王铁钉。”

王响响想了想，说：“随便聊了几句。”他已经不相信任何人了。

水纹也不再问，换了一个话题：“昨天晚上那件事儿，你怎么看？”她的眼睛里闪着异样的光，直直地盯着王响响。

王响响避开她的目光，心不在焉地说：“可能是我走错路了。”他的态度很明显——不想谈昨天晚上发生的事。

水纹柔柔地笑了笑。

王响响觉得她的笑很熟悉，想起了他们小时候，她站在大门口喊他出去玩，就是这样笑的。这一刻，他又认为她就是水纹，不是水波。

由此可见，笑容对一个人是多么重要。

“你找我什么事儿？”他问。

“我想跟你聊聊那艘船。”

“我已经把它扔了。”王响响盯着她的眼睛，又说，“船舱里有个木偶人，木偶人的肚子里有部手机，会打喷嚏，会说话，会唱歌，你说奇怪不奇怪？”

水纹不动声色地说：“肯定是有人在搞鬼。”

“你觉得那个人是谁？”

“你觉得呢？”

“我不知道。”

水纹静静地看着他，忽然说：“你处在危险当中。”

王响响打了个激灵，追问：“什么危险？”

她看了看四周，轻轻地说：“凡是和那件事儿有关的人，都难逃一死。你算一个，我也算一个，还有木棉的丈夫和你的父母。”

王响响震惊了，半晌才问：“哪件事儿？”

“王绳和我姐姐失踪那件事儿。”

“我和那件事儿又没关系。”

“不，有关系，只是你不知道而已。”

“什么关系？”

“我也不知道。”水纹扭头看着大海，喃喃地说，“我觉得，很快就有答案了。”

王响响也看着大海。

静默。

“你把那艘船扔哪儿了？”水纹问。

“扔到大海里了。”

“它肯定还会回来。”

王响响没说什么。

水纹用一种很凄凉的语气说：“它是一艘索命的船，扔不掉。”停了一下，她又说了一句，“他们已经回来了。”她说的也可能是“它们”，那种没有实质却令人毛骨悚然的东西。

王响响的身体一下就冷了。

5. 谋杀

在海边，水纹讲述了她遇到的怪事。

前面说过了，她在市里一家报社上班。那是一家晚报社，发行量不小。她是一名采编记者，每天都在大街小巷里穿梭，收集一些家长里短的新闻，忙得焦头烂额。

她都没有时间谈恋爱。

偶尔不忙的时候，她就躲在家里睡觉，能睡多久睡多久，睡醒了也不起床，蜷缩在被窝里上网，或者看一本书。

有一天晚上，她上网买了一件衣服。

那是一件波西米亚风格的蓝色长裙，很飘逸。

第二天晚上，有人给她打电话，让她下楼拿快递。当时，已经是晚上九点多了。她经常上网买东西，从没遇到过这种情况。

在小区门口，她看见了一辆红色的摩托车，旁边有一个戴头盔的男人。他双手托着一个包裹，僵僵地站着。

“我是水纹。”她走过去说。

他僵僵地把包裹送了过来。

水纹看了一眼快递单，是一家她从没听说过的快递公司，寄件人一栏空白。她等了几秒钟，又说：“不用签收吗？”

他用手转了转头盔，似乎是摇头的意思。

这个动作让水纹身上一冷，转身匆匆离开了。走进小区，她回头看了一眼，那个男人还站在原地，五官藏在头盔里，表情未知。

回到家，她拆开包裹，里面是一件大红的衣服，叠得很整齐，看不出式样。她的心莫名地狂跳起来。慢慢地抖开衣服，她的心冷了。那是一件红嫁衣，和她姐姐出事的时候穿的那件红嫁衣一模一样。

她害怕那件红嫁衣。

她觉得，它就是水波。

第二天上班的时候，水纹一直打不起精神。下了班，她心事重重地往停车场走。走着走着，她停了下来，想起车子坏了，她是坐公车来的单位。

一个花盆从天而降，砸在了她的停车位上。

她抖了一下，差一点瘫倒在地——花盆掉落的地方，就是她平时上车的地方，如果她今天开车上班，那么她现在已经是一具尸体了。

她抬头往上看。

只有一个个空荡荡的露天阳台，看不到一个人。

很显然，有人想杀她。

这个人躲在暗处，精心设计了一场看似是意外事故的谋杀。可惜，人算不如天算，他（她）没得逞。

水纹相信，他（她）肯定还有后招。她认为，那件红嫁衣只是一个引子，就像一块幕布，只要打开它，恐怖就会上演，按部就班，一丝不苟，直至剧终。

是谁在幕后导演了这出戏？

水纹不知道。

因为不知道，她更加害怕。她请了长假，回到了扎两目村。她隐隐约约地觉得，是扎两目村的某个人躲在暗处设计了这一切。

水纹和王响响一样，也是一个人住。她的父母在她很小的时候就去世了，她一直和姐姐相依为命。

回到扎两目村的第一个晚上，她做了一个梦。

那个梦是红色的：红色的嫁衣，红色的盖头，红色的指甲，红色的嘴唇，红色的绣花鞋，红色的喜字，红色的木船。

那艘红色的木船，竟然没有船底。

她穿着红嫁衣，盖着红盖头，轻飘飘地浮在船上，下面是红彤彤的水，像血一样黏稠。也许是因为红盖头太厚了，她有一种窒息感。

船搁浅了。

她下了船，掀起红盖头，四下看。

这里是一个荒岛，到处都是诡艳的红花。花丛中，有一栋砖砌的老房子，窗户里透出红艳艳的光。窗台上，放着一个白白的东西。

她走过去，看见那是一个头骨，上面的肉早已腐烂没了，长长的头发却完好地保存了下来，还被编织成一条围脖的形状。她看出来了，是单元宝针法。旁边放着两根很粗的毛衣针，黄铜的。

她看了一阵子，进屋了。屋子里点着一根胳膊粗的红蜡烛。有一张很大的木床，刷了红漆。床上的被褥也是红色的，绣着白色的花。

她在床边坐下来，等着新郎掀起她的红盖头。

等了很久，不见人。

她掀起红盖头，看见一个男人低着头坐在蜡烛旁边，把那个头骨抱在怀里，拿着毛衣针，用头骨上的头发笨拙地织围脖。过了一会儿，他似乎察觉到了什么，慢慢地抬起头，木木地看着她。

是王绳。

她一下子就醒了。

她不知道这个梦预示着什么。

王响响当然也不知道。

海边的风变大了。风里夹杂着一些黑色的纸灰，那是活人送给死人的钱。黄婶从一块岩石后闪了出来，挎着一个竹篮。她盯着水纹，眼神不太友好。

对于扎两目村人来说，黄婶就是恐怖的化身。

她天天无声无息地坐着，无声无息地走路，无声无息地出现在你面前，却不和你说话，也不笑，只是无声无息地盯着你。她无处不在。她知道所有人的秘密。

水纹拉了拉王响响，小声说："咱们走吧。"她似乎有点怕黄婶。

王响响没说什么，跟着她走了。

他们一前一后，保持三米左右的距离。王响响发现水纹的背影很好看。当然了，从正面看，她也很好看。他在心里问自己：你愿意让水纹做你的女朋友吗？

他当然愿意，虽然他觉得水纹有点怪。

问题是，水纹可能不愿意做他的女朋友。

他决定找个机会问问她。

“去我家里坐坐？”水纹回过头问。

“好。”他立刻说。

打开院门，王响响看见院子里长满了杂草，一米多高，看上去很荒凉。

“你该除除草了。”王响响说。

“又没打算常住，懒得动手。”水纹看着他，又说，“要不，你帮我除除草？”

“行。”

“我可不给工钱。”水纹笑着说。

“管饭就行。”

“我的厨艺不太好。”

“做熟就行。”

进了屋，水纹给他泡茶。

王响响四下看。自从水波出事之后，他就没再进过这间屋子。

屋子里还是老样子，有一组组合柜，上面放着一台过时的电视机，还有一张简易沙发和玻璃茶几。墙上挂着一个镜框，里面有不少照片。水波也在里面，穿一身白裙子，不声不响地看着前方。

水纹把茶杯放在茶几上：“茶叶不好，你别介意。”

“你太见外了。”王响响笑了笑说。

水纹看着他，很认真地说：“是你太见外了。”

王响响一怔，随即明白了。他的大脑快速转动着，思考水纹和王铁钉谁更值得信任。当然是水纹。他想了想，说：“有人告诉我，说那艘船是你搞的鬼。”

“是王铁钉？”水纹很平静地问。

王响响没否认。

“他还说什么了？”

“他说你不是你，是水波。”

水纹沉默了一会儿，突然问：“你了解王铁钉吗？”

“怎么了？”

“很多年以前，他坐过牢。”

“是吗？”王响响一愣。

“流氓罪，判刑七年。”

王响响诧异了。他无论如何也想不到，看上去老实巴交的王铁钉竟然是一个流氓。在他的印象里，流氓的长相和言行举止都很张扬。

"你怎么知道这些事儿？"他问。

"托朋友打听到的。"

"你在调查他？"

"对。"

"为什么？"

水纹的眼睛里闪过一丝惊恐："他要杀人，杀很多人，包括你和我，还有木棉的丈夫和你的父母。"

"他为什么要杀人？"王响响吓了一跳。

水纹想了半天，慢慢地说："或许，他认为是我们这些人害死了王绳。"

"我不明白。"

"王绳和我姐姐出海那天，木棉的丈夫也在海上打鱼。王铁钉肯定认为他没有救他们，他们才出了事儿。"

王响响又问："我父母和那件事儿也有关系？"

"对。"

"什么关系？"

"王绳出事儿前，找你父亲修过船。王铁钉肯定认为是你父亲没把船修好，王绳才出了事儿。"

王响响沉默了。他的父亲会一点木匠手艺，经常帮村子里的人修船。过了一会儿，他又问："你和那件事儿有什么关系？"

水纹的神情变得很古怪，半晌才说："他们拍照的地点是我给选的。"

"我和那件事儿有什么关系？"

"你真不知道？"

"真不知道。"

"你仔细想想。"

王响响仔细地想了半天，沮丧地说："我实在想不起来我和那件事儿有什么关系。"

水纹喃喃地说："可能是王铁钉认为你的父母害死了王绳，所以迁怒于你。"

"不对。在海边，我和他聊了几句。听他的意思，是说我父母因我而死，是我先做错了某件事儿，连累了我父母。"

水纹皱着眉头，半天没说话。

王响响又问："你说木棉丈夫和我父母的死与王铁钉有关，有证据吗？"

"现在还没有。"

王响响低下头，思前想后。

沉默了一阵子，水纹突然说："你收到的那件红嫁衣，是王铁钉寄给你的。"

王响响猛地抬起头，看着她。

6. 丢不掉的红嫁衣

王响响去了趟镇上。

水纹说，几个月之前，王铁钉在镇上的一家裁缝店定做了两件红嫁衣，一件寄给了她，另一件寄给了王响响。水纹还说，王铁钉要制造一系列的恐怖事件，让害死王绳的人在惊恐中死去。

王响响有一个问题想不明白：事情都过去七年了，王铁钉为什么现在才动手？

这个问题水纹也无法解释。

王响响打算再去裁缝店问问。

他毫无头绪，只能从裁缝店开始着手调查。

裁缝店开着门，门口竖着一块木头招牌，用青石板压着。

王响响走了进去。

店主是一个中年男人，大家都叫他老吴。他正趴在案子上，在一块绸布上画线。那块绸布是蓝色的，上面印着各种字体的寿字。

王响响咳了两声。

老吴回过头，盯着他手里的包，问："做什么衣服？"

"我先看看。"王响响说。

"行，你看吧。"老吴转过身，继续忙活。

"忙什么呢？"王响响凑过去问。

老吴没抬头："你们村的老周死了，我给他做身寿衣。"

"什么时候死的？"王响响一怔。

"前天晚上。"

王响响心里"咯噔"一下：前天晚上，他捡到了那艘船，老周的死难道和它有关？停了一下，他又问："老周是怎么死的？"

老吴手上的动作突然停了下来，怔怔地说："一下就死了。"

"什么意思？"

"不明不白地就死了。"

王响响心里的疙瘩更大了。他打开包，拿出那件红嫁衣，问："这件衣服是不是你做的？"

老吴拿过去看了看，说："是我做的。"

"给谁做的？"

"你们村的王铁钉。"

"做了几件？"

"两件。"老吴盯着他，"是不是出什么事儿了？前几天，你们村的水纹也来问过，她手上也有一件红嫁衣。王铁钉把红嫁衣送给了你们？"

王响响没说什么。

老吴似乎察觉到了什么，就不再问了。

此时此刻，水纹走出了家门。她在大门口徘徊了一阵子，有点魂不守舍，似乎是在等什么人。她不知道，有一双阴冷的眼睛，一直在盯着她。那双眼睛长在一张苍老的脸上，和其他器官挤在一起，显得很拘束。

过了一阵子，毛尖尖开着车来了。

水纹左右看了看，上了车，车子很快就开走了。

几年前，毛尖尖喜欢水波。现在，他把对水波的爱转移到了水纹身上，正在疯狂地追求她。水纹的态度有些暧昧，不说行，也不说不行。

毛尖尖开着车，很快到了那片盐碱地。他把车停在边上，熄了火，探出头四下看。

"你看什么？"水纹问。

毛尖尖又看了一阵子，小声说："你处在危险当中。"

"什么意思？"

"有人在监视你。"

"谁？"

"王铁钉。"

"你怎么知道他在监视我？"

毛尖尖看着她，很深情地说："其实，我一直在暗处保护你。"

水纹笑了笑，没说话。

"刚才，我看见王铁钉挑着两个筐子，躲在电线杆后面，又在监视你。"毛尖尖又说。

水纹的脸上浮现出惊恐之色。

毛尖尖把手放在她的手上，轻轻地说："要不，你去我家里住吧。我家的每一间屋子都有防盗门，外人进不去，很安全。"

水纹没说话，也没有把手抽回去。

“你怎么了？”

“我感觉有点不对头。”水纹突然说。

“怎么了？”

“这里还有一个人。”

“没有，我刚才已经看过了，这里除了你和我，没有其他人。”

“你下去看看。”

毛尖尖打开车门，下了车。

水纹把脸贴在车窗玻璃上，紧张地往外看。一张苍老的脸突然冒了上来，和她的脸贴到了一起，中间只隔着一层玻璃。

水纹打了个激灵，一下子弹开了。

“你干什么？”毛尖尖喊了一嗓子。

黄婶走到他面前，干巴巴地看着他，干巴巴地说：“开小超市的老周死了。”

“什么时候死的？”

“王响响捡到那艘船的那天晚上。”

毛尖尖的脸色变了一下，又问：“怎么死的？”

黄婶瞥了一眼车里的水纹，慢吞吞地说：“老周被带走了。”

“被谁带走了？”

黄婶继续盯着水纹，说：“水波。”

“水波已经死了。”

“她还活着。”

“她不是水波，是水纹。”

黄婶突然往前走了一步，一字一字地说：“你认错人了。”说完，她绕过毛尖尖，慢吞吞地走了。

毛尖尖愣了片刻，回到了车上。

“她说什么了？”水纹问。

毛尖尖说：“她成天胡说八道，不用理她。”

水纹低下头，没说话。

此时此刻，王响响孤独地走在路上，怀里抱着那件红嫁衣。

他决定扔到这件诡秘的衣服。

太阳快要落山了。

路上的行人很稀少，没有车。一个小贩坐在路边，守着三轮车上的西瓜，昏昏欲睡。王响响走过去，把红嫁衣放到三轮车下面，飞快地走开了。

那件红嫁衣在绿皮西瓜的映衬下，显得更红了。

王响响躲在一根电线杆后面，死死地盯着它。他觉得丢东西比偷东西还要紧张，虽然他没偷过东西。

一个男人过去买了个西瓜，拎着走了。他没看见红嫁衣。

王响响有些失望。

一个女人走向了三轮车，她一边拍打西瓜，一边和小贩聊着什么。她不时往脚下看，似乎发现了红嫁衣。不过，她没有捡，没买西瓜就匆匆走了，仿佛在逃避什么。

天色慢慢暗了。

小贩把东西收拾到三轮车上，一溜烟儿走了。

红嫁衣孤独地躺在地上，很突兀。

王响响索性不管它了，掉头就走。从镇子步行回家需要半个小时。他不着急，双手插在裤兜里，慢慢地走。

他的脚步像他的心情一样沉重。

背后有人喊他。

他回过头，看见王铁钉挑着两个筐子跟在后面，就站住了，问："你去镇上干什么了？"

"卖蛤蜊。"王铁钉说。

"卖完了？"

"卖完了。"王铁钉盯着他，"我喊你好几声，你怎么不答应？"

"什么事儿？"

"你的东西掉了。"

"什么东西？"

王铁钉从筐子里拿出那件红嫁衣，递了过来。他的眼睛里闪着异样的光，似乎很想笑，但是一直憋着，没笑出来。

王响响一愣，问："你怎么知道这是我的东西？"

王铁钉笑了笑，意味深长地说："我看见你把它放在了三轮车下面。"

王响响心里一冷。

"好好拿着，别丢了。"王铁钉把红嫁衣塞到他怀里，走了。

王响响抱着它呆站了一阵子，回家了。

他没有再扔掉它，因为他知道他扔不掉它。

它的背后有人。

7. 密室杀人

水纹搬到了毛尖尖家。

为了庆祝这件事，毛尖尖决定请客吃饭。他请了两个人：王响响和王铁钉。

黄婶闻到味儿了，不请自来。

木棉在厨房做菜，毛尖尖花钱请她来的。

其他人在客厅喝茶。

毛尖尖家的客厅很大，摆的都是红木家具，铺着厚厚的波斯地毯，墙上挂了一幅国画、两幅油画。墙角放着一个两米多高的石膏像，是维纳斯。

王响响觉得有些不伦不类。

王铁钉很拘谨地坐在沙发上，端着一杯茶，一口都不喝，定定地看着维纳斯，不知道在想什么。王响响一直期待他主动提起那件红嫁衣，并且给他一个合理的解释，可是他始终不开口。

闲聊了一阵子，毛尖尖突然说："从今天开始，谁再和水纹作对，就是和我作对。"他说这句话的时候，眼睛一直盯着王铁钉。

王铁钉毫无反应。

"你家真大。"黄婶插了一句。

"是挺大。"毛尖尖说。

黄婶眯着眼睛，虚虚地说："这房子太空了，没有人气，到处都是不干净的东西。"

"什么不干净的东西？"毛尖尖明显不想理她。

"水波。"

毛尖尖一怔："水波？她在哪儿？"

黄婶指了指卫生间。

卫生间的门开了，水纹走了出来，疑惑地说："你们都看着我干什么？"

王响响身上的鸡皮疙瘩一下就起来了：黄婶来之前，水纹就去化妆了，她怎么会知道水纹在卫生间里？难道水纹身上有鬼气？

毛尖尖有些不耐烦了，硬硬地说："我再告诉你一次，她是水纹，不是水波。"

黄婶干干地笑了一下。

毛尖尖扫视了一圈，说：“水纹的朋友，就是我的朋友。”停了一下，他看着王铁钉，“水纹的敌人，就是我的敌人。”

王铁钉还是毫无反应。

静默了一阵子，王响响偷偷地打量王铁钉，发现他的双腿在轻微地发抖。

“水纹，我问你一件事儿。”王响响突然说。

“什么事儿？”

“你那件红嫁衣呢？”王响响在和水纹说话，眼睛却盯着王铁钉。

水纹愣了一下，脸上浮现出排斥的表情，半晌才说：“我打算烧了它。”

“烧了它？”

“对。”

“那我也烧了它。”

“改天咱们一起去海边烧红嫁衣。”

“为什么要去海边烧？”

水纹叹了口气，说：“那是我姐姐的东西，就让它去找我姐姐吧。”

“好，去海边烧。”

王铁钉始终没搭腔，一副事不关己的样子。

木棉喊大家吃饭。

月亮闪了出来，冷冷的，白白的，缺乏善意。外面有一些细碎的声音，似乎是风吹过树叶，又似乎是什么鸟在扑棱翅膀。

木棉做了八个菜，大都是海鲜，还有汤。

毛尖尖招呼大家喝酒。

王铁钉一杯接一杯地喝，似乎停不下来了。

“你喝那么快干什么，急着去死？”黄婶怪腔怪调地问。

这句话仿佛触碰到了某种忌讳，王铁钉的脸色一下就变了，端着酒杯的手僵住了。他的眼神变得很古怪，软软的，虚虚的，盯着酒杯看了半天，突然说：“我可能活不过今天晚上了。”

“你还会算命？”毛尖尖问。

“略懂一二。”

毛尖尖盯着他，似乎是在开玩笑地问：“你算出你是怎么死的了吗？”

“有些事儿，我说了不算。”

“那谁说了算？”

王铁钉的眼神在水纹身上停留了两秒钟，低下头，什么都没说。

毛尖尖一直盯着他，眼神儿不太友好。

其他人都不说话，埋头吃喝。

王响响注意到一个细节：桌子底下，毛尖尖和水纹的脚靠在一起。他的心一下就酸了，看着满桌子的酒菜，他一点胃口都没有。

夜渐渐深了。

王铁钉喝醉了，趴在桌子上，打起了呼噜。

毛尖尖说："让他在我家睡吧。"

"我留下照顾他。"王响响说。其实，他留下来的目的不是为了照顾王铁钉，而是想看看水纹和毛尖尖有没有睡到一起。

"那就麻烦你了。"毛尖尖说。

木棉和黄婻离开了。

走出门口，黄婻回头看了一眼水纹，眼神里有一些很深邃的东西。

水纹冲她浅浅地笑了笑。

黄婻立刻掉头就走。

周围静极了，只有王铁钉的鼾声。王响响躺在床上，睡不着。他下了床，悄悄地走了出去，打算看看水纹和毛尖尖是怎么睡的。

客厅里没开灯，只能看见物体的轮廓。维纳斯站在角落里，发出青青白白的光。王响响尽量不弄出声音，踏上了楼梯。他知道，水纹和毛尖尖住在二楼。

一个黑影突然挡在了他的面前。

"谁？"他吓了一跳。

"是我。"毛尖尖说。

"你干什么？"

"你干什么？"

王响响急中生智地说："我问你件事儿。"

"你说。"

"你那天发给我的照片为什么是黑白的？"

毛尖尖的语气有几分伤感："因为水波已经不在了。"

"知道了。"

"王铁钉在干什么？"毛尖尖压低了声音。

"一直没醒。"

"你帮我盯着点他。"

"怎么了？"

"我觉得，他不是好人。"

王响响点点头，表示同意他的说法。

停了一下，毛尖尖又说："我听水纹说，王铁钉给你寄了一件红嫁衣，对不对？"

"对。"

"有件事儿，我一直没告诉你。"

"什么事儿？"

"你父母出事儿的那天晚上，我看见他们了。"

"你看见他们了？"王响响一怔。

毛尖尖左右看了看，小声说："对。我看见他们上了一辆面包车，车上除了司机，还有一个人，应该是一个女人，穿一身大红衣服。可惜，款式没看清楚，可能是红嫁衣，也可能不是。"

"你是说，我父母的死和王铁钉有关？"

"至少，红嫁衣和他有关。"

王响响倒吸了一口凉气。

静极了，只有王铁钉的鼾声断断续续地飘过来。

毛尖尖压低了声音说："我觉得，他可能根本就没醉，一直在装睡。"

这句话似乎戳穿了什么秘密，王铁钉的鼾声戛然而止。

一片死寂。很远的地方，有个女人在哭，声音苍老而凄凉。角落里，有什么东西快速地跑过去，可能是老鼠。这些征兆让人感到异常凶险。

王响响忽然觉得今天晚上不会平安过去，一定会发生点什么。

"吱呀"一声，有扇门开了。

王响响和毛尖尖同时抖了一下。

"咣当"一声，有扇门关上了。很快，他们听到了一阵"窸窸窣窣"的声音，似乎是打斗声。声音来自王铁钉的房间。

王响响看了看手机，发现时间到了午夜零点。这是一个很恐怖的时间，很多恐怖的事都发生在这一刻。

他们互相看了一眼，走了过去。

房门关着。

毛尖尖伸手推了推门，推开了一条缝，里面挂着链条锁。他透过门缝往里看，只看了一眼，就打了个趔趄，后退了一步。

王响响凑过去看。

他看见了王铁钉的脸。那张脸距离防盗门不到半米，呈土灰色，眼珠子凸出，呆滞地看着王响响。再往下看，是一根绳子，一根要命的绳子，已经勒进了王铁钉的脖子。

有人正在勒死王铁钉！

王响响的心脏快要从喉咙里蹦出来了。他想大声叫，张了张嘴，却发不出任何声音。这是他第一次目睹死亡的过程。

王铁钉不再挣扎了。

那根绳子慢慢地变松了。

门缝太窄，王响响看不到躲在王铁钉背后的凶手。

房间里的灯灭了。

“杀人啦！”毛尖尖首先回过神儿，喊了一嗓子。

水纹听见动静跑了过来，问：“怎么了？”

王响响颤颤地说：“王铁钉被人勒死了。”

水纹的表情一下就冻结了。

“他在哪儿？”水纹问。

王响响指了指房门。

“你们闪开！”毛尖尖大声说。他后退了两步，突然冲上去，一脚踹向房门。“哗啦”一声响，链条锁断了，门开了。

毛尖尖迟疑了一下，往前走了一步，摸到门后墙上的开关，按亮了灯。

王铁钉趴在地上，一动不动。

毛尖尖回头看了一眼王响响和水纹，蹲下来，把手伸到王铁钉鼻子底下试了试，迅速地抽回来，惊恐地说：“他死了。”

“凶手去哪儿了？”水纹眼神儿直直地说。

毛尖尖轻轻地走到床边，猛地掀起了床单。

床下空无一人。

他一下子僵住了。

这个房间没有窗户，除了床底下，没有其他可以藏人的地方，刚才他们一直守在门口，绝对没有人出去过，凶手去哪儿了？

没有答案。

一股寒意弥漫开来。也许，就像黄婶说的那样，这里真有某种不干净的东西。

毛尖尖慢慢地退了出来。

很长时间过去了，他们站在门口，不说话，也不动。白白的灯光下，他们的影子拖在地上，像是几个没有质感的魂儿。

“怎么办？”水纹先开口了。

王响响和毛尖尖相互看了一眼，都没说话。

水纹又说："不能总把他放家里。"

毛尖尖看了看趴在地上的王铁钉，说："也不能让别人知道他死在我家里，要不然就有麻烦了。"他想了想，"要不，把他埋了？"

"埋哪儿？"

"村子西头那片盐碱地长满了芦苇，把他埋在里面，谁也发现不了。"

"行。"

"先把他抬到车上去。"

王响响站着没动。

"搭把手。"说话间，毛尖尖把王铁钉的身体翻了过来，抬起了他的上半身。

王响响走过去弯下腰，抓住了王铁钉的脚脖子。

月亮不愿意看这一幕，躲了起来。

毛尖尖开着车，一路往西。为了掩人耳目，他没敢开车灯。车后十几米，有一对绿幽幽的眼珠子，可能是野狗，也可能是野猫。它一直跟在后面，不远离，不靠近。

王响响发现了一个规律：只要它一出现，就会有诡怪的事发生，或者说，只要有诡怪的事发生，它就会出现。

它肯定是一个不祥之物，王响响想。

到了配电室，前面没有路了。

毛尖尖熄了火，下了车。

距离芦苇荡还有几十米。

配电室旁边的电线杆上，一个黑影蹲在上面，扯着脖子"嘎嘎"地怪叫，不知道是什么鸟。

几天前，王响响见过它。

8. 吓跑了一个

四周黑乎乎的，什么都看不见。很远的地方，有一丝微弱的光，那亮光在无尽的黑暗中显得有些寂寥。

夜静得像一具死尸。

毛尖尖把铁镐和铁锨从车上拿下来，说："走，挖坑去。"

"王铁钉怎么办？"王响响问。

毛尖尖说："先放车上，他又不会走。"

水纹说："我拿手电筒给你们照着。"

他们朝芦苇荡走去。

走了十几步，王响响回头看了一眼，车子已经隐在了黑暗里。钻进芦苇荡，毛茸茸的芦苇叶不时蹭一下他的脸，那感觉就像是被某种东西的爪子摸了一下。四周有一股怪怪的味道，还有什么动物的叫声，那叫声很嘶哑，像一个垂死的老男人在咳嗽，极其难听。

王响响感觉他们似乎闯入了另一个世界。

前面突然飞起了几只大鸟，它们惊叫着逃走了，诡怪的叫声在寂静的夜里听起来让人毛骨悚然。

走了十几分钟，毛尖尖停下来，说："就在这里吧。"

他们开始挖坑。王响响用铁镐刨土，毛尖尖用铁锹把刨松的土铲出去，水纹负责照明。盐碱地的土质很疏松，他们很快就挖好了一个半米深的长方形土坑。

"差不多了吧？"王响响问。

毛尖尖说："不行，太浅了，最少得挖一米深。"

王响响继续刨土。

黑夜寂静而漫长，令人沮丧。

芦苇荡里看似荒凉，其实隐藏着无数的故事——

水泡子里，飘着一件红色的棉袄，那是大张媳妇的。大张媳妇前年生了一场怪病，全身哆嗦，翻着白眼看人，没白没黑地怪叫，去年冬天死了。大张把她生前穿的衣服都扔到了芦苇荡。

芦苇荡的最深处趴着一只流浪狗。它很老了，眼珠子绿幽幽的。村子里的狗见着它就咬。它白天不敢露面，只能在晚上到垃圾堆里找点东西吃。它快要死了。

芦苇荡外面，一个黑影正围着毛尖尖的车转圈。黑影走路的姿势很怪异，僵硬，扭曲，轻飘飘的。过了一会儿，黑影一闪身，不见了……

黑夜像一床巨大的棉被，盖住了所有的罪恶和恐怖。

王响响和毛尖尖又挖了一个小时，终于把坑挖好了。

他们走出芦苇荡，去抬王铁钉。

王铁钉竟然不见了。

他去哪儿了？不对，他已经死了，哪儿都去不了，只能在原地躺着。

三个人呆住了。

不远的地方，有人笑了一下，分不清男女，是那种憋不住迸出来的笑，短促，压抑。过了几秒钟，笑声飘到了另一个方向，还是很短促、很压抑。

王响响像是被电击了一下，下意识地喊了一声："王铁钉！"

毛尖尖和水纹同时抖了一下。

空气里充满了诡怪之气。

笑声消失了。几十米外，芦苇荡剧烈地晃动着，似乎有什么东西钻了进去。

王响响的脑子里浮现出这样一幅画面：一个黑乎乎的东西从远处飘过来，打开车门，把王铁钉拉出来，扛在肩上，四下看了看，认准一个方向，又飘走了。他的手里拎着一根绳子，一根要命的绳子。

王响响打了个激灵，不敢再想了。

那一对绿幽幽的眼珠子又出现了，定定地看着三个人。在它的眼里，他们也许只是三个穿着衣服的肉骨头。

这一夜无比漫长。

下午，水纹约王响响去海边烧红嫁衣。

王响响提前一个小时出了门。

天气还不错，没刮风，有太阳，只是不太明朗，仿佛蒙了一层面纱。

他一边走，一边想。

按理说，王铁钉已经死了，没有人再搞鬼，生活应该恢复平静，可是他却高兴不起来，总觉得这件事还没完——王铁钉是怎么死的？

以前，王响响读过一些侦探小说，密室杀人的那种。

他认为，王铁钉的死就是一起典型的密室杀人事件。

他知道，侦探小说里的密室杀人事件，大都是凶手杀人以后通过各种手段伪造了现场，或是把房间钥匙调了包，或是设置了某种杀人机关，或是先潜伏于密室内，再趁着混乱溜走，这些情节和王铁钉被杀时的情景完全不同——凶手在他们眼前勒死了王铁钉，然后像空气一样消失了。

这是一起有目击者的密室杀人事件。

王响响冥思苦想了半天，得出一个让他毛骨悚然的结论：勒死王铁钉的凶手不是人。

不是人，那是什么？

王响响不敢再想了。

他换了个思路，开始想水纹，想她的模样，想她的言行举止，想她的一切。

现在，他也只能在心里想想她了。

种种迹象表明，水纹和毛尖尖好上了。这不奇怪，不论哪一方面，毛尖尖都比王响响强。毛尖尖更有钱、更高大，而王响响只会画画。

会画画似乎并不是什么优势。

王响响到了海边，他和水纹约定在这里见面。

水纹还没来。

他坐在一块石头上，看着大海。天地间一片宁静，偶尔有一只水鸟飞过，不吵也不闹。很远的海面上有一个黑点，静静地漂浮着。

“王响响。”水纹喊了他一声。

他回过头，看见水纹拎着一个袋子站在背后，神情有些黯然。

“你来很久了？”水纹问。

“没多久。”

“那是什么？”水纹指着远处的黑点。

“肯定是一艘小船。”

“多小的船？”

“肯定比我捡到的那艘船大。”

水纹也坐到了石头上，静静地看着那个黑点。

过了半天，那个黑点始终没动。

水纹打开袋子，拿出红嫁衣，抖开，它迎着风飘了起来，有一种妖艳的美。她盯着它看了一阵子，喃喃地说：“烧吧。”

“行。”王响响也拿出了他的那件红嫁衣。

水纹拿出打火机，打了几下，没打着。王响响拿过来，打着火，点燃了红嫁衣。一股难闻的气味弥漫开来，还有一股黑烟。

他们不说话，静静地看着它死去。很快，两件红嫁衣变成了一堆灰烬。风一吹，灰烬也没了。

希望一切恐怖都随风飘逝，王响响暗自祈祷。

水纹坐在他对面，不说话，静静地看着他。过了半天，她轻轻地问：“你相信世上有鬼吗？”

“不相信。”王响响有些底气不足地说。

“那你说是谁杀死了王铁钉？”

王响响想了想，有些沮丧地说：“我不知道。”

水纹扭头看着大海，没说话。

王响响说：“不管怎么说，王铁钉已经死了，以后肯定不会再有人装神弄鬼了。”

沉默了几秒钟，水纹轻轻地说：“但愿如此。”

有一段时间，两个人都不说话。

很远的海面上，那个黑点依旧静静地漂浮着，不远离，不靠近。

水纹站起身，伸了个懒腰。

王响响看着她玲珑有致的身材，开始恨毛尖尖了。薄薄的阳光柔和地照着她雪白的脖子和白皙的脸，美到了极致，王响响舍不得把视线移开。

“你看什么？”水纹察觉到了他的眼神儿。

“没，没什么。”王响响赶紧把脑袋转向别处。

水纹笑了笑。

过了一会儿，王响响鼓起勇气问：“你觉得，毛尖尖这个人怎么样？”

“挺好的。”

“你是不是跟他……”

水纹看穿了他的心思，打断他说：“我只是暂住在他家里，和他只是普通朋友。”

“真的？”王响响一震。

水纹看着他，笑着问：“你是不是想追我？”

“我听说毛尖尖在追你。”

“对。”

王响响强笑了一下，说：“我不如他。”

水纹盯着他的眼睛，问：“你哪里不如他？”

“他在县城里有两套房子。”王响响觉得自己有些阴险——扎两目村人都知道毛尖尖在县城有两套房子，每套房子里都有一个女人，而且不固定，经常换人。他这句话，戳中了毛尖尖的死穴。

水纹面色一冷，没说什么。

王响响又说：“其实，男人都很花心，结婚之后可能就老实了。”他用了“可能”这个词。

“你就不花心。”

“我是因为没有花心的机会。”王响响自嘲地说。

水纹抬头四下看了看，突然说：“毛尖尖家里有监控，每个房间都有。”

“什么意思？”王响响一怔。

“今天上午，我无意间发现一张发票，上面显示毛尖尖购买了一套很贵的监控设备。我按照上面的公司电话号码打过去，拐弯抹角地问了问，才知道每个房间里都安装了监控探头。”

“我怎么没发现？”

“我也没发现，一定是藏在了很隐蔽的地方。”

王响响忽然想到了什么，吃惊地说：“也就是说，毛尖尖应该已经从监控录像里看到了是谁杀死了王铁钉。”

“对。”

“他有没有告诉你？”

“没有。他说有急事儿，一大早就开车去了县城。”

“什么急事儿？”

“他没说。”

王响响猜测有两种可能：第一，毛尖尖确实有急事去了县城；第二，他看到了凶手的模样，因为某种未知的原因，他不能说，或者是不敢说，于是选择了逃避。

王响响感觉到一股寒意。

毛尖尖不是一个胆小的人，什么样的凶手能把他吓跑？

扎两目村一直很安宁，夜不闭户是常态。

如今，它变得阴森起来。

王响响画了三幅画——

第一幅画是一个幽灵，长长的头发垂下来遮住了五官，穿一身白衣服，手里拎着一根绳子，僵僵地站着。幽灵的面前，是毛尖尖的家，孤独地矗立在月光下。

第二幅画是一个分不清男女的背影，耷拉着脑袋行走在窄仄的胡同里，两边是毫无生气的荒宅，残垣断壁，杂草丛生。

第三幅画是一艘木船，孤零零地漂浮在水面上。新娘子穿一件红嫁衣，端端正正地坐在船头。在她的背后，水面下伸出了一只手，一只关节粗大的手，似乎是在垂死挣扎，又似乎是想把她拉下水。

王响响认为，真相就藏在这三幅画里。或者说，这三幅画是真相的一部分，只是缺少一条线把它们串起来。

他开始寻找那条线。

外面阳光明媚，让人心里很踏实。

到目前为止，扎两目村一切正常：大家照常出海捕鱼，照常吃饭喝酒，照常说笑吵架，照常打牌下棋……

他们都还蒙在鼓里。

他们都还不知道王铁钉已经死了，不明不白地死了。

王响响很羡慕他们。

9. 另一件红嫁衣

天特别蓝。

王响响的心情却无比灰暗。

木棉从远处走了过来，提着一个篮子。她跟王响响打招呼："没画画呀？"

王响响说："没画。你忙什么了？"

"老周出殡，我去帮厨了。"她走到王响响面前，"你吃了吗？我带回来一些酒菜，你没吃的话，我请你吃饭。"

"我吃过了。"

木棉点点头，从他身边走了过去。

王响响又往前走。

"王响响。"木棉在背后喊了一声。

"什么事儿？"他回过头问。

"你说，结婚的时候穿白婚纱好看，还是穿红嫁衣好看？"木棉很认真地看着他，等待他回答。

又是红嫁衣，王响响的心里"咯噔"一下。他看着木棉，觉得她的神情似乎和平时不太一样。

"你觉得呢？"他怔怔地问。

"我不知道。你是画家，肯定比我会审美，你觉得呢？"

"我觉得还是白婚纱好看。"

"红嫁衣不好看吗？"木棉的神情有些落寞。

王响响想了想，说："我觉得，红嫁衣属于一个已经死去的时代。"

木棉怔忡了一会儿，走了。

王响响看着她的背影，忽然想起一件事：她结婚的时候，穿的就是一件红嫁衣。

该说说木棉了。

她有一个情人，就是毛尖尖。

丈夫死了之后，木棉时常感到很寂寞。

毛尖尖是一个很强壮的男人，更重要的是，他很有钱。他有不止一套房子，对付女人的手段他也不止一套。时间长了，就像很多俗套的故事一样，木棉和毛尖尖睡了。

木棉很谨慎，每次和毛尖尖幽会，时间都选在下半夜。寡妇门前是非多，这个道理她懂。她还明白一件事：毛尖尖不可能娶她。他们在一起，只是各取所需。

他们瞒过了所有人的眼睛。

一年前，木棉意外怀孕了。她有些不知所措，这是她第一次怀孕。她给毛尖尖打电话，问他怎么办。毛尖尖轻描淡写地说了两句，让她把孩子打掉。他还说他很忙，让她自己去医院。

木棉的心一下就凉了。

第二天，她一个人去了医院。

为了避人耳目，她没去县城，而是去了市里。

躺在手术台上，她的身体一直在发抖，身体疼，心也疼。手术做完了，护士端着一个盘子让她看，里面是一团血肉模糊的东西，那是她还未成形的孩子。

木棉没敢看。

那天晚上，她躺在医院的病床上，一直流泪。

病房里还有一个女人，面朝里躺着，身体缩在被子底下，只露出长长的头发。她一直没动，也没出声。她的床头搭着一件衣服，那是一件红色的绸布外套，上面绣着喜字，应该是新娘子穿的衣服。

木棉也有一件那样的衣服。丈夫死后，她再没穿过。

半夜，她起床去卫生间。

病房里没开灯。走廊里的光射进来，那件衣服泛着红荧荧的光。木棉看了它两眼，走了出去。等她回来，发现那件衣服不见了。也不是不见了，是被那个女人藏到了被子底下，袖子还露在外面。

她醒了？她为什么把衣服藏起来？

木棉故意弄出了一些声音，对方无动于衷，面朝里躺着一动不动。木棉躺在床上，侧着身子，一直盯着她。她不翻身、不打呼噜、不磨牙，看上去睡得很死。不过，木棉确信她是醒着的。

看了一阵子，木棉睡着了。

第二天早上，医生过来查房。那是一个五十多岁的女医生，很胖，慈眉善目。她检查了一番，告诉木棉中午就可以出院，然后去了别的病房。

不知道为什么，她没检查另一个女人。

吃过早饭，木棉坐在床上看电视。

那个女人还是面朝里躺着，一动不动。她没吃早饭，甚至都没起床去卫生间。从昨天下午到现在，已经过去十几个小时了，她一直保持一个姿势躺着，这有点古怪。

中午，木棉去办出院手续。

出门之前，她回头看了一眼，那个女人似乎动了一下。等她办完出院手续回到病房，发现那个女人已经不见了，那件红色的绸布外套静静地躺在她的床上。

这是怎么回事？

一个护士过来收拾病床。

“那个女人呢？”木棉问。

“出院了。”护士没抬头。

“她的衣服忘拿了，在我床上。”

“她说送给你了。”

木棉一怔：“送给我？为什么？”

“你不知道吗？”护士抬头看了她一眼。

木棉摇摇头，又问：“她叫什么名字？”

“我也不知道，你去住院部问问吧。”

木棉收拾完东西，想了想，把那件衣服也装进了包里，又去了住院部。一个女医生在值班，板着脸，不知道在生什么气。木棉说明了来意。女医生在电脑上鼓捣了一阵子，头也不抬地说：“她没留名字。”

“住院不都得留名字吗？”

“她不说，我们也没办法。”

“她为什么住院？”

女医生看了她一眼，冷冰冰地说：“你为什么住院，她就为什么住院。”

木棉避开她的眼神，走了。

一个小时以后，她坐上了去县城的客车。

天快黑的时候，她到了县城。

在一个小饭店吃了点东西，她去找宾馆，打算住下。转了半天，问了大大小小十几家宾馆，竟然都没有空房。她一打听，才知道有几个明星在县城开演唱会，歌迷们把宾馆都挤满了。

只能打车回家了。

木棉在街上慢慢地走。

夜已经深了。

一辆灰色的面包车驶过来，司机放慢了车速，探出脑袋问：“打车吗？”那是一个三十多岁的男人，眼睛很小，脸很黑，表情有些僵硬。

“你这是出租车吗？”木棉警惕地问。

“肯定不是灵车。”司机说了一句莫名其妙的话，有些晦气。

“去扎两目村多少钱？”

“多远？”

“四十公里。”

“一百五十块钱。”

“太贵了。”

“这么晚了，很难打到车。”

木棉四下看了看，没有别的出租车，就上了那辆面包车，坐在了副驾驶座上。司机一踩油门，面包车蹿了出去。出了县城，路两边就没有路灯了，路上很黑，很冷清。

车窗开着，风吹进来，有点冷。

木棉转了转把手，没转动。

司机说：“坏了，我还没修。”

木棉想起包里还有一件外套，就拿出来穿上了。

司机瞥了她一眼，问：“你是新娘子？”

“以前是，现在不是了。”木棉有些伤感地说。

“你这件衣服还挺新。”

“这不是我的衣服。”

“那是谁的？”

“别人送给我的。”

司机又看了她一眼，张了张嘴，似乎想说什么，最后却什么都没说。他盯着前面，神色有点怪。过了一阵子，他接了一个电话，问木棉：“太巧了，有两个人也去扎两目村，我过去接上他们。”

“什么人？”

“我也不知道。”

司机拐个弯，面包车驶上了一条简易公路。很快，到了一个村子。周围没有灯光，很黑。路两边的房子都很破旧，有一些高大的白杨树，树干上的疤痕像一只只诡怪的眼珠子。

木棉感到一股寒意，心里忽然冒出一个可怕的念头：司机把她拉到这里，不会是想劫财劫色吧？

她惴惴不安。

前方路边站牌下有两个人，一男一女。

面包车缓缓地停下了。木棉发现那两个人竟然是王响响的父母，赶紧伸出手，招呼他们上车。人多胆子大，这话没错，尤其是熟人。

他们上了车，坐在后排座上。

面包车抖了两下，开动了。走出去没多远，木棉看见路边停着一辆车，借着面包车的灯光，她看清了那辆车的车牌，是毛尖尖的车。

深更半夜，他怎么会在这里？

木棉想下车问问毛尖尖，犹豫之际，面包车已经跑远了。她觉得今天晚上发生的事有些怪：在一个离家几十里的陌生地方，为什么会碰见这么多熟人？

“叔，婶，你们去哪儿了？”木棉回过头问。

他们同时咧咧嘴，干笑了一声，又同时低下了头。很显然，他们不想说。

木棉有些尴尬，就不再问了。

前面出现了一个岔路口。

司机犹豫了一下，驶向了左边那条路。路上太静了，看不到任何活物，只有两旁高高低低的房子和白晃晃的车灯。

木棉的心一下下地抽搐着，全身冰冷。这种感觉让她惶恐不已。她的丈夫死亡前几小时，她的身体就出现了这样的症状。

她觉得，今天晚上要出事。

前面路上有一团血肉模糊的东西，似乎是一只被车压扁的刺猬。

又驶出一段路，木棉看见路边停着一辆大货车，车门开着，一个男人站在路边撒尿。发现有灯光，他回头看了一眼。他的脸很白，没有胡子，眉毛往下耷拉着，很丧气的样子。他的脑袋一直跟着面包车转动。

木棉从后视镜往后看了看，他一直那样站着。他似乎察觉到了木棉正在看他，咧开嘴，很僵硬地笑了笑。

木棉的心里一下就空了。她觉得，那个人喝酒了。她开始想象：一辆大货车歪歪扭扭地追了上来，轻轻地一碰，就把面包车撞出去几十米远……

“停车！”她冷不丁地喊了一声。

“怎么了？”司机猛踩刹车，面包车怪叫两声，停住了。

“我晕车，想下去透透风。”

"车窗不是一直开着吗？"

"不管用，我还是晕车。"

"已经很晚了，把你们送到之后，我还得赶回县城……"

"你们先走吧。"木棉打断了他。

"你怎么办？"

"我先溜达一会儿，再想办法。"

"行，那你把车钱给我吧。"

木棉付了钱，下了车。看着远去的面包车，她忽然想起一件事：王响响的父母还在车上。她在心里默念了几句，祝他们一路平安。过了一阵子，那辆大货车飞快地从她身边驶了过去，似乎着急去干什么事。

木棉站在路边等了半天，不见毛尖尖的车。其实，她之所以下车，也是想等毛尖尖，问问他为什么会在这里。

夜深了。

也许，毛尖尖走了另外一条路，木棉沮丧地想。天快亮的时候，她搭上了一辆过路车，辗转几次，终于回到了家。她累极了，一头倒在床上，一觉睡到了天黑。

她下床吃了点东西，又睡下了。

第二天早上，她打开大门，看见门外放着一个纸花圈。

她吓了一跳。

那花圈挺大，一米多高，五颜六色的，中间是一个大大的"奠"字，看着很丧气。花圈是送给死人的东西，怎么放到她的家门口了？她家里又没死人。

她探头往外看了看，发现王响响家门口站了不少人，都阴沉着脸，不说话。她过去打听了一下，才知道王响响的父母出车祸死了。

那个花圈肯定是送给王响响父母的，只是有人把它放错了地方。

她呆站了半晌，有一种死里逃生的感觉。

那几天，她老是做噩梦。

一个未成形的孩子在她眼前飘来飘去，缺胳膊少腿，哭着喊她妈妈……

两个像纸片一样单薄的人在她眼前飘来飘去，他们七窍流血，用一种充满怨气的语调问她：你下车怎么不喊我们？你下车怎么不喊我们？你下车怎么不喊我们……

木棉快要崩溃了。

她给毛尖尖打电话，想让他过来陪陪她。

他不来。

他都一年不来了。

那天，毛尖尖突然给她打电话，让她去他家。她以为他想和她再续旧情，就去了。没想到，毛尖尖只是想请她帮忙做饭。吃饭的时候，木棉注意到一个细节：桌子底下，毛尖尖和水纹的脚靠在一起。

她顿时明白了一件事：毛尖尖对她已经不感兴趣了。有几分钟，她的情绪有些失落。不过，她很快就释怀了——他们之间本来就没什么感情，在一起只是各取所需。

吃完饭，木棉和黄婶一起离开了毛尖尖家。外面很黑，她们都没拿手电筒，走得很慢。木棉走在前面，黄婶跟在后面，无声无息。自始至终，她们都没说一句话，似乎都有极重的心事。

那天晚上，木棉没做噩梦。

她被手机吵醒的时候，天已经亮了。是毛尖尖发来的短信：有危险，马上离开村子。 她愣了半天，不知道发生了什么事。她给毛尖尖打电话，发现他关机了。

她走到外面，看见太阳依然亮亮的。

大门关着，没有被撬动的痕迹。

墙头上没有探出半个脑袋。

角落里也没有罪恶的身影……

危险在哪里呢？

10. 模模糊糊的真相

扎两目村多了几处空房子。

王铁钉死了。

毛尖尖走了。

木棉竟然也悄无声息地走了，难道她也看到了什么？或者说，她是不是像王铁钉一样，已经死了？还有毛尖尖，他还活着吗？

王响响为这些假想起了一身鸡皮疙瘩。

王铁钉、毛尖尖和木棉都与七年前那起失踪事件有关，如今先后出了事，下一个会是谁？虽然王响响不知道自己与那件事有什么关系，不过他能感觉到危险正在向他逼近。他的心里一直不踏实，却不知道该怎么办。

这一天，王响响给毛尖尖打电话。

毛尖尖要的那幅画他给画好了。

其实，那幅画只是一个借口，王响响想说另外一些事：前些天，毛尖尖给他发送照片的时候，捎带着还有一句话，说他身边有个鬼。他想问问毛尖尖，谁是那个鬼。上次在毛尖尖家，他忘了问。

王响响觉得毛尖尖肯定知道些什么。

毛尖尖的手机还是关机。

王响响已经给他打过七次电话了，都没打通。

晚上，水纹给他打电话，请他过去一趟。

水纹还住在毛尖尖家里，一个人住。

王响响没怎么考虑，就去了。在这样一个恐怖而安静的夜晚，和一个美丽的女人共处一室，这种诱惑他无法拒绝。

他甚至已经开始憧憬一段爱情了。

站在大门口，王响响深吸了几口气，这才开始敲门。大门很快就开了，穿着睡衣的水纹把他拉进去，又探出半个身子左右看了看，然后迅速关上了大门。

王响响闻到水纹身上有一股很诱人的香味。

“什么事儿？”王响响问。

“进屋说。”水纹拉着他，往屋里走。

屋子里很冷清，电视机关着，沙发椅子都空着。

上次来的时候，这里坐满了人，很热闹。

王响响看着那几把空椅子，脑子里忽然冒出一个可怕的念头：王铁钉、毛尖尖和木棉现在会不会就坐在上面？

“你喝什么？”水纹问。

“随便。”王响响回过神儿说。

水纹给他泡了一杯茶，放在茶几上，说：“你坐。”

王响响在沙发上坐下，说：“你的脸色不太好。”

水纹勉强笑了一下，没说话。

“毛尖尖还没回来？”

“没有。”

“你说他到底干什么去了？”

“我不知道。”

“这几天，你在忙什么？”

“我找到了。”水纹忽然压低了声音。

王响响一怔："你找到什么了？"

"监控主机。"

"在哪儿？"

"一个杂物间里。"

"你看过了吗？"

水纹四下看了看，小声地说："我一个人不敢看。"

王响响一想，明白了：水纹肯定也想到了勒死王铁钉的凶手十分恐怖，她害怕了。他站起身说："走，我跟你一起去看看。"

杂物间在三楼，设计很巧妙，推拉门和周围的墙壁浑然一体，不仔细看很难发现。水纹拉开门，伸手打开了灯。王响响看见里面堆满了各种各样的酒，还有几个坛子，不知道里面是什么。角落里的桌子上摆着一台电脑，没开机，上面落满了灰尘。

水纹打开了电脑。

开机需要几十秒钟，王响响觉得犹如几十个世纪那么漫长。一只大手突然冒了出来，把他吓了一跳。那是水波生前最后一张照片，毛尖尖把它当成了电脑桌面。王响响发现他的胆子还不如水纹的胆子大。至少，她没抖。

水纹找到了那天的监控录像，打开了。

毛尖尖家的每一个房间都展现在他们面前，甚至包括卫生间。

他们紧紧盯着屏幕。

很长时间过去了，没发现异常。

"从我离开房间开始看就行。我走的时候，王铁钉还活着，睡得很香。"王响响说。

水纹摇摇头，说："不行，万一凶手提前埋伏进来，就看不到了。至少要从三个小时前开始看。"

"那好吧。"

监控画面始终没什么变化，就像一张张照片。

王响响打了个哈欠。

水纹很认真地看。

时间走得比蜗牛还慢。

终于，毛尖尖出现了。他从外面回来，坐在沙发上看电视。他跷着二郎腿，很惬意的样子。不过，他有一个举动很古怪：每隔几分钟，他就回头看一眼，似乎背后有什么东西。他的背后是一堵墙，上面除了一幅油画，什么都没有。

接着，毛尖尖拿出手机，打了几个电话，应该是请王响响和王铁钉到他家里吃饭，还请木棉来帮厨。

水纹提着一个旅行包进来了，和毛尖尖说着什么。

监控录像只有画面，没有声音。

水纹指着监控画面里的自己，解释说："我刚从家里把东西拿过来，问他住哪个房间。"

王响响点点头。

水纹又说："下面发生的事儿，你还是别看了。"

"怎么了？"

水纹没说话，脸红了。

王响响看着屏幕，眼睛一下就瞪大了。

水纹走进卫生间，开始洗澡了。

天色有些暗了，她没开灯。

她的身材实在不错，凹凸有致，皮肤异常白皙。每一次弯腰，她的身体都会呈现出一道诱人的弧线，而黯淡的光线又给这道弧线添加了几处阴影，生动得无可名状。

王响响口干舌燥，蠢蠢欲动。

水纹仰着头，闭上眼睛，任凭水流自上而下冲洗身体。王响响的目光跟着水流，自上而下，自上而下，自上而下……

"我去给你倒杯水。"水纹匆匆离开了。

王响响似乎没听见，眼睛死死地盯着屏幕。

水纹洗完了澡，开始穿衣服。

王响响还没回过神儿。他觉得，不管等会儿看到什么可怕的东西，有这一段画面，一切都值了。

"喝杯水吧。"水纹回来了。

王响响接过水杯，一口气喝下去，打了个哆嗦。那是一杯冰水。

水纹低着头，很羞涩的样子，一直不说话。

王响响忽然想到一件事：毛尖尖肯定也看过监控录像，也就是说，他也看到了水纹洗澡的画面。一念及此，他顿时火冒三丈，直喘粗气。

"你看黄婶在干什么？"水纹突然说。

王响响打了个激灵，回过神儿，仔细看。

黄婶僵僵地站在卫生间里，忽上忽下忽左忽右地看，似乎是在寻找什么。过了一阵子，她对着镜子，不停地念叨着什么，表情十分惊恐。这一幕就像是无声的恐怖剧，看着十分瘆人。

监控画面一秒一秒地往前走——

王铁钉喝醉了。

黄婶和木棉离开了。

王响响把王铁钉扶到了房间，让他躺在床上。

“仔细看，凶手马上就要出现了。”水纹的声音有些发抖。

王响响瞪大了眼睛。

监控录像里，王响响离开了房间。王铁钉躺在床上一动不动，跟一具尸体差不多，看上去睡得很沉。

王响响就像是一个等待宣判的死刑犯，手心出汗，身体微微发抖。他看了一眼水纹，发现她的脸变白了，表情有些僵硬。

王铁钉突然坐了起来，就像诈尸一样。

王响响和水纹同时抖了一下。

不知道是不是巧合，外面有一只鸟叫了起来，声音很丧气：“嘎——嘎——嘎——”

王铁钉下了床，走到门口，把耳朵贴在房门上听外面的动静。过了一阵子，他轻轻地打开房门，又猛地关上了，还挂上了链条锁。

这时候，房间里除了他，没有任何活物。

王响响诧异了：凶手用什么方法进入了房间？

答案马上揭晓——

王铁钉从腰里抽出一根绳子，套在了自己的脖子上，另一头套在了自己的脚上，调整好长度，脚往外一蹬，绳子就勒紧了。因为房门只开了一条缝，王铁钉的脚又在门后面，王响响和毛尖尖都没看穿他的把戏。

没有凶手。

是王铁钉勒死了王铁钉。

王响响和水纹面面相觑，都蒙了。

监控录像里，王铁钉摸到开关，关了灯。他肯定没忘了解开套在脚上的绳子。

“怎么会是这样？”王响响喃喃地说。

水纹说：“怪不得咱们挖好坑之后找不到王铁钉了，原来他是在诈死。”

“他为什么要这么做？”王响响疑惑地问。

水纹想了半天，说：“他肯定已经察觉到了咱们已经对他起了疑心，就用了一招金蝉脱壳。这样一来，他在暗处搞什么鬼，就没有人再怀疑到他了。”

“你是说，王铁钉真要给王绳报仇？”王响响倒吸了一口凉气。

“他的心里如果没有鬼，又何必装鬼。”

“难道毛尖尖也和这件事儿有关系？”

“如果没有关系，他不必跑。”

“什么关系？”

“他纠缠过我姐姐，而我姐姐是王绳的未婚妻，王铁钉肯定对他充满怨恨。”

“那木棉呢？她为什么也走了？”

水纹轻轻地说：“也许，她做过什么事儿，我们不知道。”

王响响陷入了沉思。

“你还没想起你和那件事儿有什么关系？”水纹看着他问。

王响响摇摇头，沮丧地说：“没有。”

水纹叹了口气，不知道为谁，不知道为什么。

静极了，只有电脑主机“嗡嗡”地响。很长一段时间，他们都没有说话，也不动，眼睛盯着监控画面，表情很沉重。

“那是谁？”水纹突然说。

这句话把外面那只鸟也吓了一跳，它怪叫两声，飞走了。

王响响回过神，死死地盯着屏幕。

画面里隐隐约约出现了一张模糊的脸，一闪就不见了。

水纹说：“王响响，你把它倒回去，再放一遍。”

她的声音明显有些抖。

王响响把监控录像倒回去，重放。当那张脸再一次出现在画面里的时候，他按下了暂停键。是王铁钉，他躲在门后，不怀好意地盯着王响响和水纹。

王铁钉果然没死。

王响响的心凉了半截。

看完监控录像，已经是下半夜了。水纹的脸色十分苍白，没有一点血色。她拉着王响响，说：“王响响，你别回家了，行不行？”

“行，我去客厅睡。”

“我害怕，你和我一起睡。”

这句话十分暧昧，王响响的心跳一下子加快了。

水纹的脸红了，又说：“你睡床，我睡地上。”

“不，你睡床，我睡地上。”

“那委屈你了。”

王响响站起身，和水纹去了卧室。

屏幕上，还是王铁钉那张模模糊糊的脸，眼神缺乏善意。

这是一间很大的卧室，装修很奢华，有一张真皮双人床，还有一组柚木衣柜，地上铺着很厚的地毯，踩上去无声无息。

水纹关上房门，又拉上了窗帘。那窗帘是紫色的，有一种神秘的美。她的举动让王响响心跳加速，不由得又想起了之前在监控录像里看到的香艳一幕。

王响响蹲下来，摸着地毯说："比我家的床还软。"

水纹从衣柜里抱出一套被褥，铺在地毯上，说："委屈你了。"

"又不是外人，不用客气。"王响响看着她说。

水纹轻轻地笑了笑，没说话。

关了灯，他们各自躺下了。

月光从窗帘的缝隙钻进来，卧室里的一切变得朦胧起来。王响响睡不着，除了因为水纹躺在旁边，还有一个原因：他觉得这套房子里还有一个人。

"水纹，你说王铁钉……"

"别提他了。"

王响响的心里总不踏实。躺了一阵子，他决定出去看看。他觉得，为了水纹，他有义务排除所有的危险。

水纹没动，也没出声，可能是睡着了。

外面黑乎乎的。

王响响不知道这套房子里有多少个房间，也许是三十个，也许是五十个。也就是说，每推开一扇门，就有三十分之一，或者五十分之一的概率看到王铁钉。前提是王铁钉确实藏在这套房子里。

每一扇门后，都可能有一张模模糊糊的脸……

王响响每推开一扇门，身体都要抖两下。他害怕看见王铁钉木木地站在门后，木木地看着他，手里拎着一根绳子，一根要命的绳子。

月光从落地窗透进来，客厅里不是很黑，却显得有些鬼祟。

维纳斯站在墙角，青青白白的。

它的个子太高了，背后藏一个人完全不成问题。

王响响慢慢地朝它走了过去。

手机突然响了。

他吓了一跳，又抖了几下。他掏出手机，看见收到一条短信，竟然是毛尖尖发过来的：刚才你身边有个鬼。

还是那句让人摸不着头脑的话。

王响响想了想，头发一下就奓了——话虽然还是那句话，意思却截然不同：

上一次，他的身边有好几个人，不能确定谁是那个鬼。这一次不一样，他的身边只有水纹一个人。难道水纹才是那个鬼？

“看什么呢？”背后响起一个幽幽的声音。

王响响猛地转过了身。

手机屏幕的光照在水纹的脸上，她的脸青青白白的、模模糊糊的。

王响响的心里一下就空了。

11. 孤岛惊魂夜

王响响的情绪极其低落。

那天晚上，水纹走了，去向不明。

他开始怀疑她。

这天，他在村子里转悠，想找到水纹，问问是不是她在搞鬼。在路上，他看见黄婶抱着一个小小的纸人走过来。那是一个女纸人，唇红齿白，眉清目秀，很逼真，很吓人。

王响响的脑子里忽然冒出一个念头：都说黄婶知道村子里所有人的秘密，她会不会也知道水纹的秘密？

黄婶走得很慢。

王响响也放慢了脚步。擦肩而过的时候，他低下了头。他觉得，黄婶今天的眼神十分古怪，明显缺乏善意。走过之后，他没敢回头。不过，他能感觉到背后有一双眼睛一直在盯着他。

“王响响。”黄婶喊了他一声。

他打了个激灵，回过头，看见黄婶背对着他。那个女纸人在她怀里只露出一双脚，是一对三寸金莲，直直地指向天空，上面描着五颜六色的花纹，异常诡艳。

“什么事儿？”王响响小心地问。

“你想不想知道是谁在搞鬼？”

“是谁？”

“你可以去那个岛看看。”

“哪个岛？”

"你应该知道。"说完，黄婶慢慢地走了。她一直没回头。

王响响马上就明白了：是王绳和水波打算去拍照的那个小岛。难道那个小岛上藏着什么秘密？黄婶的话能信吗？

王响响甚至怀疑这是一个圈套，对方想把他骗过去，然后勒死他。

黄婶一直往西走了。那里是一片盐碱地，长满了芦苇，里面有大大小小的水鸟，还有一些怪异生物，十分荒凉。除了电工，很少有人到那里去。前些天，王响响去过一次，然后就遇到了一连串的怪事。

王响响一直在思考黄婶的话。

最后，他决定去那个小岛看看。

他觉得，那个小岛是恐怖的源头。在那里，或许真能找到些什么。

从扎两目村到那个小岛，划船需要一个小时。

问题是，王响响没有船。

他想了想，觉得这个问题不是问题：木棉家的那条船还拴在海边的岩石上。它虽然很旧了，但是还能用。

中午，王响响一脸悲痛地出发了，有点破釜沉舟的意思。

晴空万里，没有一丝风，没有任何不祥的征兆。

天地间一片宁静，看不到一个活物。

现在，王响响已经看不到岸边的村子了，那些高高低低的房子，茂密的芦苇荡，绿幽幽的眼珠子，都在他的视野里消失了，只剩下无边的海水。

王响响不紧不慢地划着船，一点点地靠近那个小岛。这不是他第一次去那个小岛。小时候，他经常和小伙伴们一起，偷偷划着船去那里玩。其实，那个小岛没什么好玩的东西，除了怪石，只有蛇。

他一直在回忆最近发生的事。

有一个问题始终困扰着他：他为什么会被牵扯进来？

他实在想不出他和那起失踪事件有什么关系。

远处，出现了一个黑影，是那个小岛。

王响响加快了速度。距离小岛还有几十米，他突然瞪大了眼睛。他看见岸边的岩石上拴着一艘木船。它大约有五米长，两头尖，中间有一个船舱，用布帘子挡着，不知道里面有什么。

除了大小有区别，它和王响响之前捡到的那艘船一模一样。

也就是说，它很可能就是七年前王绳和水波划的那艘船。

王响响盯着它，惊恐地想：船舱里，会不会也有一个穿红嫁衣的木偶人？它的脸白白的，脸上只有眼睛和嘴巴，没有眉毛和鼻子……

王响响忽然想到一个更可怕的问题：此时此刻，王绳和水波会不会就在船舱里？

他咬了咬牙，划着船靠了过去。

他的脑子里浮现出这样一幅画面：掀开布帘子之后，会看到王绳和水波。他们靠在一起，拿着一摞照片，一边看一边评论。看到王响响，他们很兴奋，递给他一些照片，让他看。王响响看了几眼，吓得魂飞魄散——那是一张张空白的相纸，上面什么都没有。

王响响划着船靠了岸。

他站在岸边，并没有急着跳上那艘船，而是来回走动着，仔细打量它。它竟然还不太旧，没有任何腐朽的痕迹，似乎才刷了一遍漆，跟七年前一模一样。

王响响有一种时光倒流的感觉。

终于，他跳上了那艘船。

在船舱前站了一会儿，他一咬牙，掀开了布帘子。

里面竟然什么都没有。

王响响松了一口气，又有几分失落。

起风了。

海面变得很喧闹，那翻腾的波浪下，似乎有什么东西在窥视着他。乌云从西边爬了上来，转眼间就遮住了太阳，天地间顿时变暗了。

王响响在怪石群中孤独地走着。

走了半天，他也没看到一个人，更没有找到什么有价值的线索。他逐渐意识到自己犯了一个错误。

黄婶说话经常前言不搭后语，她的话能信吗？

已经是下午了。

王响响决定回去。

回到岸边，他一下子懵了。他的船不见了，岩石上只剩下半截绳子。那绳子已经腐朽，大风一吹，它就断了，船就飘走了。

岸边还有一艘船，那不是他的，应该是王绳和水波的。

王响响如果想离开，只能划着它回去。可是，他不敢。他害怕自己像王绳和水波一样，生不见人死不见尸。

乌云越来越厚，天快要黑了。

他摸了摸裤兜，沮丧地发现手机不见了，肯定是划船的时候掉在船上了。

只能在岛上住一夜了，等明天搭路过的渔船回去。

还好，天不太冷。

王响响找了一个背风的地方，坐下来，等天亮。

天刚黑，天亮遥遥无期。

四周透着一股阴森森的鬼气，那些黑压压的怪石就像是小岛的头发，茂盛而诡秘。十几米之外，一对绿幽幽的眼珠子突然从怪石后面闪了出来，不远离，不靠近。

它为什么会在这里？

王响响有一种预感：今天晚上，一定会发生什么事，是喜是悲不知道，是好是坏不知道。

老天扔下几个炸雷，却始终没下雨。

王响响觉得时间走得比蜗牛还慢。

远处，突然出现了一个红点，在漆黑的夜里十分醒目。那红点左右晃动着，像鬼火一样，显得十分恐怖。

王响响死死地盯着它。

红点出现的方向，传来一个男人的声音，似乎是在呼喊什么。那声音沙哑而飘忽，有些孤独，有些凄凉，有些瘆人。

红点越来越近。

声音越来越清晰："响……响响……王响响……王响响……"

有人在喊他！

王响响的汗毛都竖起来了。

那对绿幽幽的眼珠子飞快地跑向了那个红点。停留了片刻，他们一起过来了。完了，他们还是一伙的。

"王响响，我喊你半天了，你怎么不答应？"是王铁钉，他提着一盏红灯笼。

如果没看过那段监控录像，王响响肯定会以为是见鬼了。借着红灯笼的光，打量着王铁钉。那张脸没什么变化，五官还是挤在一起，皱纹更多了，头发更少了。

"什么时候来的？"王铁钉又问。

王响响吃了一惊："你知道我会来？"

王铁钉突然笑了两声："是我让黄婶把你引来的。"

王响响一下子感觉到了危险。

他之前的怀疑没错，这的确是一个陷阱。

可惜，他明白得太晚了。

"走吧，我带你去一个地方。"王铁钉转身走了。

王响响不敢违背他的命令，跟着他走。几秒钟之前，王响响发现不远处有个黑影闪了一下，那肯定是王铁钉的同伙。

走过一块块怪石，王铁钉一直没有停下来。那对绿幽幽的眼珠子跟在他身后，不时回头看一眼王响响，似乎是怕他跑了。

对方至少有两个人，还有一条狗，王响响不敢跑。

风更大了，穿过怪石的缝隙，发出“呜呜”的声音，像一首吊诡的曲子。

王响响的心里直发毛：王铁钉不会是像鬼故事里讲的那样，带他去坟地吧？

很快，他又打消了这个念头。

这里没有坟地。

“到了。”王铁钉突然转过了身。

王响响四下看了看，觉得这个地方和其他地方没什么不同。

“你都看见了？”王铁钉问。

王响响不知道他要干什么，就没出声。

“是不是有人告诉你，是我在背后搞鬼？”

“……是。”

“谁告诉你的？”

王响响没说话。

王铁钉冷冷地说：“你不说我也知道，是水纹。”

王响响还是没说话。

沉默了一阵子，王铁钉突然叹了口气，说：“我为了给王绳报仇，要杀掉你们所有人，水纹是不是这么说的？”

“你怎么知道？”王响响脱口而出。

“其实，要报仇的人是她。”

“什么意思？”

停了一下，王铁钉慢慢地说：“我能给王绳报仇，水纹就不能给水波报仇吗？”

王响响的头发一下就奓了。

他竟然没想到这一点。

王铁钉把红灯笼放到一块石头上，坐下来，慢吞吞地说：“已经过去七年了，那天发生的每一件事儿我都还记得……”

王响响大气都不敢出，生怕错过一个字。

王铁钉说：“王绳和水波刚定亲，打算拍结婚照。本来，他们打算去外地，水纹说不如来这个小岛，找一找年少时的乐趣。他们觉得有道理，就同意了。没想到，他们再也没有回来。”

王铁钉说："七年过去了，我以为那件事儿已经结束了，没想到那只是一个开始。看到你捡到那艘船之后，我就知道有人在背后搞鬼。"

"你开始怀疑水纹？"

"对。"

"为什么？"

"你捡到那艘船的那天晚上，我在海边看见她了。她穿一身大红衣服，表情很古怪。开始，我信了黄婶的话，以为她被水波上身了，后来发现不是这么回事儿。"

"那是怎么回事儿？"王响响追问。

"你别急，听我慢慢说。我跟踪了水纹几天，没抓住她的把柄。那天晚上在毛尖尖家，我察觉到你们已经开始怀疑我了，怕水纹对我下毒手，就用诈死逃过了一劫。第二天，我去了市里，找到了水纹工作的那家报社，发现了一个惊人的秘密。"

"什么秘密？"

"她在制造新闻。"王铁钉颤颤地说。

王响响一愣："什么意思？"

王铁钉又说："水纹在报社过得并不好，写的报道从没上过头版。前些天，她写的一系列报道引起了轰动，在报社的地位直线上升，很有可能当上主编。据说，一家很有名气的影视公司还准备把她写的报道改变成电影。"

"她写的是什么？"其实，王响响已经猜到答案了。

王铁钉一字一字地说："我们的故事。"

停了一下，王铁钉又说："水纹借助七年前那件事儿，设计了一连串鬼鬼怪怪的事儿，就是为了制造轰动性新闻。"

王响响的心里一冷，一个纠缠他很多天的疑问瞬间解开了：那天晚上他和水纹擦肩而过，却没看见她，不是见了鬼，而是她在搞鬼。她根本就没走那条路。还有，他以前遇到的那些怪事，应该也是水纹设计的。

王响响长出了一口气。

"你不害怕？"王铁钉的语调有些怪。

"以前害怕，现在不害怕了。假新闻而已。"

"如果水纹想弄假成真呢？"

"什么意思？"

"我问你，新闻和故事的区别是什么？"

"新闻是真实的，故事是虚构的。"

“对。水纹肯定不想让别人知道她报道的是假新闻，你说她会不会假戏真做？”

王响响悚然一惊。

“这样一来，她还给水波报了仇，一箭双雕。”

怔忡了半天，王响响说：“直到现在我还不知道我和七年前那件事儿有什么关系。”

“其实，一切都是因你而起。”

“我不明白。”

“七年前，你是不是给你爸买了两瓶好酒？”

“对，那是我用画画挣到的第一笔钱买的，怎么了？”

“那天，你爸帮王绳修好了船，王绳请他喝酒。你爸说你给他买了两瓶好酒，王绳让他拿出来尝尝。他们竟然把那两瓶酒都喝了。喝完酒，王绳有些醉了，可他还坚持去小岛拍照，结果出了事儿。”王铁钉叹了口气，又说：“王绳划船的技术不错，水性也很好，如果没喝醉，他肯定不会死，水波也不会死。”

“他们真的死了吗？”王响响喃喃地问。

“肯定死了。如果他们还活着，早就应该回家了。”

“我在岸边看到了一艘船……”

“那是我的船。”王铁钉打断了他，“王绳出事儿以后，我又做了一艘一模一样的船，一直藏在家里。”

“对了，你有没有给我寄过红嫁衣？”

“没有。”

“真的？”

王铁钉忽然笑了一下，意味深长地说：“如果是我在搞鬼，你现在已经是死人了。”

那一定是水纹搞的鬼，王响响想。

太可怕了。

王响响闭上眼睛，思前想后——

漆黑的夜，水纹穿一身红衣服，孤独地站在海边。

深更半夜，水纹约他去祠堂。

水纹说那是一艘索命的船，扔不掉。

水纹说她收到一件红嫁衣，还有人要谋杀她。

水纹说王铁钉要杀人，杀很多人，包括她和王响响，还有木棉的丈夫和王响响的父母。

水纹让他看监控录像，里面出现了王铁钉的脸……
水纹一点点地把王铁钉塑造成了搞鬼的人。
真是她？
真是她！
王响响睁开了眼睛。
他看见了一张脸。
一张模模糊糊的脸。
一闪就不见了。
王响响四下看，只有怪石，没有脸。
“你还有帮手？”他颤颤地问。
王铁钉愣了一下，说：“没有，怎么了？”
“我刚才看到一张脸。”
“在哪儿？”
王响响指了指一块怪石。
“她来了。”王铁钉的声音也变了，有点抖。
王响响抖了一下。
水纹来了。

12. 猜猜谁是鬼

王铁钉挥了挥手。
那一对绿幽幽的眼珠子慢慢地靠近了那块怪石，一闪身，不见了。
过了半天，它没出来，也没叫。
它看到什么了？
王铁钉拿起红灯笼，慢慢地走过去，硬硬地说：“谁？出来！”
王响响从他的语气里听出了胆怯。
一个黑影慢慢地走了出来，耷拉着脑袋。
“是你？”王铁钉明显吃了一惊。
“是我。”
“那条狗呢？”
“我给了它两根火腿肠，它就走了。”

“你怎么会在这里？”

“你们怎么会在这里？”

王铁钉回头看了一眼王响响，这才说：“我们来这里说点事儿。”这句话还有另外一个意思：他和王响响是一伙的。

王响响听出来了，走过去，站在了王铁钉身边。

毛尖尖忽然笑了笑，说：“你们说的话我都听见了。”

王响响和王铁钉互相看了一眼，都没说话。

“我觉得你们说得不对。”毛尖尖神秘兮兮地说，“也许，木棉才是那个鬼。”

“什么？”王响响和王铁钉几乎是异口同声地说。

毛尖尖看着王响响，问：“我之前提醒过你，你忘了？”

“没忘，你说我身边有个鬼，不是水纹吗？”

“不是水纹，是木棉。那次在你家吃饭，木棉坐在你身边，你忘了？”

“那次，我以为你说的鬼是……”王响响看了看王铁钉，把下面的话咽了下去。他看着毛尖尖，又说，“可是你第二次提醒我的时候，我身边只有水纹一个人。那天晚上，我和水纹在你家里。”

“我不知道你们那天晚上在我家里。那天，我偷偷地回到村子，打算回家拿点东西，看见你和木棉站在一起，她提着一个篮子。我觉得事情不妙，就没敢回家，又去了县城。我想了很久，认为应该提醒你一下，让你离她远点。”

“你为什么说木棉是那个鬼？”王铁钉问。

毛尖尖看着王响响，迟疑了一下，说：“你父母出车祸的那天晚上，我看见他们了……”

“你看见他们了？”王响响忍不住打断了他。

“对，当时车上还有一个女人，穿一身红衣服，从我面前一闪而过。开始，我没想起她是谁。后来，我想起来了，她是木棉。”

“你是说木棉和我父母的死有关？”王响响瞪大了眼睛。

“可能有关。”

“可是，那起车祸已经调查清楚了，是那个大货车司机酒后驾驶惹的祸。”

毛尖尖想了想，又说：“就算木棉和你父母的死没有关系，她也和王绳、水波失踪有关系。”

“你发现什么了？”王铁钉追问。

“我在她家里发现一件红嫁衣，和水波失踪前穿的那件红嫁衣一模一样。”停了一下，他又说，“不，那就是水波穿的那件红嫁衣。如果木棉和王绳、水波失踪没有关系，水波穿的红嫁衣为什么会在她家里？”

王铁钉皱着眉头，沉默不语。

毛尖尖接着说："我试探着给木棉发了一条短信，说村子里有危险；她马上就失踪了。你说，她心里如果没鬼，为什么要走？"

王响响看看毛尖尖，又看看王铁钉，怔怔地问："到底谁是那个鬼？"

"我也弄不清楚了。"王铁钉沮丧地说。

毛尖尖没表态。

漫长的一夜终于过去了。

一连十几天，风平浪静。

水纹没回来。

木棉也没回来。

她们彻底消失了。

王响响恢复了平静的生活，还是黑白颠倒，还是画画挣钱。他再也没有遇到怪事。只是，他的心里多了几道疤痕，久久未愈。

他似乎一下子没有了激情。

天气越来越凉了。

这天晚上，王响响和毛尖尖在王铁钉家喝酒。经历了孤岛一夜之后，他们的关系近了不少，时常聚在一起喝酒。

酒精是一种麻醉剂，可以让人忘掉许多事。

树叶开始落了，一片又一片，满地都是。风一吹，它们鬼鬼祟祟地到处蹿，似乎是在寻找什么，又似乎是在躲避什么。

扎两目村的秋天来了。

这个世界变得更加萧条、更加冷清。

远处，他的家里亮着灯。那灯光是黄色的，让人感到一些暖意。

走着走着，王响响下意识地回头看了一眼。十几米之外，有一对绿幽幽的眼珠子。现在，他已经知道了，那是一条流浪狗，和王铁钉的关系挺好。

王响响回过头，继续走。

那条狗突然叫了起来，声嘶力竭，撕心裂肺，似乎看见了什么人类看不见的东西。

以前，它从不叫。

那天晚上在小岛上，毛尖尖突然出现，它都没叫一声。

此时此刻，它到底看见什么了？

月亮也害怕了，躲进了云层中。

过了一会儿，那条狗的叫声渐渐变小，最后没有了。它吓跑了。

周围很黑，很静，没有一丝声音。

幸好，王响响有手电筒。他用手电筒照着，四下看。

周围没什么不正常的东西。

他抬高了视线。

开始，他没什么发现，只看见稀稀拉拉的树叶。等他把脑袋转向西边，顿时吓了一跳，差一点叫出声。树上挂着一件红嫁衣。它像一个没有脑袋没有手脚的人，挂在树上一动不动，静默得如同一幅恐怖的油画，令人窒息。

水纹回来了？

王响响魂飞魄散。

一个声音毫无预兆地响了起来：

妈妈看好我的我的红嫁衣
不要让我太早太早死去
妈妈看好我的我的红嫁衣
不要让我太早太早死去
夜深你飘落的发
夜深你闭上了眼
……

那是一个女人的歌声，很飘忽，曲调十分怪异，阴暗而虚无，听了让人汗毛直竖，极不舒服。

是红嫁衣在唱歌。

王响响呆呆地看着它，脑子里一片空白。

歌声戛然而止。

过了半天，王响响爬上树，把红嫁衣拿了下来，抱着它回了家。他知道，它是来找他的，躲不掉。

在红嫁衣的口袋里，他找到一部手机。

手机里藏着一个故事——

在一个不大的城市里，有一个女人，很年轻、很能干。她是一个记者。她的父母早早就死了，相依为命的姐姐也死了。她一个人孤独地活着，无依无靠。

她拼命工作，只为了在这个城市里生存下去。

她不敢谈恋爱，怕影响工作。

她不敢休息，怕耽误工作。

她甚至都不敢早睡晚起，怕完不成工作。

可是，就算她一刻也不停歇，她在报社还是没什么地位，只能去采访一些鸡毛蒜皮的小事，写出的报道从没上过头版。

有时候，背景和关系比实力更重要。

她时常感觉很沮丧。

后来，她妥协了，跟某上级谈起了恋爱。确切地说，是做了他的情人。他承诺给她安排更重要的工作，提供更好的待遇。

他的承诺一切都没兑现。

一年前，她意外怀孕了。

他给了她一笔钱，让她去医院把孩子打掉。

她一个人去了医院。

她很害怕，就把红嫁衣带在了身边。姐姐准备出嫁的时候，多做了一身红嫁衣，送给了她。她觉得，红嫁衣就是她的姐姐。

为了避人耳目，她没有在医院留下名字。

从躺上手术台的那一刻开始，她的心就一直在疼。

那天晚上，她蜷缩在病床上，一直在流泪。

病房里又来了一个女人。

开始，她不知道那个女人是谁，后来发现竟然是同村的木棉。她没敢和木棉相认。她还没结婚，而木棉是寡妇，在这种地方见面，彼此肯定会尴尬。

第二天，趁木棉去办出院手续，她悄悄离开了。

她把红嫁衣留给了木棉，希望木棉能把它带回扎两目村。她不希望姐姐和她一样在外漂泊，更不希望姐姐看到她现在的遭遇。

从那天开始，她整个人都麻木了。

有一天晚上，她已经睡着了，手机突然收到一个陌生人发来的短信：既然抢不到新闻，你为什么不制造新闻呢？

这句话没头没尾，看着让人很费解。

她的心里却是豁然开朗。

她又看到了希望。

她想了很久，把目光对准了扎两目村，对准了七年前那起失踪事件。她还选定了主人公：王响响。一个偏远的小渔村，一个落魄的画家，一起离奇的失踪事件，一连串的诡怪的经历，身边的人一个个地遭遇不幸……

这样的新闻，肯定会引起轰动。

她用五件看上去不太起眼儿却有些怪异的小事当引子，拉开了恐怖的大幕。

一切准备就绪，她回到了扎两目村。

有一段时间，她一直没动手。

她不知道从哪里下手——万事开头难，此言极是。

突然有一天，那艘船出现了。

她的灵感一下就来了。

接下来，她把王响响带进了这样一个故事里：七年前那起失踪事件，让王铁钉失去了儿子。那个可怜的准新郎，还没等到入洞房，就无声无息地消失了。王铁钉暗暗发毒誓：一定要杀死所有跟那起失踪事件有关的人，为王绳报仇……

她躲在暗处，观察每一个人的反应，并且记录下来，写成稿子，在报纸上发表了。

她成功了。

她一直很想知道给她发那条短信的人是谁。她给对方打过很多次电话，对方一直关机。前几天晚上，她突然接到了那个人的电话，是一个男人，声音很怪异，冰冷而低沉，明显是经过处理的。

“你为什么离开了扎两目村？”他问。

“我觉得，一切都该结束了。”她小心翼翼地说。

沉默了几秒钟，他又问：“你不怕别人发现你报道的是假新闻？”

她的心里一冷，没说话。

“回答我。”

“怕。”她轻轻地说。

“你应该把假新闻做成真新闻。”

“什么意思？”

“你应该明白。”

她想了想，吓了一跳。

“如果你不做，我可以替你做，反正你已经铺垫好了。”说完，他挂断了电话。

她惶恐不已。

这天晚上，她一直没睡好。

此后的几天晚上，她都没睡好。

她害怕了——明明是她制造的恐怖，明明没有人要报仇索命，明明一切诡怪都不真实……突然，背后闪出了一张模模糊糊的脸，要假戏真做。

故事讲完了，后面还有这样一段话——

王响响，我知道你肯定会恨我，恨我欺骗了你，但是请你相信我，我真的没想杀死任何一个人。我永远都记得那天晚上，我们同处一室，不说话，只是静静地躺着。虽然时间很短，但我会记一辈子。时光如果能够倒流，我会选择辞职，回到扎两目村，谈一场恋爱，生一个小孩……

最后，我要提醒你：你身边有个鬼。

我只是恐怖的传播者，而你身边的那个鬼，才是恐怖的源头。

很抱歉，我也不知道他（她）是谁。不过，我觉得毛尖尖很可疑——如果他心里没鬼，为什么要走？

好了，不说了。

再见。

王响响变成了一个木偶人，静静地坐着。

那条狗又回来了，声嘶力竭地叫。它的叫声里充满了惊慌和不安，似乎是在提醒王响响什么。

屋子里空荡荡的，虽然很冷清，但是很安全。

外面肯定发生了什么事，否则那条狗不会这么疯狂地叫。

王响响没敢出门查看。

他越想越糊涂。

到底谁才是那个鬼？

难道这一切还没结束？

这一天，木棉回来了，身后跟着一个看上去老实巴交的男人。她要嫁人了，回来收拾东西，然后跟着那个男人去一个很远的地方生活。

扎两目村的人都来送她。

王铁钉和毛尖尖也在。

那个看上去老实巴交的男人进进出出收拾东西，木棉和黄婶站在大门口低声说着什么。收拾完东西，木棉坐上了那辆卡车。她扫视着众人，目光在毛尖尖身上停留了两秒钟，低下头，关上了车门。

卡车开走了。

王响响看着王铁钉和毛尖尖，问：“你们说，这一切结束了吗？”

毛尖尖看着远去的卡车，喃喃地说：“她走了，一切就结束了。”

“我觉得，还没结束。”

“什么意思？”

“那个鬼还在我们身边。”王响响一边说，一边观察他们的表情。

王铁钉笑了两声，说：“反正不是我。我去下网捕鱼，晚上请你们喝酒。”说完，他背着手，慢悠悠地走了。

毛尖尖说：“木棉就是那个鬼。她已经走了，一切都结束了。”说完，他也走了，走得很快，似乎是要去干一件很重要的事。

王响响看着他的背影，又想起了水纹的话，疑惑地想：难道毛尖尖真是那个鬼？

手机响了。

王响响看了一眼，竟然是木棉的短信：毛尖尖诬陷我。

很显然，木棉察觉到了什么。

王响响呆呆地站着。

黄婶突然从他背后冒了出来，转到他面前，定定地看着他。

“你看什么？”王响响心里直发毛。

黄婶木木地说：“你有心事。”

王响响没否认。

“说出来听听。”

“为什么？”

“说不定我可以帮你。”停了一下，黄婶又补充了一句，“我知道很多人的秘密。”

王响响想了想，说：“我身边有个鬼，我想把那个鬼找出来。”他有点病急乱投医的意思了。

黄婶看着他，等待下文。

王响响又说：“王铁钉说他不是鬼，毛尖尖说木棉是鬼，水纹说毛尖尖是鬼，木棉说毛尖尖诬陷她。你说，谁是鬼？”

“我不知道。”黄婶很干脆地说。

王响响掉头就走。

“我只能确定一件事儿。”

王响响转过身看着她，等待下文。

“他们中间只有一个人说的是真话。”

“什么意思？”

黄婶慢吞吞地走了。

不远处，王铁钉和毛尖尖拿着渔网，一前一后过来了。

王响响不想去捕鱼，就回了家。

一路上，他都在想那个问题：王铁钉说他不是鬼，毛尖尖说木棉是鬼，水纹说毛尖尖是鬼，木棉说毛尖尖诬陷她，他们中间只有一个人说的是真话，谁是鬼？

他一直没想出来。

13. 真相

大家都睡了，那个人就醒了。

他慢慢地睁开眼睛，眼神无比深邃。他轻飘飘地走出家门，警惕地四下看了看，低下头，行走在窄仄的胡同里，手里拎着一根绳子……

王响响打了个激灵，不敢再想了。

他感到很无助，很害怕，因为他还没想出那个问题的答案。

因为未知，所以恐怖。

如果知道谁是鬼，恐怖也许会减少一些。至少，应该知道该提防谁。

王响响下了床，又检查了一遍门窗是不是都关好了。窗外一片漆黑，有一些枯叶在空中飘来飘去，无声无息地落在地上，不动了。

他关了灯，躺在床上，又开始想那个问题。

谁是鬼?

谁是鬼?

谁是鬼?

黑暗笼罩了他，也笼罩了所有的一切，包括那个鬼。

他很恐惧，又下了床打开灯，继续想。

灯光明晃晃的，他的心里黑乎乎的。

四周静得不正常。

过了半天，王响响听见一阵很鬼祟的声音，似乎是指甲在剐蹭地面，又似乎是什么东西在磨牙。声音来自床底下。

他一下子僵住了，丝毫不敢动。

很快，一个穿红嫁衣的东西从床底下钻了出来，披头散发，表情不详，断断续续地说："我……就是……那个鬼……你看看……我是谁……"

王响响不敢看，惨叫一声，跳下床，连滚带爬地逃了出去。

那个东西跟在他后面，轻飘飘地追。说它是个东西，是因为它完全不像是一个人——它没有胳膊、没有躯干、没有双腿，只有一个五官模糊的脑袋从红嫁衣的领口伸出来，极其诡异。

外面很黑，看不到一个人。

王响响拼命地跑，不停地大声呼救。可是，周围除了无边的黑暗、无边的静谧，什么都没有。那个东西不远不近地跟在后面，不声不响。

终于，王响响看见了一盏红灯笼，旁边站着三个人：水纹、毛尖尖和木棉。他们面无表情地看着这场追逐，没有丝毫出手相救的意思。

“救我！”王响响大声喊。

“怎么了？”木棉竟然笑了。

“后面有个东西在追我！”

木棉往后看了看，笑着说：“那不是王铁钉吗？”

王响响回过头，一眼就看见了王铁钉。

王铁钉竟然穿着一件红嫁衣，不太合身，明显偏小，每一个扣子都扣得严严实实，看上去十分别扭。他堵住王响响的退路，眼神木木的……

王响响一下从床上坐了起来。他下了床，首先弯下腰往床底下看了看。还好，床底下什么都没有。他又环顾四周，门窗都关得严严实实。

只是一个噩梦。

为什么会梦见王铁钉穿着红嫁衣在后面追他？

怔忡了半天，王响响的脑子里突然冒出一个念头：难道王铁钉才是那个鬼？他开始重新思考那个问题：王铁钉说他不是鬼，毛尖尖说木棉是鬼，水纹说毛尖尖是鬼，木棉说毛尖尖诬陷她，他们中间只有一个人说的是真话，谁是鬼？

先假设王铁钉就是那个鬼。

王铁钉说他不是鬼，是假话。

毛尖尖说木棉是鬼，是假话。

水纹说毛尖尖是鬼，是假话。

木棉说毛尖尖诬陷她，是真话。

只有木棉一个人说的是真话。

谜底和谜面对上了！

王铁钉就是那个鬼！

王响响打了个冷战，忽然想起一件事：那次他请大家吃饭，木棉临走的时候说看见王铁钉抱着那艘船去了海边，还提着一盏红灯笼……

原来，王铁钉从一开始就暴露了。

王响响的脑子里一下炸了锅，一幅幅关于王铁钉的画面浮现出来：

那艘船出现的那个停电的夜晚，王响响去配电室查看情况，在路上看见了一对绿幽幽的眼珠子。现在，他已经知道了，那是一条流浪狗，和王铁钉的关系挺好。当时，王铁钉是不是也在附近？停电是他搞的鬼？

那天晚上王响响请大家吃饭，把捡到的那艘船拖了出来。王铁钉立刻说那是王绳失踪前划的那艘船，给整件事定下了恐怖的基调。当时，他的表情和平时不一样，眼神很冷。

王铁钉告诉王响响，他在海边看见了水纹，穿一身大红衣服，表情很古怪。

王铁钉说王响响和七年前那起失踪事件有关。

王响响丢掉了那件红嫁衣，王铁钉捡到又还给了他。当时，王铁钉的眼睛里闪着异样的光，似乎很想笑，但是一直憋着，没笑出来。

在那个小岛上，王铁钉说发现了水纹的一个秘密。

王铁钉一点点地向王响响传递这样一个信息：一切都是水纹在搞鬼。他传递的信息有理有据，令人信服。他这么做可能是想借水纹之手替王绳报仇，也可能是想把罪行都推到水纹身上。

不管是哪一种可能，王铁钉肯定不会善罢甘休，因为他还没给王绳报仇。也就是说，事情还没有结束。

王响响开始回忆王铁钉这几天的言行举止：经历了孤岛一夜之后，王铁钉经常请王响响和毛尖尖喝酒。他很热情，忙前忙后，端茶倒酒，劝酒词一套接着一套，有一次还把毛尖尖灌醉了……

王响响的脑子里突然冒出一个可怕的念头：如果有一天，他和毛尖尖同时喝醉了，王铁钉会干什么？

也许，他们会像王绳一样，消失在大海里。

顺着这个思路，王响响继续想：水纹和木棉现在安全吗？王铁钉会放过她们吗？

也许，王铁钉正躲在某个黑暗的角落，伺机而动……

王响响坐在床边，两眼闪着亮亮的光。

他慢慢地不再害怕了，因为他已经找到了恐怖的源头。

外面，有条狗在叫，可能是那条流浪狗。

王铁钉是不是也来了？

王响响正想着，就听见有人敲门。

快半夜了，谁在敲门？

王响响马上就想到了王铁钉。他深吸了几口气，走到大门口，低低地问："谁？"

"是我。"王铁钉的语气很平静。

"有事儿吗？"

"你把门打开。"

王响响把家里所有的灯都打开，慢慢地拉开了大门。也许是因为灯光太亮了，王铁钉眯起了眼睛。在他身后十几米远，有一对绿幽幽的眼珠子，不远离，不靠近。

“有事儿吗？”王响响问。

“进屋说。”王铁钉绕过他，进了屋。他穿了一件黄色的棉大衣，里面鼓鼓囊囊的，不知道藏了什么东西。现在才是秋天，还不太冷，他为什么穿上了棉大衣？棉大衣下面，会不会是红嫁衣？

王铁钉坐下，问：“你站在门口干什么？”

王响响慢慢地走进屋子，也坐下了，距离王铁钉有三米远。

“今天晚上，你怎么没去我家喝酒？”王铁钉问。

“我有点难受，早睡下了。”

“我给你打电话，你的手机关机了。”

“可能是没电了，我没注意。”

“是吗？”王铁钉显然不相信。

“这么晚了，你找我有事儿？”王响响转移了话题。

王铁钉四下看了看，低声说：“我觉得，水纹又回来了。她这次回来，就是想把假新闻做成真新闻。”他一边说，一边观察王响响的神色。

王响响的脸上浮现出惊恐的表情。他不害怕水纹，而是害怕王铁钉——王铁钉肯定察觉到了什么，否则他不会旧话重提，这明显是在试探王响响。

“我不想提她了。”王响响小心翼翼地说。

“你不怕她回来找你报仇？”

“该来的总会来，怕也没用。”

“是呀，水纹肯定不会善罢甘休。”

他还在制造恐怖。

他还在把阴谋往水纹身上推。

他没完没了。

“算了，不提她了！”王响响有些恼了。

王铁钉很谦卑地笑了笑，不说话了。

沉默了一阵子，王响响突然说：“木棉告诉我一件事儿。”

“什么事儿？”王铁钉站了起来，把院子里的灯关上了，“院子里没有人，开着灯浪费电。”

“木棉说看见你抱着那艘船去了海边。”

“啪嗒”一声，王铁钉把屋子里的灯也关上了。

一片漆黑。

“你干什么？”王响响抖了一下。

没有回音。

王响响摸到了几支画笔，挡在胸前，当成防身的武器。

屋子里如同坟墓一般寂静。

“王铁钉……”他小声地喊。

还是没有回音。

又过了半天，王响响慢慢地凑过去，按了按开关，灯没亮。

停电了。

他拿出手机，用屏幕的光四下照了照，屋子里空荡荡的，王铁钉不见了。他松了一口气，心里冒出一个想法：也许，王铁钉再也不会出现了。

恐怖始于一个停电的夜晚。

恐怖止于一个停电的夜晚。

这让这个故事更加神秘，有一种宿命的味道。

好了，故事讲完了。

这个故事讲的是：一个失去了儿子的父亲，要给儿子报仇。他精心设计了一场阴谋，却半途而废。

我是作者。

老实讲，我也不知道王铁钉的行为是犯罪中止，还是犯罪未遂。

反正他走了，再也没有回来。